EL VALLE DEL
DRAGÓN

SCARLETT THOMAS

EL VALLE DEL DRAGÓN

EL GRAN TEMBLOR

LIBRO PRIMERO

Traducción del inglés de
Sonia Tapia

Título original: *Dragon's Green (Worldquake Book 1)*

Ilustración de la cubierta © Dan Mumford

Copyright © Scarlett Thomas, 2017
Publicado por acuerdo con Canongate Books Ltd,
14 High Street, Edinburgh EH1 1TE
Copyright de la edición en castellano © Ediciones Salamandra, 2018

Publicaciones y Ediciones Salamandra, S.A.
Almogàvers, 56, 7º 2ª - 08018 Barcelona - Tel. 93 215 11 99
www.salamandra.info

ISBN: 978-84-9838-870-1
Depósito legal: B-7.934-2018

1ª edición, mayo de 2018
Printed in Spain

Impresión: Romanyà-Valls, Pl. Verdaguer, 1
Capellades, Barcelona

Este libro es para Rod, que me llevó al Valle del Dragón cuando más lo necesitaba, y para Roger, que me enseñó la manera de salir del castillo encantado.

Y también es para Molly, una primera lectora maravillosa que me recordó por qué siempre quise ser escritora.

Nosotros mismos somos un término de la ecuación, una nota del acorde, y provocamos conflicto o armonía casi a voluntad.

ROBERT LOUIS STEVENSON

Aplica tu energía, junto con el poder de tu mente.

T. H. WHITE

1

La señora Beathag Hide era justo el tipo de profesora que provoca pesadillas a los alumnos. Alta y delgada, y con unos dedos extraordinariamente largos, como las ramas afiladas de un árbol venenoso. Llevaba unos jerséis negros de cuello alto que hacían que su cabeza pareciera un planeta que estuviera siendo expulsado poco a poco de un universo hostil, y unos trajes gruesos de *tweed* de unos tonos rosados y rojos extraños, como de otro mundo, que daban a su rostro un aire tan pálido que parecía una fría luna llena de enero. Resultaba imposible saber si tenía el pelo largo o no, porque lo llevaba recogido en un moño apretado, pero era del color de tres agujeros negros juntos, o tal vez incluso cuatro. Olía a esas flores que jamás se ven en la vida real: flores de un azul muy muy oscuro que sólo crecen en las cumbres de las montañas remotas, quizá en las mismas tierras salvajes e inhóspitas en las que crece el árbol a cuyas ramas tanto se parecían sus dedos.

O por lo menos así era como la veía Maximilian Underwood aquel lunes otoñal de finales de octubre, de tonos rosáceos y cargado de hojas marchitas.

El mero sonido de su voz bastaba para hacer llorar a los niños más sensibles, incluso a veces era suficiente con que la recordaran por la noche, o durante un trayecto solitario en un destartalado autobús escolar un día de lluvia. La profesora Beathag Hide infundía tanto miedo que, por lo general, sólo se le permitía dar clases a alumnos del ciclo superior. Sus temas favoritos parecían implicar muertes prematuras y violentas, y era una apasionada del mito griego de Cronos, el dios que se comió a sus propios hijos. En la clase de Maximilian lo habían estudiado hacía dos semanas y habían confeccionado a los desgraciados niños con papel maché.

La profesora Beathag Hide en realidad estaba sustituyendo a la señorita Dora Wright, que era la auténtica profesora de la asignatura y que había desaparecido después de ganar un concurso de relatos. Algunos decían que la señorita Wright se había marchado al sur para hacer carrera como escritora. Otros aseguraban que la habían secuestrado por algo relacionado con el relato que había escrito. Aunque eso era poco probable, puesto que la historia pasaba en un castillo y en un mundo totalmente distinto del nuestro.

En cualquier caso, la cuestión era que había desaparecido y que ahora su alta y aterradora sustituta estaba pasando lista. Y Euphemia Truelove, a la que todos llamaban *Effie*, no estaba en clase.

—Euphemia Truelove —dijo la profesora Beathag Hide por tercera vez—. ¿Tampoco ha venido hoy?

La mayoría de los alumnos de aquella clase, que era el grupo avanzado de literatura del primer curso del Colegio Tusitala para Dotados, Problemáticos y Raros (en realidad, ése no era el verdadero nombre de aquel colegio de pináculos grises y retorcidos, tejados con goteras y una larga y noble historia, pero, por diversas razones, así era como lo llamaban ahora), ya se había dado cuenta de que lo mejor era no contestar a lo que preguntara la profesora Beathag Hide, porque cualquier cosa que dijeran probablemente estaría mal. La manera de sobrevivir a sus clases era quedándote muy quieto y callado, y rezar para que no se fijara en ti. Un poco como actuaría un ratón si se viera encerrado en una habitación con un gato.

Incluso los alumnos más «problemáticos» de primero, que habían acabado en el grupo avanzado a base de copiar, por algún talento oculto o por pura casualidad, sabían mantener el pico cerrado en la clase de aquella maestra. Luego lo compensaban zurrándose con más ganas en el recreo y ya está. Por su parte, los niños más «raros» tenían su propia manera de sobrellevarlo. Raven Wilde, una niña cuya madre era una escritora famosa, estaba en esos instantes intentando lanzar el hechizo de invisibilidad que había leído en un libro que había encontrado en su desván, aunque, por el momento, sólo le había dado resultado con un lápiz. Otra niña, Alexa Bottle, a la que llamaban Lexy y cuyo padre era profesor de yoga, sencillamente se había sumido en un estado de meditación profunda. Todos estaban muy quietos y todos estaban muy callados.

Sin embargo, Maximilian Underwood aún no le había pillado el tranquillo al asunto, como suele decirse.

—Es por su abuelo, profesora —contestó—. Sigue en el hospital.

—¿Y? —dijo la profesora Beathag Hide.

Sus ojos se clavaron en Maximilian como si fueran un par de rayos diseñados para matar a criaturas pequeñas e indefensas, criaturas muy parecidas al pobre chico, cuya vida en el colegio era un infierno constante por culpa de su nombre, sus gafas, su uniforme —nuevo y perfectamente planchado— y su profundo y obcecado interés por las teorías sobre el Gran Temblor que había sacudido el mundo entero cinco años atrás.

—En esta clase no tenemos abuelos enfermos —declaró con menosprecio la profesora Beathag Hide—. Ni parientes moribundos, ni padres violentos o perros que se comen los deberes, los uniformes escolares no encogen en la lavadora, ni se pierden los almuerzos, nadie sufre alergias, trastornos de déficit de atención, depresiones ni acoso, no se consumen drogas o alcohol y los ordenadores no se cuelgan... Me da lo mismo, de hecho, es que me da exactamente igual lo desoladas y patéticas que sean vuestras insignificantes vidas.

Su voz, que había ido convirtiéndose en un susurro oscuro, se alzó hasta transformarse en un rugido:

—¡Sean cuales sean nuestros problemas, aquí trabajamos en silencio y no valen las excusas!

Toda la clase se estremeció, incluso Wolf Reed, que era defensa en el equipo de rugby y no le tenía miedo a nada.

—¿Qué hacemos aquí? —preguntó la profesora.

—¡Trabajamos en silencio y sin excusas! —corearon todos al unísono.

—¿Y cómo es nuestro trabajo?

—¡Nuestro trabajo es excelente!

—¿Y cuándo llegamos a clase de literatura?

—¡Llegamos a la hora! —siguió coreando la clase, que casi había empezado a relajarse.

—¡No! ¡¿Cuándo llegamos a clase de literatura?!

—¿Cinco minutos antes? —entonaron esta vez.

Si pensáis que es imposible entonar una pregunta, lo único que os puedo decir es que el intento no les salió nada mal.

—Bien. ¿Y qué pasa si flaqueamos?

—¡Que debemos ser más fuertes!

—¿Y qué les pasa a los débiles?

—¡Que se los castiga!

—¿Cómo?

—¡Bajándolos al segundo grupo!

—¿Y qué significa «bajar al segundo grupo»?

—¡Fracasar!

—¿Y qué hay peor que el fracaso?

Entonces la clase vaciló. Durante la última semana habían aprendido todo lo que debían saber sobre el fracaso y lo que significaba bajar de grupo. Los habían machacado con eso de que nunca había que quejarse ni poner excusas, que debían recurrir a sus reservas de fuerza interior más profundas y ocultas —lo cual daba un poco de miedo, pero en realidad resultaba bastante útil para algunos de los niños más problemáticos—, y que no debían llegar sólo a tiempo, sino siempre cinco minutos antes. Algo que, por cierto, es imposible si sales de matemáticas cinco minutos tarde, o si acabas de tener educación física y Wolf y sus amigos del equipo alevín de rugby te han escondido los pantalones en una tubería vieja.

—¿La muerte? —se arriesgó a decir uno de ellos.

—¡Respuesta equivocada!

Todos guardaron silencio. Una mosca zumbó por la sala, aterrizó en el pupitre de Lexy y subió hasta su mano. En la clase de la profesora Beathag Hide rezabas para que ninguna mosca te aterrizara encima, para que ningún rayo de sol iluminara por un momento tu pupitre, para que —¡horror de los horrores!— tu nuevo mensáfono no se pusiera a pitar con un mensaje de tu madre sobre el almuerzo o sobre quién te llevaría a casa. Rezabas para que fuera el pupitre de otro, el mensáfono de otro. Cualquier otro que no fueras tú.

—Eh, niña —señaló la profesora Beathag Hide—. Contesta.

Lexy, como casi todo el que sale de un estado de meditación profundo, sólo fue capaz de mirarla y parpadear. Sabía que aquella mujer increíblemente alta le había preguntado algo, pero... No tenía ni idea de la respuesta, y en realidad tampoco de la pregunta. ¿Le habría preguntado tal vez qué estaba haciendo? Parpadeó de nuevo y dijo lo primero, o más bien lo único, que le vino a la cabeza.

—Nada, profesora.

—¡Excelente! Eso es. No hay nada peor que el fracaso. Pasas a ser la primera de la clase.

Así pues, durante el resto de la hora, Lexy, que sólo aspiraba a que la dejaran en paz, se vio obligada a llevar una estrella dorada prendida del jersey verde del colegio para evidenciar que era la primera de la clase. Y el pobre Maximilian, que ni siquiera recordaba qué era lo que había hecho mal, tuvo que sentarse en un rincón con un capirote que olía a moho y a ratones muertos, porque era un capirote antiguo, auténtico, de cuando los profesores tenían permitido mandarte a un rincón con un capirote.

¿Podían hacerlo hoy en día? Era probable que ahora no, pero estaba claro que los alumnos de la profesora Beathag

Hide no iban a hacer cola para denunciarla. Maximilian, a pesar de ser uno de los niños más «dotados», era a menudo el último de la clase, y estaba a punto de bajar al segundo grupo. La única persona a la que le iba todavía peor que a él era Effie, pero ella ni siquiera estaba allí.

2

Euphemia Truelove, cuyo nombre completo era Euphemia Sixten Bookend Truelove, aunque todos la llamaban Effie, apenas recordaba a su madre. Aurelia Truelove había desaparecido cinco años atrás, cuando su hija sólo tenía seis, la noche que el resto del mundo recordaba perfectamente por culpa del Gran Temblor. En el país en el que vivía Effie, casi todos los habitantes estaban durmiendo cuando estalló el Gran Temblor, a las tres de la madrugada, pero en otros países lejanos se evacuaron colegios y se cancelaron vuelos. La sacudida duró siete minutos y medio, que es mucho tiempo teniendo en cuenta que los terremotos normales sólo duran unos segundos. Los peces salieron disparados del mar, los árboles se desgajaron del suelo con la misma facilidad con que se arranca una planta de una maceta, y en algunos sitios llovieron ranas. No se sabe cómo, pero no murió ni una sola persona en todo el planeta.

Excepto la madre de Effie.

Bueno, tal vez.

Porque... ¿Había muerto? ¿O sencillamente había huido por alguna razón? Nadie lo sabía. Después del Gran Temblor, casi todos los teléfonos móviles dejaron de funcionar e internet cayó. Durante unas semanas imperó el caos absoluto. Si Aurelia Truelove hubiera querido enviar un mensaje a su marido o a su hija, no habría podido hacerlo.

O quizá lo había intentado, y el mensaje se había perdido. Tecnológicamente hablando, era como si el mundo hubiera retrocedido hasta 1992. El universo cibernético desapareció y, mientras se buscaba una solución, no tardó en ser reemplazado por los Sistemas de Tableros Electrónicos, o STE, unos sistemas de luces parpadeantes para conectarse a la red y a los que se accedía mediante los módems de marcación telefónica de los viejos tiempos. La gente pensaba que las cosas acabarían volviendo a la normalidad.

Pero no fue así.

Después del Gran Temblor que sacudió el mundo entero, todo cambió para Effie, aunque en otro sentido y en otros aspectos. Porque se quedó sin madre, y porque después del último ascenso de su padre en la universidad —que lo obligaba a trabajar todavía más por aún menos dinero— no quedaba nadie en casa para cuidar de ella, de manera que empezó a pasar mucho tiempo con su abuelo Griffin Truelove.

Griffin era un hombre muy viejo con una barba blanca muy larga que vivía en un laberinto de habitaciones en el último piso de la Antigua Rectoría, en la parte más vieja, oscura y gris de Ciudad Antigua. En otros tiempos había sido una persona alegre que le prendía fuego a su barba tan a menudo que siempre tenía cerca un vaso de agua para ponerla en remojo. Sin embargo, durante los primeros meses que Effie estuvo con él apenas le dirigió la palabra. Bueno, excepto para decirle «Por favor, no toques nada» y «Sé buena y no hagas ruido».

Después de clase, Effie se pasaba horas y horas en las habitaciones de su abuelo examinando, sin tocarlo, el contenido de sus extraños armarios viejos, mientras él fumaba en pipa y escribía en un cuaderno negro y enorme de tapa dura sin hacerle caso. No es que se portara mal con ella, pero parecía muy distante y ocupado con su cuaderno negro y con el viejo manuscrito que por lo visto tenía que consultar cada cinco minutos, y que estaba escrito en una lengua que Effie no reconocía. Antes del Gran Temblor, ella y su madre habían ido alguna que otra vez a aquella casa, y los ojos del abuelo Griffin siempre brillaban cuando hablaba de sus viajes o le enseñaba a Aurelia algún objeto o algún libro nuevo que había encontrado. Ahora, sin embargo, rara vez salía de allí. Effie creía que probablemente su abuelo estaba muy triste por la desaparición de su hija. Ella también lo estaba.

Los armarios de Griffin Truelove albergaban toda clase de objetos extraños hechos con seda, cristal y metales preciosos. Había dos candelabros de plata con gemas incrustadas junto a una pila de paños con unos bordados exquisitos de flores, frutas y personajes con unas túnicas vaporosas. Había lámparas de aceite ornamentadas y cajas talladas en madera negra con unas cerraduras pequeñas de bronce, pero sin llaves a la vista. Había esferas, grandes y pequeñas, que representaban mundos conocidos y desconocidos. Había cráneos de animales, cuchillos afilados y varios cuencos deformes de madera con unas cucharitas a juego. En uno de los armarios guardaba mapas doblados, velas blancas y finas, papel grueso de color crema y frascos llenos de tinta azul. Y en otro, bolsas de rosas y demás flores secas. En una rinconera había un montón de tarros alineados: unos con semillas, otros con carbón, tierra roja, hojas prensadas, lacre, cristales marinos, pan de oro, ramitas negras secas, vainas de canela, fragmentos de ámbar, plumas de búho y aceites caseros de todo tipo de plantas.

—¿Tú sabes hacer magia, abuelo? —le preguntó Effie un día, más o menos un año después del Gran Temblor.

Parecía la única explicación posible a aquella cantidad de cosas raras que acumulaba en los armarios. Effie sabía mucho de magia por los libros de Laurel Wilde, que trataban de un grupo de amigos que iban a una escuela de magia. Todos los niños, e incluso algunos adultos, deseaban en secreto ir a ese colegio y aprender a lanzar hechizos y hacerse invisibles.

—Todo el mundo sabe hacer magia —fue la vaga respuesta del abuelo.

Effie sabía perfectamente, por los libros de Laurel Wilde, que sólo unas pocas personas especiales nacían con la capacidad de hacer magia, de manera que sospechaba que su abuelo se estaba burlando de ella. Pero, por otra parte...

—¿Me haces algún truco? —le pidió.

—No.

—¿Me enseñas a hacer alguno?

—No.

—¿Tú crees de verdad en la magia?

—No importa si creo o no.

—¿Qué quieres decir, abuelo?

—Calla ya, chiquilla. Tengo que seguir con el manuscrito.

—¿Puedo ir a dar una vuelta por tu biblioteca?

—No.

Effie volvió a fijarse en la vitrina que contenía numerosos frasquitos de piedra, tapados con corchos negros, y varias plumas de escribir que eran realmente de ave. A veces subía por la escalera estrecha que llevaba a la biblioteca del ático y probaba a girar la manija, pero la puerta siempre estaba cerrada. A través del cristal azul, veía las altas estanterías llenas de libros de aspecto muy viejo. ¿Por qué no dejaba su abuelo que entrara a verlos? Al fin y al cabo, los adultos siempre estaban dando la tabarra con que los niños debían leer.

Sin embargo, los adultos sólo querían que los niños leyeran los libros que a ellos les parecían bien. El padre de Effie, Orwell Bookend —que no tenía el mismo apellido de Effie porque Aurelia había insistido en mantener su apellido de soltera para pasárselo a su hija—, le había prohibido leer los libros de Laurel Wilde justo antes de que saliera el sexto volumen de la serie. No quería que tuviera nada que ver con la magia, lo cual le pareció muy extraño, dado que su padre no creía en ese tipo de cosas. Pero, de repente, un día que había bebido demasiado vino, le había dicho que debía mantenerse alejada de la magia porque era «peligrosa». ¿Cómo podía ser peligroso algo que no existía? Effie no tenía ni idea. Y ahora, por mucho que preguntara a su abuelo, éste nunca le explicaba nada, de manera que la niña decidió cambiar de estrategia.

—Abuelo... —comenzó un miércoles por la tarde, poco antes de cumplir once años—. ¿En qué idioma estás leyendo? Ya sé que estás haciendo una traducción o algo así, pero ¿de dónde ha salido ese manuscrito?

—Así que sabes que estoy haciendo una traducción, ¿eh? —Griffin asintió, y en sus labios casi se dibujó una sonrisa—. Muy bien.

—Pero ¿qué idioma es?

—Rosiano.

—¿Y quién habla rosiano?

—Una gente que vive muy muy muy lejos.

—¿En un sitio donde hacen magia?

—Ay, chiquilla. Mira que te lo tengo dicho: todo el mundo hace magia.

—Pero ¿cómo?

El abuelo suspiró.

—¿Alguna vez te has despertado por la mañana y has rezado para que no lloviera, o lo has deseado con mucha fuerza?

—Sí.

—¿Y funcionó?

Effie se quedó pensando.

—No lo sé.

—Bueno, a ver, ¿llovió o no llovió?

—No. Vaya, creo que no.

—Bien, entonces hiciste magia. ¡Bravo!

Desde luego, la magia no funcionaba así en los libros de Laurel Wilde. Había que pronunciar un hechizo concreto si querías que dejara de llover. Y había que comprar ese hechizo en una tienda y luego conseguir que alguien te lo enseñara, y...

—¿Y si de todas formas no iba a llover?

Su abuelo volvió a suspirar.

—Euphemia, le prometí a tu padre que...

—¿Qué le prometiste?

Griffin se quitó las gafas. La fina montura de plata antigua centelleó al reflejar la luz. El anciano se frotó los ojos y luego miró a Effie como si acabara de descorrer una cortina y descubrir un jardín soleado.

—Le prometí a tu padre que no te enseñaría nada de magia. Sobre todo después de lo que ocurrió con tu madre. Y también prometí a otras personas que no haría nada de magia durante cinco años, y así ha sido, aunque... —Consultó el reloj—. Los cinco años expirarán el martes que viene. Las cosas se pondrán más interesantes entonces.

—Soltó una risita y encendió la pipa.

—¿Estás de broma, abuelo?

—Por Dios bendito, chiquilla. No, ¿por qué iba a estar de broma?

—¿Así que entonces me enseñarás magia? ¿Magia de verdad? ¿El martes que viene?

—No.

—¿Por qué no?

—Porque se lo prometí a tu padre y soy un hombre de palabra. Además, hay personas muy influyentes que no ven con buenos ojos que se enseñe magia a los niños... Bueno, a menos que sean ellos los que lo hagan, claro. Pero puedo enseñarte un idioma o dos, si quieres... Algo de traducción. Es probable que ya tengas edad suficiente para eso. Y tal vez sea hora de que veas también la biblioteca.

La biblioteca de Griffin Truelove era una habitación cuadrada de techo alto con un montón de madera pulida de color oscuro. Había una mesita con una lámpara de cristal verde, que tenía una vela en lugar de una bombilla. (Mucha gente utilizaba velas para leer ahora que las bombillas iluminaban tan poco y eran tan caras.) La habitación olía un poco a cuero, a incienso y a cera de vela. Los libros eran volúmenes pesados y gruesos, de tapa dura, encuadernados en cuero, terciopelo o una delicada tela de distintos tonos de rojo, púrpura y azul. Las páginas eran como de color crema, y las letras impresas, muy negras y de aspecto antiguo. Sin duda contaban grandes aventuras que tenían lugar en tierras desconocidas.

—Sólo hay una regla, Euphemia, y quiero que me prometas que la respetarás siempre.

Effie asintió.

—Sólo puedes leer los libros de uno en uno, y siempre tienes que dejar el que estés leyendo encima de la mesa. Es muy importante que yo sepa qué lees. ¿Lo entiendes? Y no puedes sacar ningún libro de la biblioteca.

—Lo prometo. Acaso estos libros... ¿son mágicos?

Su abuelo frunció el ceño.

—Todos los libros lo son, chiquilla. Sólo tienes que pensar en el efecto que provocan en la gente. Los hombres van a la guerra en función de lo que leen en los libros. Creen en «hechos» sólo porque están escritos. Deciden adoptar sistemas políticos, viajar a un lugar y no a otro, dejar el trabajo y embarcarse en una gran aventura, amar u odiar por los libros. Todos tienen un poder tremendo. Y el poder es magia.

—Pero estos libros... ¿son mágicos de verdad?

—Son últimas ediciones —respondió Griffin—. Mucha gente colecciona primeras ediciones, porque son muy raras. Pero las últimas ediciones son todavía más especiales. Cuando seas mayor entenderás por qué.

Y se negó a decir nada más.

Los siguientes meses pasaron mucho más deprisa que los cinco años previos. Su abuelo empezó a salir de nuevo a vivir lo que él llamaba sus «aventuras» y, a veces, cuando Effie iba a verlo después de clase, se lo encontraba quitándose las gruesas botas marrones y guardando la bolsa gastada de cuero y la bolsita de tela con el dinero. En una ocasión lo vio meter un palo muy raro en un cajón secreto de su gran escritorio de madera, pero cuando le preguntó al respecto, Griffin le dijo que se ocupara de sus cosas y siguiera con la traducción.

Effie aprendió rosiano muy rápido, y ahora estaba estudiando otro idioma, el llamado «antiguo inglés bastardo». Soñaba con vivir aventuras como las que leía en los libros de la biblioteca de su abuelo, en las que a lo mejor tenía que preguntarle a alguien en rosiano cuánto costaba dejar a su caballo en la cuadra el fin de semana, o en antiguo inglés bastardo qué criaturas peligrosas podía encontrarse esa noche en los bosques («¿Qué fyeras bestias podré encontrar en desta selva cuando fuera noche?»).

Seguía soñando también con la magia, pero aún no había sido testigo de nada mágico, de modo que cuando volvió a ver a su abuelo metiendo otro objeto en su cajón secreto —esta vez se trataba de un cristal transparente—, le preguntó de nuevo:

—¿Las cosas de ese cajón son mágicas, abuelo?

—Mágicas —repitió él, pensativo—. Mmm... Sí, ya veo que no dejarás de preguntarme sobre eso, ¿verdad? Pues bien, en mi opinión, la magia está sobrevalorada. Tienes que entender que no siempre puede recurrirse a ella; de hecho, casi nunca se puede, y menos en este mundo. La magia cuesta y es difícil. Recuerda esto, Effie, porque es importante: si quieres que una planta crezca en este mundo, debes enterrar una semilla, regarla, darle calor y dejar que los brotes vean el sol. No se usa magia para eso, porque utilizarla para llevar a cabo una tarea tan complicada, ¡la creación de vida, nada menos!, no sólo es un despilfarro, sino además innecesario. Más adelante, a medida que vayan pasando los años, supongo que verás cosas extrañas y maravillosas, cosas que probablemente ahora no puedas ni imaginar. Pero nunca olvides que muchas de las cosas que pasan a diario, como cuando una semilla se convierte en una planta, por ejemplo, son incluso más increíbles y complejas que la magia más difícil. Utilizarás la magia en muy raras ocasiones, por eso necesitas dominar primero otras habilidades.

—¿Qué otras habilidades?

—Los idiomas. Y...

El anciano reflexionó un instante y metió la barba en el vaso de agua, a pesar de que no estaba ardiendo. Luego se la escurrió despacio antes de añadir:

—Puede que haya llegado el momento de iniciarte en el pensamiento mágico. Para hacer magia, primero necesitas dominar el pensamiento mágico. ¿Cuántos años tienes ahora?

—Once.

—Bien. Empezaremos mañana.

Effie fue incapaz de resolver la primera tarea de pensamiento mágico que le puso su abuelo. Griffin se la llevó al recibidor y le enseñó tres interruptores.

—Cada uno enciende una luz distinta del piso —le explicó—. Uno la luz principal de la biblioteca, otro la lámpara que hay junto a mi butaca, y el tercero, la de la alacena donde guardo el vino. Son las luces que utilizo más a menudo y las que siempre olvido apagar cuando salgo. La electricidad es ahora muy cara y, cómo no, aplican unas multas considerables por usarla cuando hay un Toque de Sombra, por eso hice que colocaran los interruptores al lado de la puerta. Verás que desde aquí no puede saberse qué luz enciende cada interruptor. Tu tarea es averiguarlo. Sin embargo, ahí radica la dificultad: puedes hacer lo que quieras con los interruptores, pero sólo podrás ir una vez a ver qué luz se ha encendido y, cuando lo hagas, únicamente podrá haber accionado un interruptor. Además, sólo podrás darle e ir a mirar cuando estés segura de la respuesta. No tendrás una segunda oportunidad.

—Así que no puedo probar un interruptor, ir a ver qué luz se ha encendido y luego volver a probar con otro y memorizarlo.

—No, eso sería muy fácil. Cuando tengas la respuesta, deberás explicarme cómo has dado con ella. Por supuesto, lo más interesante es precisamente ese «cómo».

—Así que tampoco es cuestión de suerte.

—No. Tienes que utilizar el pensamiento mágico.

—Pero ¿cómo puedo...?

—Si lo consigues, tendrás un premio —aseguró Griffin.

—¿Qué premio?

—Ah... Eso no voy a decírtelo.

A partir de entonces, cada vez que Effie iba a la Antigua Rectoría se quedaba junto a los interruptores e intentaba resolver el enigma, aunque seguía sin saber cómo hacerlo. Odiaba darse por vencida, pero por mucho que le pidiera pistas a su abuelo, él no soltaba prenda. En lugar de eso, entre una traducción y otra le planteaba nuevos problemas de pensamiento mágico. Algunos, más que acertijos, parecían chistes.

—Por ejemplo —le dijo un par de semanas antes de que empezara las clases en el Colegio Tusitala—, imagínate que un hombre lanza una pelota a una distancia corta, y entonces la pelota invierte la dirección y le vuelve a las manos. La pelota no ha rebotado en ninguna pared ni en ningún otro objeto, y tampoco está atada a ningún cordel ni a nada parecido. Sin magia, ¿cómo podría ocurrir algo así?

Effie se pasó todo un día pensando y al final tuvo que rendirse.

—¿Cuál es la respuesta, abuelo? —le preguntó, justo antes de regresar a casa por la noche.

—Que lanzó la pelota al aire, chiquilla.

Effie se echó a reír. ¡Pues claro! Qué bueno.

Su abuelo, sin embargo, se puso serio.

—Tienes que dominar el pensamiento mágico antes de intentar siquiera los trucos de magia más básicos —le dijo—. Debes aprender a pensar. Y, por lo visto, no nos queda mucho tiempo.

—¿A qué te refieres? ¿Por qué no nos va a quedar mucho tiempo? —le preguntó.

Pero Griffin no contestó.

3

La razón de que Effie no hubiera llegado al colegio aquel lunes de octubre por la mañana se debía a lo que había ocurrido el miércoles anterior por la noche. Su padre, Orwell Bookend, había ido como siempre a recogerla a casa de su abuelo, pero en lugar de esperar en el coche subió los dos tramos de escalera que llevaban a la vivienda.

A ella le habían dicho que se dirigiera a la biblioteca a «estudiar», pero Effie se había quedado en el pasillo para oír lo que decía su padre. Sabía que algo pasaba. La semana anterior, Griffin había desaparecido de forma inesperada durante tres días, y ella se había visto obligada a ir directamente a casa después del colegio para ayudar a su madrastra, Cait, con su hermanita, Luna, en vez de ir a estudiar con su abuelo.

Hubo un tiempo en que Orwell Bookend llevaba pajaritas doradas y bailaba con la madre de Effie por la pequeña cocina mientras le cantaba canciones en las lenguas muertas que él enseñaba. Pero menos de dos años después de la desaparición de Aurelia, su padre había empezado a salir con Cait. Luego todo había cambiado en la universidad, cuando lo ascendieron y tuvo que empezar a vestir trajes oscuros, a menudo con una tarjeta con su nombre prendida, y a asistir a conferencias tituladas «Entornos de Aprendizaje Offline» o «De vuelta al papel y el lápiz», y cosas así.

—Lo han vuelto a hacer —le dijo a Griffin aquel miércoles por la noche—. Tu maldito grupo de Espadas y Brujería me ha escrito. Dicen que estás enseñándole a la niña «cosas prohibidas». Ni siquiera sé lo que eso significa, pero sea lo que sea, ya puedes dejarlo.

Griffin guardó silencio un largo instante.

—No es cierto —señaló por fin.

—Me da igual —contestó Orwell—. Quiero que lo dejes.

—Tú nunca has creído en el Altermundo. Y piensas que el Gremio se limita a administrar una especie de juego rebuscado. Vale, lo acepto. Pero, entonces, ¿por qué te preocupa lo que le enseñe? ¿Qué te importa a ti lo que digan?

—No tiene por qué ser real para ser peligroso —repuso Orwell.

—Bien, de acuerdo —respondió Griffin, con voz queda—. Aun así, lo único que te pido es que confíes en mí. No he transgredido el decreto del Gremio. Effie está a salvo. O al menos tan a salvo como cualquier otra persona en el mundo hoy por hoy.

Ambos permanecieron en silencio.

—Nunca supe adónde había ido Aurelia en realidad cuando dijo que había estado en el Altermundo —continuó al fin Orwell—, pero estoy seguro de que era algo mucho más terrenal de lo que quiso dar a entender. De hecho, estoy convencido de que se refería a otro hombre, probablemente a algún miembro de ese ridículo «Gremio». Sí, ya sé que tú crees en la magia. Y puede que algunas veces funcione, por el efecto placebo o lo que sea... Mira, no soy del todo escéptico. Es evidente que Aurelia quería que creyera en todo eso, pero la verdad es que nunca he podido. Y menos en algo tan extraordinario como lo que ella contaba.

Effie oyó unos pasos. Seguramente su padre iba paseando de un lado a otro mientras hablaba.

—No sé qué habrá sido de Aurelia. He aceptado que ya no está. Supongo que murió o quizá esté con ese otro hombre. Y, si te soy sincero, ni siquiera sé qué preferiría. Pero no pienso permitir que mi hija ande con la gente que corrompió a mi mujer. Ese mundo está lleno de tipos raros, lunáticos y marginados. No me gusta. ¿Lo entiendes?

Griffin soltó un suspiro tan fuerte que Effie lo oyó desde el pasillo.

—Mira —comenzó—. Los diberi...

Orwell maldijo con un grito. Golpeó algo, tal vez la pared. Luego pronunció unas palabras en voz tan baja que Effie no logró entenderlas. Y después volvió a gritar.

—¡No quiero saber nada de los diberi! ¡No existen! Ya te he dicho que...

—Vale, pues entonces no te enterarás de lo que está pasando —replicó Griffin, manteniendo la calma.

Más tarde, aquella misma noche, encontraron a Griffin Truelove sangrando, inconsciente y medio muerto en un callejón en el extremo occidental de Ciudad Antigua, cerca del Salón Recreativo Arcadia. Nadie sabía qué estaba haciendo en esa parte de la ciudad ni qué le había ocurrido. Cait sugirió que tal vez se había perdido y lo había atropellado un coche.

—Esas cosas suelen pasarles a los ancianos con demencia —comentó.

Pero Griffin no tenía demencia.

Lo llevaron a un pequeño hospital cercano. Y al día siguiente, y al otro, Effie fue a visitarlo en lugar de asistir a clase. Cada vez que iba, él le pedía que le llevara algo de su casa. El primer día fue el palo marrón que le había visto guardar en el cajón secreto de su escritorio y al que él llamaba ahora «varula» (tuvo que deletreárselo, porque Effie nunca había oído esa palabra); luego le pidió el cristal transparente, y también tuvo que llevarle papel y tinta, las gafas y el abrecartas con el mango de hueso.

El sábado, Effie se lo encontró sentado y escribiendo algo, o al menos intentándolo. La enfermera Underwood, que era la madre de Maximilian, uno de sus compañeros de clase, no hacía más que interrumpirlos para tomarle el pulso o la tensión y anotar los resultados en unos papeles sujetos a una tablilla que había al pie de la cama. Griffin estaba tan débil que sólo lograba escribir una palabra cada pocos minutos, y constantemente tosía y resollaba, y daba respingos a causa del dolor cada vez que se movía.

—Esto es un codicilo M —le explicó a la niña, sin apenas energía—. Es para ti. Primero debo terminarlo y luego... tendrás que dárselo a Pelham Longfellow. Es mi abogado. Lo encontrarás... lo encontrarás en... —El pobre Griffin jadeaba, casi sin aliento—. Es muy importante... —En ese instante le dio un ataque de tos—. He perdido mi poder, Euphemia. Lo he perdido todo porque... Rescata la biblioteca, si puedes. Todos mis libros son tuyos. Todas mis cosas. La varula. El cristal. Todo lo que quede después de... Lo pone en mi testamento. No esperaba que pasara esto ahora. Y busca el Va...

En ese momento se abrió la puerta y entró Orwell, que le preguntó a su suegro cómo se encontraba.

—Será mejor que nos vayamos —le dijo a su hija al cabo de unos minutos—. Queda poco para que empiece el Toque de Sombra.

Todas las semanas había varios Toques de Sombra, horas en que estaba prohibido utilizar la electricidad. También había semanas enteras en las que la vieja y crepitante red de teléfono quedaba fuera de servicio, para dejarla descansar un poco. Por eso casi todo el mundo llevaba mensáfonos, porque funcionaban con ondas de radio.

—Vale, sólo... —comenzó Effie—, espera un momento.

Orwell se acercó al abuelo para darle unas palmaditas torpes en el hombro.

—Que vaya bien la operación de mañana. —Luego, dirigiéndose a su hija, añadió—: Te espero fuera. Tienes tres minutos.

Effie miró a Griffin. Sabía que estaba intentando decirle algo importante y esperaba que siguiera con ello.

—Ro... Rollo —masculló en cuanto Orwell salió de la habitación.

Luego se produjo un largo silencio, en el que su abuelo parecía estar haciendo acopio de todas sus fuerzas. Tiró de Effie para que se acercara a él, de modo que sólo ella pudiera oír lo que iba a decir.

—Busca el Valle del Dragón —susurró.

Después lo repitió en rosiano. Bueno, más o menos. *Parfen Druic*: «Valle Dragón.»

¿Qué significaba eso?

—No vayas sin el anillo... —añadió Griffin. Luego se miró las manos temblorosas: en el meñique llevaba un anillo de plata que Effie nunca había visto—. Lo conseguí para ti, Euphemia, cuando me di cuenta de que eras una auténtica... una auténtica... —Y lo acometió otro ataque de tos tan fuerte que la última palabra se perdió—. Te lo daría ahora, pero voy a necesitarlo, además de todos los otros adminículos. Tengo que intentar... intentar... —Más tos—. Ay, Dios mío... Esto es inútil. El codicilo... Pelham Longfellow te lo explicará. Confía en él. Y consigue todos los adminículos que puedas.

—No lo entiendo. —Effie se echó a llorar—. No me dejes, abuelo.

—No permitas que los diberi venzan, Euphemia, por muy difíciles que se pongan las cosas. Tienes potencial, incluso más del que yo tenía... Debería habértelo explicado todo mientras pude, pero pensaba que eras demasiado pequeña y había hecho una promesa, y los idiotas del Gremio se aseguraron de que... Cuida de mis libros. Te los he dejado todos. El resto de mis cosas no tiene mucho valor. Salva sólo lo que me has traído y los libros. Busca el Va... Ay, cielos... La magia es demasiado fuerte. Sigue sin dejarme...

—¿Qué magia? ¿A qué te refieres?

Pero lo único que pudo hacer su abuelo durante el siguiente minuto fue toser y gemir.

—No voy a volver, querida niña, esta vez no. Pero estoy seguro de que nos encontraremos de nuevo. Lo último que tienes que recordar es que... —dijo Griffin al final, bajando mucho la voz—, la respuesta... —susurró tras hacer una larga pausa—, es el calor.

31

Cuando Effie se despertó el lunes por la mañana, tuvo la sensación de que había pasado algo terrible. Su padre había llamado al hospital esa noche, ya tarde, y luego había salido hacia allí en coche. Effie le había suplicado que la llevara con él, pero Orwell le dijo que se quedara en casa a esperar noticias. Sin embargo, las noticias no habían llegado. Y para empeorar todavía más las cosas, Cait, la madrastra de Effie, se había levantado a las cinco de la madrugada y, antes de hacer su vídeo de ejercicios, había tirado a la basura cualquier cosa comestible que hubiera en la despensa o la nevera. Y ni siquiera lo había tirado al cubo de casa, sino al contenedor de fuera, «para evitar tentaciones», como le había dicho en tono sombrío a Luna, el bebé, que no tenía edad para replicar.

Todo había desaparecido. El pan, los copos de avena, los cereales... El jamón, las salchichas, los huevos, el queso... Lo que quedaba de la mermelada que les había hecho por Navidad la señorita Wright (la antigua profesora de Effie, que le permitía incluso llamarla Dora fuera del colegio y que, antes de desaparecer, había vivido en el apartamento que había debajo del de Griffin, en la Antigua Rectoría). Ni siquiera quedaban patatas fritas o chocolate, aunque no es que uno fuese a desayunar patatas fritas o chocolate; a menos que estuviera verdaderamente desesperado, claro. No había nada de nada.

Cait Ransom-Bookend —había conservado parte de su apellido al casarse con el padre de Effie— leía muchos libros sobre dietas. Y leía esos libros porque quería estar tan delgada y ser tan guapa como la gente que salía en televisión, aunque su verdadero trabajo era investigar sobre un manuscrito medieval del que nadie había oído hablar. El último libro de dietas que había leído se titulaba *¡El momento es AHORA!*, y decía que se podía vivir a base de unos batidos especiales que no contenían leche. Esos batidos se llamaban «Bativital» y llegaban por correo en unos botes fosforitos gigantescos. Cada uno llevaba un libro de regalo pegado con cinta adhesiva, por lo general una novela romántica con una imagen en la portada de una mujer atada a un árbol, o a una silla, o a una vía de tren. Últimamente, Cait también leía muchos libros de ésos.

Por lo visto, algo en *¡El momento es AHORA!* —un capítulo titulado «No permitas que los niños gordos echen por tierra tu nuevo look», para ser exactos— había impulsado a Cait a escoger justo aquel día para tirar toda la comida apetitosa —aquella que te hace sentir mejor cuando estás un poco triste o preocupado—, para, acto seguido, poner delante de Effie —que de todas formas solía prepararse su propio desayuno— un líquido viscoso de color verde parduzco que parecía barro con briznas de hierba o algo peor, como el vómito de alguien con gastroenteritis. Aquello, por lo visto, era el batido «Buenos días». Estaba asqueroso. Pero, de todos modos, Effie no tenía hambre. Estaba demasiado preocupada para tener hambre.

Luna también tenía su propio batido, era de color rosa fucsia. Pero tampoco parecía muy entusiasmada; un manchurrón rosa en la pared frente a la trona sugería que ya lo había lanzado por los aires al menos una vez.

—Tiene una pinta fantástica, ¿verdad? —dijo Cait.

—Eh... —comenzó Effie—. Gracias. ¿Se sabe algo de papá?

La madrastra puso un gesto triste, aunque en realidad no lo estaba.

—Sigue en el hospital.

—¿Puedo ir?

Cait negó con la cabeza.

—Han llamado del colegio. Por lo visto la semana pasada faltaste dos días. Tu padre y yo lo estuvimos hablando ayer. No vas a ayudar a tu abuelo faltando al...

—¿Ha pasado algo?

Cait guardó silencio el tiempo suficiente para que Effie supiera que había ocurrido algo.

—Tu padre... —comenzó—, hablará contigo después del colegio.

—Por favor, Cait, ¿podrías llevarme al hospital?

—Lo siento, Effie, no puedo. Tu padre... ¿Effie? ¿Adónde vas?

Pero la niña ya había salido de la cocina y recorría el estrecho y polvoriento pasillo en dirección al cuarto que compartía con Luna.

—¿Effie? —la llamó Cait, pero Effie no respondió—. ¿Effie? ¡Ven aquí ahora mismo y termínate el batido!

Effie, sin embargo, no volvió para terminarse el batido. Se puso el uniforme verde y gris del colegio lo más deprisa que pudo, se abotonó la capa de fieltro de color verde botella y salió de casa sin despedirse siquiera. Ya iría al colegio después de ver a su abuelo.

Cogió el autobús que cada día la llevaba hasta el Monumento a los Escritores y subió la cuesta hasta Ciudad Antigua, exactamente como si se dirigiera a la escuela. Anduvo por las calles de adoquines y dejó atrás el Salón Recreativo Arcadia, el Museo de los Escritores, la librería anticuaria de Leonard Levar y el Emporio de Mascotas Exóticas de Madame Valentin, hasta que, después de atajar por los jardines de la universidad, giró a la derecha en lugar de a la izquierda y enfiló la larga calle que llevaba al hospital, con la esperanza de que nadie advirtiera su uniforme y le preguntara adónde creía que iba.

La noche anterior, Effie había buscado la palabra «codicilo» en el diccionario. Era una «disposición testamentaria». Sin embargo, tuvo que hacer varias búsquedas más para entender lo que aquello significaba, porque ya no podía recurrir a internet. Había mucha gente que aún tenía diccionarios antiguos en sus viejos móviles, pero Effie tenía uno de verdad que Griffin le había regalado por su último cumpleaños. Todos los diccionarios, excepto los más nuevos, contenían un montón de palabras que ya no se usaban, como «blog» o «wifi». Cosas que sólo existían antes del Gran Temblor.

Al final, Effie averiguó que un codicilo es algo que se puede añadir a un testamento para cambiarlo de alguna manera, y que un testamento es un documento legal que dice quién hereda qué cuando alguien muere. Entonces se acordó de la obra que habían leído con la profesora Beathag Hide unas semanas antes, en la que un viejo rey cambiaba cada dos por tres su testamento en función de quién, según su parecer, lo quería más.

Pero ¿por qué iba Griffin a cambiar su testamento ahora? ¿Acaso se estaba muriendo? Effie no podía dejar de pensar en él, allí, débil y solo en la cama de hospital, con su larga barba, tan frágil y tan fuera de lugar sobre las sábanas blancas y suaves. Lo había visto escribir el codicilo desesperadamente, mojando la pluma estilográfica en el frasco de tinta azul, mientras la enfermera Underwood chasqueaba la lengua. En la mesa de la habitación descansaba el material de escritorio que Effie le había llevado de su apartamento: un papel de carta especial de color crema y unos sobres que parecían caros, pero normales, hasta que los ponías a contraluz; entonces aparecía una delicada marca de agua con la imagen de una casa grande detrás de una verja cerrada. Tenían aquella marca de agua todas las cartas y los sobres de Griffin Truelove.

Hasta la semana anterior, Effie nunca había estado sola en casa de su abuelo. Y no le gustó nada la experiencia. Todo le parecía extraño, todo le olía raro, y daba un respingo cada vez que oía un ruido inesperado. La calefacción estaba apagada y hacía un frío de muerte. Effie no dejaba de imaginarse a su abuelo en aquel callejón ni de preguntarse a qué habría ido allí en plena noche. En el hospital decían que probablemente unos matones le habían dado una paliza, o que unos niños lo habían atacado porque sí. Pero Effie era una niña y no conocía a nadie capaz de atacar a alguien como su abuelo.

¿Y qué pasaba con la magia?

Sin duda, en un momento como aquél era cuando se usaba, ¿no? Por mucho que uno finja que la magia es difícil o aburrida, por muchos sermones que le hayan echado y por mucho que le hayan insistido en que debe utilizarse de manera responsable o que antes de recurrir a ella hay que probar cualquier otro método para lograr el fin deseado, seguro, segurísimo que si alguien te ataca, si están a punto de matarte, entonces es cuando...

¿Qué? ¿Qué haces entonces? ¿Convertir a tu atacante en una rana? ¿Encogerlo? ¿Hacerte invisible? Desconsolada, Effie se dio cuenta de que, después de todo el tiempo que había pasado estudiando con su abuelo, ni siquiera sabía qué se hacía con la magia. Sólo había aprendido un montón de cosas que no conseguiría hacer con ella. «No esperes que la magia te haga rica ni famosa», por ejemplo. O «Tu verdadero poder no lo obtendrás con la magia, y menos en tu caso». Pero hiciera lo que hiciese la magia, su abuelo no había recurrido a ella cuando lo habían atacado, y Effie no lo entendía.

Claro que la explicación más obvia era que la magia no existía. Al fin y al cabo, eso era lo que, por lo visto, pensaba casi todo el mundo, por muchos libros de Laurel Wilde que se leyeran. Su padre siempre había dicho que la magia no existía. Aun así, el miércoles anterior, en casa de su abuelo, aseguró que era peligrosa y dio a entender que casi creía en ella. ¿Qué significaba eso? Effie volvió a preguntarse cómo algo que no existía podía haberse llevado a su madre. ¿Cómo podía ser peligroso algo imaginario? Y, además, si la magia era tan peligrosa, ¿por qué no la había empleado su abuelo la noche que lo atacaron?

4

El pequeño hospital quedaba escondido en el extremo nororiental de Ciudad Antigua. Rodeado por una verja de hierro, se accedía a él a través de una puerta azul enorme con una gran aldaba de bronce. Effie, cansada de tanto andar y un poco débil por no haber desayunado, entró en el edificio. Por lo general, una enfermera atendía tras el mostrador, pero aquel lunes por la mañana no había nadie, de manera que subió por la escalera ella sola y recorrió el sombrío pasillo. Abrió la puerta de la habitación de su abuelo, preguntándose cómo se encontraría y confiando en que la operación hubiera salido bien, a pesar de lo que él le había dicho el sábado.

La habitación estaba vacía. Bueno, estaban la cama y el armario y había un jarrón sin flores. Pero su abuelo y todas sus cosas habían desaparecido. A Effie se le llenaron los ojos de lágrimas. No... Debía de haberse equivocado de habitación. O a lo mejor lo habían trasladado. O tal vez, tal vez... Pero aquélla era su habitación. Effie lo sabía. Y entendía lo que aquello significaba.

Antes de que se diera cuenta se la llevaron a la cocina del personal, donde alguien le ofreció un chocolate caliente. Se esforzó por no llorar delante de todo el mundo, mientras una de las enfermeras le contaba que su abuelo se había ido sin sufrir durante la operación, y que parecía casi feliz, como si estuviera ante las puertas del cielo.

—¿Dónde está mi padre? —les preguntó.

Otra enfermera le contestó que, según creía, había ido a la Antigua Rectoría a vaciar la vivienda de Griffin. La mujer se ofreció a llamarlo al mensáfono, pero como la Antigua Rectoría no quedaba lejos, Effie decidió ir allí a buscarlo. Sin embargo, de pronto, todo se le vino encima. La invadió una sensación espantosa de vacío. De no ser por...

—¡El codicilo! —exclamó Effie—. ¿Qué ha pasado con el codicilo?

La enfermera frunció el ceño.

—¿El qué?

—Y sus cosas. Su anillo de plata y... Debería haber un sobre para mí, y otras co...

La enfermera negó con la cabeza.

—Lo siento, cariño. Como tu padre dijo que no quería llevarse nada, lo hemos donado todo a la beneficencia.

—¿Qué? Pero no lo entiendo...

—Lo hace mucha gente. En fin, para devolver algo a la fundación que gestiona el hospital. ¿Dices que tu abuelo tenía un anillo?

—Sí. Era una antigüedad, creo. Él quería que yo me quedara con sus... Bueno, con algunas de sus cosas, cosas muy importantes que...

La enfermera suspiró.

—Si quieres puedo enseñarte la sala donde lo guardamos todo. —Consultó el reloj—. Creo que el de la beneficencia todavía no ha pasado a buscarlo. Pero tenemos que darnos prisa.

Effie siguió a la enfermera fuera del edificio principal, y luego por un pasaje hasta un jardín de plantas aromáticas lleno de lavanda y salvia, que empezaban a ponerse mustias por entonces, poco antes del invierno. En un patio pequeño de adoquines, una escalera vieja llevaba a un edificio de piedra de una sola planta. El cartel de la puerta simplemente decía: «BENEFICENCIA.» Dentro había ropa, libros, despertadores y toda clase de objetos de aspecto triste. Effie se puso a buscar las pertenencias de su abuelo. No quería que pasaran en aquel lugar sombrío ni un minuto más de lo necesario. Pero no encontró nada.

—¿Y bien? —preguntó la enfermera—. ¿Ves el sobre? ¿O el anillo?

Effie negó con la cabeza.

—Voy a buscar otra vez.

La enfermera miró a su alrededor con una expresión algo asustada en los ojos.

—Pues más vale que te des prisa, el de la beneficencia está a punto de llegar.

A Effie no le gustaba nada cómo sonaba eso de «el de la beneficencia», pero tenía que encontrar las cosas de su abuelo. Buscó y rebuscó, pero nada. Al final, con los ojos otra vez anegados de lágrimas, no tuvo más remedio que darle las gracias a la enfermera y marcharse.

Fuera aún hacía frío, a pesar de la suave luz otoñal. Effie se envolvió bien en la capa del colegio y se dirigió deprisa hacia la Antigua Rectoría. A lo mejor, después de todo, su padre sí que había recogido las pertenencias de su abuelo... Pero sólo llevaba andando un minuto más o menos cuando oyó una respiración a su espalda. Alguien la seguía. Aceleró el paso; su perseguidor la imitó. Y, de pronto, susurraron su nombre:

—¡Effie!

Alguien la agarró del brazo y la metió de un tirón en un callejón adoquinado.

Era una de las enfermeras del hospital: la señora Underwood, la madre de Maximilian. Jadeaba y la expresión de su cara era muy seria, muy severa. Se llevó un dedo a los labios, cogió la mano de Effie y le entregó un anillo de plata con una piedra de color rojo oscuro engarzada con varios dragones de plata diminutos.

—¡El anillo de mi abuelo! —exclamó la niña—. ¡Gracias! Yo...

—¡Chist! —la acalló, apremiante, la enfermera Underwood—. No se lo digas a nadie —susurró—. Y vete ya, deprisa. El de la beneficencia está a punto de llegar y no le gusta que regalemos nada. No dejes que te vea.

Effie se guardó el anillo en el bolsillo de la capa y se dispuso a salir corriendo. Pero...

—¿Y las otras cosas?

La enfermera Underwood frunció el ceño.

—Mi abuelo estaba escribiendo un codicilo. Usted misma lo vio.

—Creo que podría tenerlo tu padre. En cuanto al resto...

La mujer consultó el reloj. Y justo en ese momento, Effie oyó unos pasos que se acercaban. Eran más pesados que los de la enfermera y resonaban con mayor intensidad. Entonces apareció un hombre.

—Ah, bien —indicó la señora Underwood—. Doctor Black. ¿Tiene usted...?

—Hola, Euphemia —la saludó él—. Soy el cirujano que operó a tu abuelo. Siento mucho tu pérdida. Hice todo lo que pude para que llegara al Altermundo, pero no sé si lo consiguió.

El doctor Black se sacó del bolsillo de su larga bata una bolsita de algodón con cordones.

—Éstos son los objetos que dejó. Él quería sobre todo que los tuvieras tú porque... en fin, por razones obvias. Tenía miedo de que tu padre los destruyera si llegaban a sus manos. He intentado alcanzarte antes, pero has salido disparada... Por suerte, la enfermera Underwood me ha llamado al mensáfono cuando ha visto que te marchabas. Sea como sea, cuanta menos gente sepa de esto, mejor. Eso es crucial.

El doctor Black miró a ambos lados del callejón desierto y le dio la bolsa a Effie.

—Buena suerte —añadió.

Y antes de que la niña pudiera siquiera darle las gracias o preguntarle qué era eso del Altermundo, el médico y la enfermera se marcharon a toda prisa.

Effie abrió la bolsa y encontró dentro la varula, el cristal, el abrecartas y las gafas de su abuelo. Volvió a cerrarla con cuidado y la guardó en el fondo de la mochila del colegio. Antes de que pudiera verla el hombre de la beneficencia, salió corriendo.

Cuando llegó a la Antigua Rectoría, parecía que allí no había nadie, ni siquiera su padre. Metió una mano por debajo de la maceta para alcanzar la llave, pero no la encontró. Miró por la ventana de la planta baja y vio las cosas de la señorita Dora Wright tal como la profesora las había dejado. Era horrible perder a dos personas tan queridas en tan poco tiempo... Aunque la señorita Wright iba a volver. ¿O no?

Effie no podía mirar por las ventanas de la planta superior. ¿Seguirían allí los libros de su abuelo?

Justo en ese momento se oyó el chasquido de un cerrojo dentro del edificio y la puerta empezó a abrirse. Era su padre. Estaba pálido y parecía cansado. Se estaba guardando una tarjeta de visita de color crema en el bolsillo del pantalón del traje. Iba tan ensimismado que al principio no advirtió la presencia de su hija, pero en cuanto la vio, la expresión de su cara cambió por completo y poco a poco se puso más rojo que un atardecer encendido.

—Effie, ¿por qué no estás en el colegio?

De pronto, se quedó callado y bajó la vista al suelo.

—Vaya... Te has enterado de lo de tu abuelo.

Hubo una época en que Effie y su padre tenían una relación mucho más cercana. Hubo una época en que esa situación les habría provocado una maraña de sentimientos, y se habrían pasado horas y horas hablando, interrumpiéndose el uno al otro, hasta poner un poco de orden en todo aquel torbellino. Hubo una época en que Effie se habría echado a llorar y su padre le habría ofrecido un pañuelo de algodón de los de antes. Era la época en que todavía llevaba pañuelos, antes de que Cait le hiciera tirar todas sus cosas viejas, incluidas las pajaritas doradas, y lo obligara a comprarse trajes discretos, más apropiados para su nuevo puesto como decano en la facultad de Lingüística de la Nueva Universidad de Excelencia Midzhar.

Orwell Bookend era la clase de profesor universitario que iba siempre por ahí distraído y dejaba a su paso una nube de polvo de tiza y un montón de estudiantes ansiosos por saber más sobre la lengua muerta o el manuscrito medieval del que hubiera estado hablándoles. Y hubo una época en que Cait había sido una más de esos estudiantes que lo adoraban, y la madre de Effie aún vivía y todo era diferente. Antes del Gran Temblor, Orwell se mostraba mucho más atento, y en una situación como ésa habría abrazado a su hija —por muy enfadado que estuviera en realidad— y le habría dicho que todo iba a salir bien.

Pero ahora no. Ahora, Orwell Bookend se limitó a soltar un suspiro profundo.

—¿Papá?

Él frunció el ceño.

—Es que me gustaría que alguna vez hicieras lo que se te dice, nada más. Lo siento mucho por ti... por todos nosotros. Todos queríamos a Griffin, por supuesto. Pero podríamos haber hablado de esto más tarde, como es debido, y no aquí, en la puerta, con el frío que hace. Las reglas existen por una buena razón. Y ahora... —Orwell miró el reloj—. Ahora llego tarde a una reunión en la facultad, y tú vas a llegar tardísimo al colegio.

Un conejo presenció la escena sentado debajo del seto de la entrada. Había oído la conversación y se preguntaba por qué eran tan complicados los humanos. ¿Es que no podían compartir una lechuga y ya está? El humano mayor tenía un aura muy compleja, advirtió el conejo, pero carente de magia. En cambio, el aura de la humana más pequeña era mágica, muy mágica. El conejo nunca había visto nada igual. Mostraba incluso un color pálido que no solía verse en este mundo. Eso hizo que sintiera muchas ganas de ayudarla, aunque no sabía cómo hacerlo.

—El abuelo Griffin me dejó un codicilo, pero no lo he encontrado en el hospital —explicó Effie—. ¿Sabes dónde lo guardó?

Orwell volvió a suspirar.

—Escucha, Effie, seguro que ya sabes que tu abuelo en parte vivía en un mundo de fantasía lleno de gente que cree en la magia, en otras dimensiones y cosas así. Quizá todo eso pueda parecer real a veces, pero entiendes que ese mundo no existe, ¿verdad? Últimamente me preocupaba lo que te estaba enseñando. Lo que Griffin consideraba «magia» es, en el mejor de los casos, una completa pérdida de tiempo, y en el peor...

—El abuelo no me enseñó nada de magia. Decía que era muy difícil y que siempre hay otra manera de hacer las cosas.

—Bueno, eso ya es algo, supongo. Pero no sé qué historias debió de contarte sobre viajar a otros mundos y luchar contra los diberi... o como se llamen. Cait y yo queremos que comprendas que no son más que fantasías y que no deberías tomártelas en serio.

—¿Qué tiene que ver Cait con todo esto? Ni siquiera es mi verdadera madre.

—Effie, por favor. Ya hemos hablado de esto, y sabes que cuando dices eso hieres los sentimientos de Cait.

—Cait no está aquí. Pero, en fin, ¿qué pasa con mi codicilo?

—Pues mira, voy a ser muy claro. Lo he destruido, por tu propio bien. Ni siquiera lo he leído. He quemado ese maldito papel en cuanto he tenido ocasión. Quiero que todas estas tonterías desaparezcan de nuestras vidas para siempre. Deberías estar aprendiendo cómo es el mundo de verdad, no cómo se lo imaginan las mentes confundidas de un puñado de chiflados y bichos raros. Es probable que ahora no lo comprendas, pero más adelante me lo agradecerás.

—Pero un codicilo es... es un documento legal. Tengo que llevárselo a...

De pronto, Effie decidió no mencionar a Pelham Longfellow, porque su padre lo menospreciaría exactamente igual que a todas las personas con las que se relacionaba Griffin.

—Tengo que llevárselo a un abogado.

—Effie —dijo su padre, que suspiró una vez más—, ¿acaso sabes lo que es un codicilo M?

La niña cayó en la cuenta de que no lo sabía, pero sí se acordaba de que eso había dicho su abuelo: «codicilo M». Negó con la cabeza.

—La M es de «mágico». Un codicilo M añade algo a un testamento M, o sea, un testamento mágico. Según cuentan, cuando muere una persona normal, deja un testamento normal, y cuando muere una persona mágica, deja un testamento M, gracias al cual puede legar hechizos concretos o bien objetos mágicos que no pueden incluirse en un testamento normal. Y se supone que esos testamentos sólo pueden gestionarlos los abogados mágicos. Así que imagino que eso era lo que quería tu abuelo, que te pusieras en contacto con alguna especie de abogado «mágico» y ridículo.

—Pero...

—No son más que cuentos. Fantasías. Como esos libros ridículos de Laurel Wilde que leías. Y lo que ha ocurrido hace poco demuestra lo peligrosas que pueden ser las personas que defienden fantasías de ese tipo. No quiero que te acerques siquiera a esa gente ni a ese mundo en el que tu abuelo estaba tan metido.

A Effie se le saltaron las lágrimas, pero se negaba a llorar delante de su padre.

—¿Cómo has podido? El codicilo era para mí.

—Tienes once años. Eres demasiado pequeña para estas cosas. ¿Acaso sabes dónde se supone que viven los abogados mágicos, eh?

—No.

—En el Altermundo. ¡En otra dimensión! No es más que otro cuento.

Effie alzó la vista hacia la parte superior del edificio.

—Bueno, ¿y qué pasa con los libros que me dejó el abuelo? Se supone que tengo que cuidar de su biblioteca y además...

—¿Ese montón de mamotretos inútiles y viejos encuadernados en piel? —Orwell Bookend resopló con desprecio, olvidándose por completo de la pasión que en otro tiempo había sentido por los libros raros y los manuscritos—. En eso tu abuelo ha sido muy poco realista, como siempre. ¿Dónde demonios íbamos a meter su biblioteca? Si apenas cabemos en casa nosotros cuatro... Ha sido muy injusto por su parte hacerte creer que ibas a poder quedarte con todos esos libros. Elige uno como recuerdo, Effie. Me parece lo más razonable.

—¿Qué? ¡Sólo un libro! Pero hay últimas ediciones muy poco comunes y...

—No insistas, Effie, o te quedas sin ninguno. No sé qué te pasa últimamente. Antes eras una niña feliz y normal, y ahora... Tal vez sea culpa mía. Debería haber buscado a alguien que te cuidara como es debido después del colegio, en lugar de dejarte en manos de un viejo iluso. Pero, bueno, tienes que intentar serenarte, ir al colegio y olvidarte de todo esto. Después de clase, a las cinco en punto, ven y elige un libro antes de que llegue el hombre de la beneficencia.

El hombre de la beneficencia otra vez.

—Y luego, en casa, nos sentaremos, toda la familia, para hablar del dolor que sentimos por la pérdida de tu abuelo. Creo que Cait tiene un libro sobre el tema...

Además de los libros sobre dietas, Cait tenía un montón de títulos de autoayuda que o bien te decían cosas que todo el mundo sabía, u otras que no se le ocurriría decir a nadie en su sano juicio. En los últimos meses, había llenado la casa de libros así, todos publicados por Ediciones Cerilla.

Effie sabía que era mejor no discutir con su padre cuando se ponía de aquella manera. Tendría que ir al colegio y dar con la forma de rescatar la biblioteca de su abuelo antes de las cinco en punto. Ya lloraría en los lavabos si se ponía muy triste. En cuanto a Pelham Longfellow... Por lo visto vivía en ese Altermundo al que su abuelo también había ido. Debía averiguar cómo llegar hasta allí. Tenía muchas cosas en que pensar, de manera que se enjugó las lágrimas y consultó el reloj. Sólo eran las diez y diez. Si corría, llegaría antes de que hubiera acabado la clase de literatura. Por lo menos en el colegio no haría tanto frío.

Cuando Effie se marchó, el conejo se dio cuenta de que el padre escondía debajo de una maceta un objeto metálico humano, algo a lo que llamaban «llave». Aquello era lo que la niña del aura de colores tan extraños debía de haber estado buscando. ¿Lo necesitaría de nuevo? Cuando el hombre se marchó, el conejo volcó la maceta y cogió la llave con los dientes. Luego se la llevó a lo más profundo de su madriguera, donde la guardaría hasta que la niña la necesitara. Satisfecho con ese plan, el conejo volvió a salir y se dedicó a mordisquear las hojas de las fresas silvestres que crecían junto al pozo, al fondo del jardín de la Antigua Rectoría.

5

La profesora Beathag Hide aborrecía muchas cosas: la desobediencia, las excusas, la debilidad, a los niños... Y sólo había una que le gustara por encima de todas las demás: la literatura. Le encantaban los poemas y las obras de teatro, las novelas y las largas epopeyas. Sin embargo, su vista ya no era la de otras épocas, de manera que aprovechaba cualquier oportunidad para que los demás le leyeran en voz alta. No importaba que fueran niños y que lo hicieran abominablemente mal. Eso era mejor que nada.

Así pues, lo único bueno que sucedía en sus clases, ahora que ya no hacían escritura creativa, eran las lecturas de obras de teatro. Cada alumno interpretaba un papel, y leían la obra entre todos; a veces dedicaban varias sesiones a hacerlo y, en cierto modo, no parecía trabajo.

El último de la clase no interpretaba ningún papel, o se le adjudicaban personajes de poca importancia, algo que a Maximilian ya le iba bien. Al primero, en cambio, fuera quien fuese, siempre le tocaba ser el protagonista, y además podía elegir quién interpretaba a los otros personajes. Y eso era algo que no iba con Lexy, porque a ella no le gustaban los papeles principales. Cada vez que leía un libro decidía de antemano con qué personaje se iba a identificar más (quién iba a ser ella, en su mente), y nunca era el protagonista. A veces escogía a la hermana pequeña del personaje principal, o a su mejor amiga. A menudo era al-

47

guien que ayudaba a los demás, como una enfermera. Y en ocasiones escogía mal y el personaje moría o sólo aparecía en una escena en todo el libro. Pero incluso eso era mejor que tener que ser la estrella.

Ahora a Lexy le había tocado ser la protagonista de *Antígona*, una tragedia griega. Ella y todos sus compañeros tuvieron que practicar cómo se pronunciaba el título antes de poder siquiera empezar a leerla. De entrada, había que poner bien el acento.

—An-ti-go-na —dijeron los niños probando suerte, después de soportar un sermón de unos diez minutos sobre cómo se debía pronunciar, y casi lo lograron.

—¡No! —exclamó la profesora Beathag Hide.

—An-¡tí!-go-na —probaron de nuevo.

—¡Bien!

Y así empezó la lectura de la obra.

Antígona era justo la clase de protagonista que Lexy no quería interpretar. Cuenta la tragedia que el hermano de Antígona muere en una batalla contra su otro hermano, que ella quiere enterrarlo, pero no se lo permiten, y que luego la condenan a muerte. La historia es muy triste —«trágica», según la profesora Beathag Hide, que es mucho peor que sólo triste—, y todo el mundo se comporta de un modo horrible con los demás y luego casi todos mueren. La obra también da mucha vergüenza si resulta que te toca ser Antígona y has elegido a Wolf Reed para interpretar el papel de Hemón, sin saber que es tu amado y que se suicida cuando se entera de que te han sentenciado a ser enterrada viva. A pesar de todo, mientras los niños leían, la profesora Beathag Hide parecía más contenta que nunca mientras escuchaba los parlamentos largos y apasionados en los que Antígona implora que den un entierro digno al cuerpo de su hermano, y luego la súplica de Hemón para que perdonen a su amada...

Hasta que, de repente, se abrió la puerta y apareció Euphemia Truelove, que llegaba como una hora tarde.

La puerta chirrió ruidosamente al abrirse. Como todo lo demás en el Colegio Tusitala para Dotados, Problemáticos y Raros, aquella puerta era muy vieja y estaba pidiendo a gritos un cambio, o al menos un buen chorro de aceite. Toda la clase se quedó en silencio. Maximilian tragó saliva. Raven se sentó sobre las manos, preguntándose si se habría hecho ya invisible, aunque sospechaba que no. Wolf echó un vistazo al reloj... Si el alboroto que sin duda iba a producirse se alargaba lo suficiente, se libraría de tener que leer mucho más de aquella obra tan deprimente y podría dedicar todo su tiempo a pensar en cómo prepararse para la clase de educación física y en cómo ejercitar ese día su fortaleza mental. Bruce, el entrenador del equipo de rugby de benjamines, últimamente tenía mucho que decir sobre la fortaleza mental de Wolf, y no todo era bueno.

El silencio se estaba volviendo insoportable, aunque de hecho sólo duró unos segundos porque en ese momento lo rompió un fuerte clong metálico cuando una gota de agua cayó en el cubo de hojalata que había al lado de Maximilian. Luego se oyó otro clong. Y otro. Estaba lloviendo. Y el agua se colaba por el tejado, como siempre.

—¿Podemos ayudarte? —preguntó la profesora Beathag Hide a Effie.

—Siento llegar tarde —comenzó a decir ella—. Es que he tenido un...

De repente, le dieron ganas de echarse a llorar. Todos la miraban.

—¿Un qué? —la apremió la profesora—. ¿Un problema para levantarte de la cama, tal vez?

—No, es que...

Effie se dio cuenta en ese instante de que no quería contar nada de su abuelo delante de sus compañeros. Era algo demasiado íntimo. Además, la profesora Beathag Hide siempre insistía en que no había que poner excusas ni dar explicaciones... Y, de todas formas, cuando pasaba algo así se suponía que uno debía llevar una carta de los padres, y Effie no tenía ninguna carta que entregar.

—Pues, en realidad... Sí, lo siento, me he quedado dormida.

—¡¿Es que no tienes despertador?!

—Pues sí, pero...

—¿Igual es que se ha roto?

—Sí, creo que se le han acabado las pilas...

—¡Qué interesante...! Porque nosotros hemos oído otra historia, ¿verdad, niños?

La clase se quedó de piedra. ¿Se suponía que debían contestar a aquella pregunta? Por suerte, la profesora Beathag Hide continuó:

—Hemos oído hablar de un abuelo ¡enfermo!

Maximilian ahogó una exclamación. ¡Oh, no! Aquello era culpa suya.

—Es asombroso la de abuelos que tienen algunos niños. En el último colegio en el que di clases, un pobre niño tuvo ¡diecisiete! Cada vez que había que entregar un trabajo, se moría uno. ¿Os lo podéis creer, niños? ¡Diecisiete!

La clase entera intentó imaginárselo. Todos menos Raven, que lo que intentaba era lanzar su hechizo de invisibilidad sobre Effie, y Wolf, que se preguntaba cómo iba alguien a mantener la fortaleza mental en una situación así.

—Lo cual —prosiguió la profesora Beathag Hide—, y creo que estaréis todos de acuerdo conmigo, ¡suma como poco trece traiciones a la verdad! O, en otras palabras, ¡trece mentiras!

Effie tenía la vista clavada en el suelo y los ojos llenos de lágrimas. ¿Y si se venía abajo y se echaba a llorar delante de todos? En pocas palabras, sería como el fin del mundo. Se metió una mano en el bolsillo, tocó el anillo de plata de su abuelo y al hacerlo se sintió un poco mejor, un poco más fuerte. Se lo puso en el pulgar. Le produjo una sensación cálida, como cuando te comes un buen plato de gachas en una mañana de invierno.

Se oyó otro fuerte clong en el cubo de metal.

—¿Y bien? —insistió la profesora.

—Basta —dijo Maximilian de pronto, casi sin darse cuenta.

La palabra brotó como si fuera una especie de susurro fuerte, pero de alguna forma pronunciarla hizo que se sintiera mejor, así que la repitió, esta vez en voz alta:

—¡Basta!

La palabra resonó en el aula. Alguien se había atrevido a hablar. Era el niño lastimero. El zoquete. El último de la clase. La profesora Beathag Hide se volvió lentamente hacia él. Effie aprovechó la ocasión para sentarse en su sitio, e intentó hacerse lo más pequeña posible y pasar desapercibida.

El pobre Maximilian temblaba conforme la profesora se acercaba a su pupitre.

—Bueno —dijo ella—. Bueno, bueno... ¿A quién tenemos aquí? A Hemón, con un capirote, implorándome que perdone a su Antígona, defendiendo a su amiguita. ¿O tal vez es tu novia? —La profesora frunció el ceño—. ¡Cuánta lealtad! ¡Cuánta valentía! Y en alguien a todas luces tan poco capacitado, en alguien condenado al fracaso social. Cómo admiro tu coraje... Oh, sí. Tanto que voy a castigarte sólo un día, en lugar de una semana. Y a tu asustado amorcito, lo mismo. Los dos os presentaréis en mi despacho a las cuatro en punto. Maximilian y Euphemia. ¡Si casi suena a Shakespeare! «Oh, Maximilian, Maximilian...» Os encerraré juntos en el armario de las escobas. Estaréis ahí un buen rato, y ya veremos cómo florece este trágico romance.

En otro sitio, en un pasillo oscuro, el viejo director tocó débilmente el timbre, lo que indicaba que la clase por fin había terminado. Todos, a excepción de Effie, salieron del aula sintiendo que a lo mejor habían aprendido algo, aunque tal vez no lo que el gobierno y los adultos esperaban que uno aprendiera en el colegio. Effie buscó con la mirada a Maximilian para darle las gracias, pero el chico ya se encaminaba hacia los vestuarios, sumido en una especie de aturdimiento avergonzado, para dirigirse a la clase de educación física. Nunca lo habían castigado, y le hacía incluso un poquito de ilusión.

A Wolf Reed le encantaba jugar al rugby. Sentir el tacto de la pelota bajo el brazo o en las manos, correr deprisa, patear, lanzarse en plancha para marcar... El rugby era lo único que de verdad le gustaba. Bueno, también disfrutaba con otros deportes, pero el entrenador Bruce siempre les decía que los demás deportes no eran sino una preparación para el rugby.

Lo que más le gustaba a Wolf era pasar con fuerza la pelota, lanzarla para que volara a toda velocidad girando en el aire hasta...

¡Plaf!

Maximilian se había caído al barro. Otra vez.

El señor Peters, el responsable de educación física, tocó el silbato.

—¡Reed! —gritó por tercera vez—. Quedas avisado.

—¿De qué, señor?

A Maximilian lo habían metido precisamente en el equipo de Wolf porque si jugara en el equipo contrario, Wolf lo habría dejado medio muerto con placajes que casi con toda seguridad no estaban permitidos en el rugby juvenil. Para ser justos, no se trataba de nada personal. Era más bien algo inevitable, dado que Wolf era el mejor jugador de rugby de su curso, y Maximilian, el peor. Así que el señor Peters los había puesto en el mismo equipo, y el resultado era que Wolf le lanzaba la pelota con tal fuerza a su compañero que lo tiraba al suelo.

—No pasa nada, señor —dijo Maximilian, limpiándose el barro de las gafas—. De verdad.

Pero cinco minutos después, se repetía la jugada.

—¡Se acabó! —gritó el señor Peters—. Vosotros dos, adentro. Id a jugar al tenis. Ya estoy harto de esto.

—Pero ¡señor...! —suplicó Wolf—. No es justo. —Y masculló unas cuantas maldiciones.

—¡Marchaos ahora mismo! Y tú, esta tarde estás castigado —añadió, señalando a Wolf—. En el campo de rugby no se dicen palabrotas.

Lo cual era una mentira como una casa, ya que en todos los campos, canchas y pistas de deportes del planeta la gente soltaba palabrotas a mansalva, desde los niños hasta los padres, pasando por los jugadores profesionales. Pero aquello no importaba: las reglas eran las reglas.

En el pabellón de tenis estaba pasando algo raro, y no es que fuera del todo inusual, puesto que el pabellón era un lugar «peculiar» en el mejor de los casos, pero lo que estaba ocurriendo era ya tan extraño que incluso había llamado la atención del entrenador Bruce.

El entrenador estaba en las pistas más o menos por las mismas razones que Wolf (aunque el chico aún no había llegado, porque en ese momento Maximilian y él todavía caminaban en silencio bajo la lluvia por el campo que había en la parte de atrás, que en aquellos días estaba lleno de alpacas con cara de pocos amigos, cuya presencia se debía a una especie de proyecto de granja urbana). Tanto el entrenador Bruce como Wolf Reed se tomaban el rugby demasiado en serio, para gusto del señor Peters. Si se les permitiera estar juntos en el campo, entrenador y jugador estrella, entonces Maximilian y los otros niños lentos, o de algún modo vulnerables, acabarían casi con toda seguridad muertos o lisiados. Los entrenamientos oficiales de los alevines eran otra historia y al señor Peters no le importaba si alguien acababa muerto en los entrenamientos oficiales. Su trabajo consistía sólo en procurar que nadie se matara en clase de educación física.

El pabellón de tenis se había construido con el dinero que había donado, hacía ya mucho tiempo, un ex alumno del Colegio Tusitala para Dotados, Problemáticos y Raros que había llegado a ser un jugador de tenis famoso. Su familia envió fondos suficientes para construir el pabellón, pero no para mantenerlo, y ahora estaba tan deteriorado como el resto del colegio. Su iluminación anaranjada y parpadeante producía dolores de cabeza a algunos alumnos, y la pista tres estaba embrujada. También se había construido un almacén pequeño que ahora estaba abarrotado de pelotas viejas y gastadas, y en el que aún se guardaba una máquina lanzapelotas destartalada, cubierta con varias capas de moho verde. Ese almacén se cerraba con una puerta metálica bastante grande, como la de los garajes, pero su mecanismo no funcionaba del todo bien, y los niños la llamaban «la guillotina» porque se bajaba en cualquier momento, sin previo aviso. Si el entrenador Bruce tenía que ir al despacho por alguna razón, los niños se retaban unos a otros a pasar bajo la guillotina. Si se cerraba y te pillaba debajo, podía matarte. Y si se bajaba cuando estabas dentro del almacén, corrías el riesgo de quedarte allí encerrado hasta que te pudrieras. Era un juego bastante estresante, pero también divertido.

En fin, el caso es que, ahora, en el pabellón de tenis estaba pasando algo muy extraño, algo que no había ocurrido nunca.

Euphemia Truelove, esa niña fantasiosa que, a pesar de ser reserva del alero atacante en el equipo de netball, y que jamás había destacado precisamente como estrella del deporte, de repente estaba jugando al tenis como una profesional. Había vencido a las demás niñas de su curso, y ahora estaba ganando también a los niños. Incluso ella parecía un tanto sorprendida, aunque tenía pinta de estar disfrutando.

El entrenador Bruce sospechó que allí había alguna razón oculta —podía ser que se tratara de un caso de dopaje, asunto que se tomaba muy en serio—, pero ¿por qué iba a tomar alguna sustancia para mejorar el rendimiento una niña de once años sin pretensiones en una clase normal y corriente de educación física una lluviosa tarde de octubre? No tenía ningún sentido. El entrenador sacó a otro niño a jugar contra Effie, pero el chico casi acabó llorando cuando ésta le lanzó un derechazo tan fuerte que la pelota le dejó un moratón en la espinilla.

—No quiero jugar contra ella, señor —protestó—. Se ha vuelto loca.

Y fue justo en ese momento cuando entraron Wolf y Maximilian, empapados y todavía un poco disgustados.

—Ajá —exclamó el entrenador Bruce en cuanto vio a Wolf—. Bien.

A Maximilian lo emparejó con otro alumno para que jugara un partido de dobles en la pista uno. A casi todos los otros niños les asignó una tabla de ejercicios compleja que debían realizar en la pista dos. Y en la pista tres...

—Bien —repitió el entrenador—. A ver qué pasa ahora. Puso a Wolf Reed a jugar contra Effie. Por lo general, a Wolf no se le permitía ni acercarse a las niñas, ni siquiera a las más fuertes, y ni siquiera en los deportes que niños y niñas podían practicar juntos. Todos le tenían miedo, y las niñas no digamos. Pero aquella chiquilla necesitaba que la derrotaran de una vez por todas —porque si no, se le iba a subir a la cabeza—, y Wolf era el único capaz de hacerlo. No era tan bueno al tenis como al rugby, pero seguía siendo el mejor del primer curso y probablemente de todo el ciclo básico.

Sin embargo, puede que lo que pasó a continuación se viera agravado por el hecho de que estaban jugando en la pista embrujada. Tanto a Wolf como a Effie los envolvió un resplandor verde extraño y etéreo cuando alzaron las raquetas, que desde lejos semejaban armas antiguas e imponentes.

Para Maximilian, aquello tenía un extraño parecido con un combate ancestral entre dos soldados, guerreros o héroes. Resultaba desconcertante y, en cierto modo, hermoso. El aura fantasmagórica daba a la pista tres el aspecto de un campo de batalla brumoso al amanecer, con aquellos dos grandes guerreros practicando movimientos. La derecha de Effie se había convertido en la bofetada brutal de una giganta, y el juego de Wolf parecía digno de un ring de boxeo cósmico. Estaba pasando algo muy extraño y nadie sabía exactamente qué era, pero todos miraban, sobrecogidos y alucinados, a la niña que, aunque nunca había destacado en deportes, ahora estaba venciendo a Wolf Reed en un partido de tenis.

Cuando éste acabó, el entrenador Bruce se acercó a Effie con un bote pequeño.

—Haz pis aquí —le ordenó—. Y que no lo vaya a hacer una amiga por ti.

El entrenador tenía un colega en el Departamento de Ciencias aficionado a hacer análisis para detectar estimulantes, y así era como se aseguraba de que sus atletas júnior estuvieran «limpios». Ahora le tenía echado el ojo a Effie para colocarla en todos los equipos femeninos, pero sólo si no se dopaba.

Aquel día estaba volviéndose cada vez más y más raro.

6

A las cuatro en punto, Maximilian Underwood, Effie True-love y Wolf Reed se presentaron en el despacho de la profesora Beathag Hide para cumplir con su castigo. Maximilian seguía medio ilusionado. Incluso se había planteado volver a sacar el tema de las lentillas con su madre, hacer algo de pesas para ganar un poco de músculo y tal vez dejar de ser siempre el primero en levantar la mano en clase. Tenía la sensación de que aquel castigo podía ofrecerle la oportunidad de dar un primer paso para llegar a ser... —era mejor que lo susurrara— majo. O por lo menos dejar de ser un completo impopular. O como quisiera que se dijera entonces.

En la mayoría de los casos, el castigo duraba unos treinta y cinco minutos y, para cumplirlo, enviaban a los alumnos a un aula deprimente pero funcional que había junto al despacho del director. Los castigos podían ser de lo más variados. A veces, el anciano director entraba arrastrando los pies y les leía sin apenas energía su relato favorito de Robert Louis Stevenson: *El diablo en la botella*. En esas ocasiones, el castigo era casi agradable, aunque el director solía salir arrastrando los pies de nuevo en mitad de alguna escena particularmente emocionante, diciendo que tenía que ir a por su medicación, y luego o bien no volvía o sí lo hacía pero no se acordaba de por dónde iba, de modo que se veía obligado a empezar de nuevo. (Los estudiantes más problemáticos del colegio eran los que con mayor probabilidad sabrían citar de memoria el principio de *El diablo en la botella*, aunque casi todos ignoraban cómo acababa.)

Aun así, lo más frecuente era que el profesor encargado del aula ese día les hiciera escribir alguna redacción, por lo general con títulos como «Por qué las reglas son buenas» o «Problemas que el mal comportamiento puede causar más adelante en la vida».

La profesora Beathag Hide, sin embargo, enfocaba los castigos de un modo distinto. Prefería las repeticiones a las redacciones, convencida de que hacer escribir a los niños la misma idea una y otra vez causaría en ellos un mayor impacto psicológico, y además eso era menos arriesgado que el pensamiento libre, como mínimo en lo que se refería a la disciplina básica. En otros contextos sí defendía el pensamiento libre, pero el aula de castigo no era el lugar para ello.

También le gustaba encerrar a los niños en los armarios de la limpieza.

De manera que, a las cuatro y cinco de lo que había resultado ser una tarde de lunes bastante lluviosa, Maximilian, Wolf y Effie se vieron encerrados en el sótano del colegio, en el trastero viejo y polvoriento de un conserje que había muerto hacía ya tiempo. Allí dentro olía a capirotes (es decir, a moho y ratones muertos, como es bien sabido), a papel secante húmedo, aguarrás, tinta seca y arañas prehistóricas. Y se enfrentaban a una tarea abrumadora.

—Entre los tres... —comenzó la profesora Beathag Hide, casi sonriendo—. Sí, entre los tres... ¡Ja! Me gusta. Eso puede llevar a la cooperación y la lealtad o, lo que es más interesante, a grandes traiciones y sufrimientos. Entre los tres vais a escribir la siguiente frase seiscientas veces: «Siempre obedeceré a las personas de autoridad y...» Aunque... no. Un momento. No quiero que salgáis de este colegio prestando más atención de la necesaria a los estúpidos y patéticos agentes de tráfico o a los políticos idiotas. Mmm... —Se quedó pensando un instante—. Escribiréis lo siguiente seiscientas veces: «Siempre respetaré a aquellos que sean más inteligentes que yo.» Sí. Y escribiréis bien «inteligentes» en cada una de las líneas. Cuando lo hayáis escrito seiscientas veces, me pasaréis las hojas por debajo de la puerta y entonces os abriré.

El trastero, que en realidad era un cuartito pequeño, carecía de ventanas y estaba muy mal iluminado por un fluorescente viejo que debía de tener miles de insectos muertos dentro de su funda de plástico resquebrajada. También había velas, por si se declaraba un Toque de Sombra. Effie se sentó en una silla de madera destartalada junto a la mesa del conserje, y Maximilian, frente a ella, en un taburete lleno de manchas de pintura. Wolf se dejó caer al suelo y se apoyó en la pared, al lado de un lavabo roto de porcelana. La profesora Beathag Hide giró la llave en la pesada cerradura y se marchó a prepararse un té Earl Grey y a buscar a la sala de profesores el periódico del día, el que tenía el mejor crucigrama críptico.

Effie tomó papel y bolígrafo, y se preguntó si «inteligente» se escribía con ge o con jota. Maximilian debía de saberlo, pero el chico había sacado su calculadora y tecleaba en ella frenéticamente.

—¿No deberíamos empezar? —sugirió Effie—. Tengo que estar en un sitio a las cinco. Es muy import...

—Chist —la interrumpió Maximilian.

—¿Podéis prestarme un boli? —preguntó Wolf—. Ah, y un papel, ya puestos.

—Chist —insistió Maximilian.

Wolf y Effie se miraron. ¿Por qué los hacía callar aquel empollón? Y, además, ¿qué demonios se creía que estaba haciendo, ahí liado con la calculadora, cuando de hecho...?

—De verdad, tengo que salir de aquí a las cinco menos cuarto —dijo Wolf—. ¿No podemos empezar ya?

—Escribiremos doscientas líneas cada uno —propuso Effie—. ¿Vale?

—Sólo si alguien me presta un boli.

—Seguro que Maximilian tiene uno de sobra —contestó Effie.

—¿Y quién es el que escribe más deprisa? —preguntó Wolf—. Ése es el que debería hacerlo más veces.

Maximilian mascullaba entre dientes:

—Seiscientas líneas. Digamos que para cada una se tardan quince segundos escribiendo rápido, y veinte segundos si eres más lento. De manera que el tiempo total que tardaría alguien que escribe despacio en completar esta tarea a solas serían veinte segundos por seiscientos, es decir...

—En ese momento tragó saliva—. Doce mil segundos, que son doscientos minutos, que son tres horas y veinte minutos... Pero no pasa nada, porque somos tres, y si trabajamos deprisa es probable que podamos hacerlo en menos de una hora cada uno, siempre y cuando no paremos y...

Para entonces eran casi las cuatro y cuarto.

—No vamos a salir de aquí a las cinco —dijo Maximilian, alzando la vista—. Es matemáticamente imposible. Aunque encontrara un bolígrafo para Wolf, y aunque escribiéramos lo más deprisa posible y yo lo escribiera más veces, porque imagino que soy el más rápido, no terminaríamos hasta las cinco y media.

Wolf soltó un taco.

—Pues yo tengo que ir a trabajar con mi tío. A las cinco.

—Y yo he quedado con mi padre —dijo Effie—. Estamos recogiendo las cosas de casa de mi abuelo y...

Aún no había dado con la forma de salvar la biblioteca de Griffin. De pronto, se sentía agotada. Notaba cómo le palpitaba el pulso en las sienes y le dolían todos los músculos después de haber jugado tanto al tenis. Durante la hora que había pasado en la pista se había creído invencible y había olvidado todo lo que la apenaba, incluida la muerte de su abuelo. Había sido algo tan increíble como misterioso. No tenía ni idea de lo que había pasado, pero se había sentido muy fuerte, capaz de hacer cualquier cosa. Y también se había vuelto más ligera, más rápida, más ágil... Cuando Wolf golpeaba la pelota, ella sabía exactamente dónde iba a aterrizar y cómo debía devolverla.

Pero ¿qué diablos significaba aquello? ¿Por qué de la noche a la mañana se había convertido en una jugadora de tenis tan buena? ¿Sería por no haber desayunado? A veces Cait decía que el ayuno la hacía más fuerte. Pero eso no tenía ninguna base científica... Effie bostezó, le dio vueltas al anillo en el pulgar. Estaba tan cansada que si apoyaba un momento la cabeza sobre la mesa...

—¡Effie! ¡No te duermas! —Maximilian le dio unos golpecitos en el hombro.

La niña logró levantar la cabeza.

—Perdón, es que estoy tan...

Pero se desplomó de nuevo sobre el escritorio.

—Oh, no... —dijo Maximilian.

Aunque en el fondo no le importaba que la situación se prolongara. De hecho, le encantaba estar allí. De ser por él, se habría pasado todas las horas que hubiera podido encerrado en aquel cuartito con Effie y Wolf, dos de sus compañeros de clase más interesantes.

—¿Qué vamos a hacer?

—Escapar —declaró Wolf, levantándose.

Effie se sentía tan agotada que apenas podía levantar la cabeza de la mesa. Maximilian se quedó de pie (porque Wolf había cogido su taburete), y observaba alucinado cómo su compañero buscaba una forma de salir de allí. Wolf se subió al taburete y empezó a inspeccionar las paredes y el techo.

Por supuesto, no tenía ningún sentido intentar escapar por la puerta. La profesora Beathag Hide estaría allí sentada, esperando, tomándose su té Earl Grey y haciendo el crucigrama. Y el trastero no tenía más puertas ni ventanas. Aunque Wolf no tardó en encontrar un panel del techo que parecía estar suelto. Sólo necesitaban algo afilado para meterlo por una de las esquinas. El chico lo intentó con una regla, pero era demasiado gruesa y no entraba por la juntura. Lo ideal sería tener una navaja, aunque no estaba permitido llevar nada parecido al colegio.

Effie casi se había dormido de nuevo, pero vio lo que Wolf estaba haciendo y supo lo que necesitaba. ¿Qué era la cosa esa...? La cosa esa... ¿Por qué no podía pensar? ¿En la mochila? Sí, tenía algo en la mochila que serviría, aunque no se acordaba de qué era... ¡Ah, sí! Un abrecartas. El abrecartas de su abuelo. Era bastante afilado. Hizo un gesto a

Maximilian, que pareció entender lo que quería decirle, y éste le cogió la mochila.

—Abrecartas —atinó a decir Effie, antes de caer en un sueño profundo, casi como de cuento de hadas.

Maximilian lo encontró en un bolsillo, junto con otros objetos de aspecto muy interesante y no del todo desconocidos para él. Era como una daga en miniatura y, a pesar de su tamaño, pesaba bastante. Se quedó mirando un momento el mango fino de hueso y las gemas rojas engarzadas en los costados de la vaina.

—Toma —le dijo a Wolf—. Prueba con esto.

Wolf bajó del taburete y tendió una mano para coger el abrecartas. Y puede que fueran imaginaciones de Maximilian, pero cuando su compañero acercó los dedos a la pequeña hoja, sonó un fuerte chasquido y un chispazo iluminó el aire, como un rayo. Entonces sucedió algo de lo más extraordinario porque, en cuanto Wolf cogió el abrecartas, se produjo otro estampido y un destello de luz muy potente. Lo siguieron otros destellos de luz, más estampidos y ruidos violentos, como si allí dentro hubiera estallado una tormenta. Y, al final, el cuarto se sumió en la oscuridad durante unos segundos.

Cuando se hizo la luz de nuevo, Wolf, con cara de terror, sostenía una espada de tamaño real.

Effie seguía dormida.

—Eres... Eres... —balbuceó Maximilian, temblando.

Wolf miró la espada.

—Pero ¿qué...?

No sabía qué decir ni qué hacer. Casi sin darse cuenta, desenvainó el arma; no pudo evitar hacerlo. Así tenía incluso más aspecto de antiguo, de antiguo...

—Guerrero —dijo Maximilian—. ¡Eres un auténtico guerrero! Eso es lo que activa la magia. Esto es... ¡No me lo puedo creer! Incluso con ese tamaño se parece un poco a la Espada del Destino. Y por cómo funciona... creo que podría ser la Espada de Orphennyus...

Wolf se fijó en la hoja. Nunca había visto nada tan afilado, tan brillante, tan extrañamente hermoso. De pronto, se vio invadido por un deseo desconocido de proteger a Effie —que seguía dormida— e incluso al tonto de Maximilian. Con la punta minúscula, afilada y temblorosa de la gran espada, hizo saltar como si nada el panel del techo y dejó al descubierto una trampilla abandonada hacía mucho que conducía a un antiguo pasillo de servicio. Y, entonces, como no sabía qué hacer a continuación, cortó el aire unas cuantas veces con el arma. El silbido que producía le pareció agradable. Con ella podría hacer cualquier cosa, ir a cualquier parte, ser valiente y auténtico y... Aquello era una locura. Volvió a envainar la espada y la dejó encima de la mesa. Y al instante vio cómo se encogía de nuevo y se convertía en un abrecartas.

—¿Quién me ha drogado? —preguntó—. ¿Cómo lo habéis hecho?

Todo el mundo andaba un poco obsesionado con el tema de las drogas por culpa del entrenador Bruce. Pero Wolf no encontraba ninguna otra explicación a lo que estaba pasando. Y la historia del tenis, en el pabellón... Eso también había tenido que ser cosa de sustancias estimulantes o alucinógenas. ¡Era indignante!

Sin embargo, Maximilian no lo escuchaba. Estaba intentando quitarle el anillo a Effie.

—Es ella, ¿verdad? —dijo Wolf—. No sé cómo, pero nos ha drogado. Es...

—¿Me ayudas, por favor? —le pidió Maximilian.

—¿Qué le voy a decir al entrenador Bruce? Como se entere de que...

—Por favor, date prisa.

—¿Por qué?

—Porque creo que se está muriendo.

—¿Qué?

El impulso de proteger a Effie no había desaparecido del todo, a pesar de que Wolf ya no sostenía la espada.

—¿Qué hago?

—¿Tienes algún caramelo o alguna chocolatina?

Wolf puso cara de asco.

—Pues claro que no. Soy deportista.

—¿Y alguna bebida isotónica? ¿Lucozade o algo así?

—¿Te vale esto?

Wolf tenía un par de botellas de la versión para deportistas de Bativital, que había comprado con el salario que le pagaba su tío. No estaban muy buenos, la verdad, y se alegraba de deshacerse de uno. Maximilian echó un vistazo a los ingredientes.

—No. Esto no lleva ningún nutriente. Necesitamos algo con azúcar, o fruta o algo parecido.

Wolf volvió a mirar en la mochila. Seguro que tenía alguna bebida isotónica normal. Mientras la sacaba, Maximilian consiguió quitarle el anillo a Effie. La niña abrió los ojos al momento, pero aún parecía muy débil.

—Bébete esto.

Maximilian le dio la botella. Era una bebida gaseosa, muy dulce, de un color naranja chillón. Effie logró dar un trago y se incorporó.

—¿Qué está pasando? ¿Qué has hecho con mi anillo?

—No vuelvas a ponértelo —dijo Maximilian—. Por lo menos durante un buen rato.

—¿Por qué no? A mí me gusta. Quiero ponérmelo.

Effie tendió la mano, pero Maximilian no se lo devolvió.

—¿Estás loca o qué? Es un anillo mágico. Lo habrás notado, ¿no? Tienes que saber cuáles son sus efectos y lo que éstos conllevan antes de ponerte a trastear con cosas así. Para más información, acude a cualquier novela de fantasía que se haya escrito.

—¿Hablas en serio? ¿Estás seguro?

Maximilian guardó silencio un instante. Se mordió el labio y dejó el anillo sobre la mesa. Effie lo cogió, pero no se lo puso.

—¿De dónde has sacado todo esto? Tienes la Espada de Orphennyus, el Anillo de Sabe Dios Qué y, si no me equivoco, las Gafas del Conocimiento, además de... En fin, el caso es que en tu mochila hay más adminículos que en cualquiera de las mejores colecciones, por lo menos de este mundo. ¿De dónde demonios han salido?

7

—Pero ¿de qué estás hablando? —preguntaron Wolf y Effie a la vez.

—Wolf, enséñale la Espada de Orphennyus.

Wolf volvió a coger el abrecartas y lo sacó de la funda. Y Effie vio crecer la pequeña hoja hasta alcanzar casi veinte veces su tamaño original. Wolf la movió de un lado a otro y la hoja volvió a silbar en el aire. Era enorme, resplandeciente y, por supuesto, muy muy mágica.

—Estoy soñando —dijo Effie, al tiempo que negaba con la cabeza.

—Yo sigo estando bastante seguro de que aquí hay gato encerrado.

Wolf volvió a envainar la espada y la dejó sobre la mesa, donde en pocos segundos se encogió de nuevo.

Effie alcanzó el abrecartas y lo sostuvo. No pasó nada. Lo sacó de la vaina de plata. Dentro había una hoja roma, ideal para abrir cartas pero con la que era imposible hacerse daño.

—Tienes que ser un guerrero. La Espada de Orphennyus sólo se muestra a un auténtico guerrero —explicó Maximilian—. Para cualquier otra persona no es más que un abrecartas totalmente inofensivo. Pero en las manos de un auténtico guerrero es letal. Orphennyus era un gran guerrero del Altermundo que...

La voz de Maximilian se apagó mientras Wolf empezaba a pensar en lo que significaba todo aquello. Le gustaba la idea de ser un auténtico guerrero, aunque no creía que eso fuera posible. Tenía que tratarse de un truco, pero se le escapaba cómo lo habían hecho. Sin embargo, por un momento, permitió que su imaginación volara. Wolf Reed, en lo alto de una colina con una especie de túnica... No, algo menos absurdo. Tal vez con una camiseta superchula y unos pantalones de camuflaje, y unas deportivas nuevas, protegiendo a la gente con su espada mágica y luchando junto a un ejército bueno y honorable que batallaba por la paz y no por la guerra... ¿De dónde salían esas ideas?

—¿Tú cómo sabes todo eso? —le preguntó Effie a Maximilian—. ¿Y qué pasa con mi anillo?

—Confieso que no sé gran cosa del anillo. Pero es que los anillos mágicos son siempre complicados. Es evidente que hoy has podido jugar al tenis como lo has hecho porque el anillo ha aumentado tu fuerza, y puede que algunas otras cualidades, aunque por lo visto también te ha absorbido toda la energía. De haber seguido llevándolo, no sé si habrías... —Maximilian tragó saliva—. Si habrías llegado a despertarte.

—¿Y tú cómo sabes todo eso? —preguntó Wolf, repitiendo a Effie.

—Porque leo. Mientras vosotros os dedicáis a practicar deporte y hacer amigos y salir o ir de compras, yo leo. A eso me dedico, a recabar conocimiento. Y parte de él tenía que resultar útil algún día.

—Pero ¿dónde lees esas cosas? —insistió Effie—. No es algo que salga en los libros normales.

Ni siquiera las novelas de Laurel Wilde trataban esos asuntos. Los niños de sus historias se limitaban a agitar los brazos y hacer magia, o a veces preparaban brebajes en un caldero. Pero nunca tenían problemas con anillos mágicos.

Effie se dio cuenta una vez más de lo poco que en realidad sabía de su abuelo y de su vida. Sí, a menudo lo había visto guardar cosas en su cajón secreto, pero no tenía ni idea de que fueran objetos mágicos. En ese momento...

a Effie se le encogió el corazón. Lo iba a echar muchísimo de menos, no sólo por lo mucho que lo quería, sino también porque la había dejado con un montón de preguntas sin respuesta.

—Bueno, uno se las va encontrando —contestó Maximilian sin concretar—. Tengo una pequeña colección de documentos raros y panfletos que he sacado de la red gris, y colecciono cosas relacionadas con...

—¿La red gris? —lo interrumpió Effie.

—Es una red cerrada, que funciona a partir de foros interconectados. Como la antigua red oscura, pero sobre todo para entendidos en magia, folclore y artes casi desaparecidas. Hay que entrar marcando un número de teléfono, con un módem. Pero, una vez dentro, la red es bastante buena y...

Effie consultó el reloj. Todo eso estaba muy bien, pero ¿qué iba a pasar con los libros de su abuelo? Casi había perdido aquellos adminículos que habían resultado ser tan especiales. Ahora parecía aún más importante salvar la biblioteca, pero ¿cómo iba a hacerlo?

Wolf había acercado una escalera al agujero que había abierto en el techo al retirar el panel. Los tres niños subieron por ella —Wolf primero, luego Effie y, por último, Maximilian— y se adentraron en la estrecha trampilla. El corredor de servicio era angosto y oscuro, pero tenía la altura justa para permitirles andar erguidos. Había un pequeño estante de madera con velas, cerillas y una candela. Cada uno encendió una vela antes de avanzar bajo la luz suave y oscilante. De vez en cuando se encontraban trampillas de madera con ventanas diminutas y escaleras viejas también de madera. Así debían de moverse los criados por la antigua casa en otros tiempos, mucho antes de que se convirtiera en colegio, para realizar sus tareas en silencio e invisibles a ojos de los señores. Los niños dejaron atrás el enorme comedor, de suelos pulidos y mesas de madera oscura, la lavandería, el despacho del director... Y por fin bajaron unos escalones hasta una puerta que presumiblemente daba al exterior.

Pero estaba cerrada con llave.

Effie apoyó la cabeza entre las manos.

—Oh, no —gimió.

Ya eran las cinco menos diez. Podría llegar a casa de su abuelo a las cinco por los pelos, pero sólo si conseguían abrir la puerta. Y no parecía que fueran a poder hacerlo. Junto al enorme pomo de bronce había una cerradura también enorme... sin la llave. Los niños buscaron por todas partes, pero no vieron rastro de llave alguna. Sin duda, aquella puerta estaba cerrada desde el otro lado.

—La espada —sugirió Maximilian.

Aunque sabía que no serviría de nada. No había sitio para que Wolf la blandiera contra la puerta. Effie, que estaba desesperada, intentó sencillamente empujarla. Era absurdo (sobre todo porque aquella puerta se abría hacia dentro), pero se acordó de lo fuerte que se había sentido antes, mientras jugaba al tenis. Si pudiera recuperar algo de esa fuerza ahora, a lo mejor...

—¿Lo intento con el anillo? —le preguntó a Maximilian.

El chico se encogió de hombros.

—Prueba, pero... no creo que su poder sea suficiente.

Effie se puso el anillo y volvió a experimentar aquella sensación cálida y agradable. Todos los músculos de su cuerpo se tensaron, atravesados por una ola de fuerza y potencia. Se veía capaz de levantar un autobús, de correr tan deprisa como para echar a volar, de... Pero esta vez la sensación no duró mucho. No tardó en sentirse exhausta y tuvo que quitárselo.

—¿Y si lo intento yo? —se ofreció Wolf.

Effie le tendió el anillo de mala gana. Le entraba en el dedo corazón, pero, en cuanto se lo colocó, el chico se puso un poco verde y tuvo que sentarse porque le flaqueaban las piernas.

—Qué mareo... —dijo—. Y... agh... estoy fatal.

En cuanto se lo quitó, volvió a encontrarse bien.

—Estos objetos —comenzó Maximilian—, que, por cierto, en realidad se llaman «adminículos», sólo funcionan

68

cuando la capacidad es auténtica, innata. No los puede utilizar cualquiera sin más. Para que funcionen, tienen que... encajar con quien se los pone, por decirlo de alguna manera. Están específicamente diseñados para...

—Ser del todo inútiles a la hora de ayudarnos a escapar, ¿no? —concluyó Wolf.

Euphemia tenía ganas de llorar. ¿Cómo iban a salir de allí?

—Effie, ¿te importa si pruebo con alguna otra cosa de tu mochila? —preguntó Maximilian.

—Haz lo que quieras.

Ya eran las cinco menos cinco, y apenas tenía esperanzas de llegar a casa de su abuelo a tiempo.

—Pero date prisa.

Maximilian rebuscó en la bolsa hasta que encontró la funda de cuero rojo de las gafas, aterciopelada y suave después de siglos de uso. La abrió, y allí estaban: las Gafas del Conocimiento. ¿Quién habría imaginado que existieran más allá de la mitología y el folclore? Aunque Maximilian, por supuesto, había aprendido que la mayor parte de la mitología y el folclore tenían una base real, así que no debería estar tan sorprendido. Sin embargo, lo estaba. Sorprendido, maravillado y... La espada no había funcionado con él, claro, y con el anillo probablemente tampoco haría nada. Pero ¿y con las gafas...? ¿Serían...? ¿Podrían...?

Las sacó de la funda. Las lentes eran muy finas y viejas, y estaban tan pulidas que eran casi más transparentes que el aire. La montura era antigua, de plata. Estaba algo sucia, con lo que habría que frotarla un poco aquí y allá con un paño, pero... Maximilian se las puso. Miró en torno al reducido espacio y...

Sí. Tenía razón. El escenario era ahora totalmente distinto. Veía en ese momento los planos originales del edificio superpuestos a la estructura actual. Las gafas superponían a su visión normal todos los datos posibles sobre el entorno, así como una brújula, un termómetro, y capas y más capas de conocimiento histórico sobre el lugar en el que se encontraba.

También podía consultar un diccionario, obtener traducciones completas de cualquier idioma —incluidas las lenguas mágicas— y tenía plenos derechos de suscripción a la Biblioteca Arcana Digital, cuyo acceso a través de la red gris costaba cientos de krublos. Veía también las constantes vitales de Effie y Wolf en forma de barras de estado. La energía de Effie seguía estando peligrosamente baja.

—¡Vaya! —exclamó en voz alta.

Wolf y Effie se miraron. Aquel empollón rarito estaba ahora como en éxtasis por tener unas gafas nuevas, lo cual resultaba muy entrañable y todo eso, pero es que de verdad, de verdad que tenían que salir de allí como fuera y...

—Dame el abrecartas —dijo Maximilian, con cierta autoridad—. ¡Tú no, Wolf! Tú no lo toques. Gracias, Effie. Bien, vamos a ver... Cerradura embutida original de latón, fabricada en 1898. Ajá. Ya veo. Si presiono aquí y giro esto y encuentro la palanca allí, entonces debería...

Con un fuerte y sólido ¡clic!, la cerradura se abrió y Maximilian pudo girar la manija de latón y tirar de la pesada puerta hacia dentro.

Más allá vieron los adoquines mojados de la calle que enfilaba por el lateral del Colegio Tusitala para Dotados, Problemáticos y Raros. En alguna parte, un reloj daba las cinco. Eran libres, pero ¿sería demasiado tarde para Effie?

Wolf salió disparado con un simple: «Nos vemos.» Effie le cogió las gafas a Maximilian —pues al fin y al cabo eran suyas— y las guardó en la mochila junto con el abrecartas. Tuvo la tentación de volver a ponerse el anillo, por si así podía correr más deprisa, pero aún se sentía demasiado débil y exhausta para poder aprovechar la fuerza extra. De manera que se alejó a toda prisa bajo la llovizna de la tarde, sin saber lo que iba a encontrarse cuando llegara a casa de su abuelo. Maximilian se ofreció a acompañarla para echarle una mano, pero Effie quería ir sola.

—Effie... —comenzó el chico, mientras corría tras ella.

—¿Qué?

—Espera...

—No puedo. Tengo que...

Habría preferido que su compañero se hubiera marchado, pero entonces se acordó de que había sido la madre de Maximilian la que le había devuelto el anillo aquella misma mañana. La enfermera Underwood, que había sido tan atenta con su abuelo en el hospital. Además, de no ser por su compañero de clase y sus conocimientos, jamás habrían escapado de aquel trastero. Y si no le hubiera quitado el anillo, podría estar muerta ahora.

—Es mi abuelo —le contó—. Es que... Bueno, que ha muerto. Y me ha dejado su biblioteca. Pero mi padre dice que no tenemos sitio para todos esos libros, así que va a venir el hombre de la beneficencia y... Fue mi abuelo quien me dejó estas cosas mágicas, estos «adminículos» sobre los que tú sabes tanto y... Mira, ahora no puedo explicártelo, pero tengo que salvar su biblioteca.

—Probablemente esté llena de libros mágicos —rumió Maximilian, y resopló—. Desde luego vale la pena salvarla. Sobre todo porque tu abuelo...

No importaba lo que quisiera decir, sus palabras se perdieron en el fuerte estampido de un trueno.

—Vale, ven conmigo. Pero ¡date prisa! —lo apremió Effie.

Y se marcharon bajo la lluvia: una niña de pelo largo con una capa de color verde botella, seguida por un chico jadeante y algo gordito. Ninguno de los dos sospechaba que sus destinos habían quedado ya unidos para siempre.

8

Frente a la Antigua Rectoría había varias personas, y ninguna parecía estar muy contenta.

—Puedo llamar a un cerrajero para que venga mañana por la mañana —le decía el padre de Effie a un hombre calvo con un chándal azul eléctrico.

¿Sería el hombre de la beneficencia? Probablemente sí, y se lo veía malhumorado.

—A mi cliente no le gusta que lo hagan esperar —replicó.

—No me gusta que me hagan esperar —convino un tercer hombre, con una voz aguda y fría.

Detrás del hombre de la beneficencia había un niño vestido con un uniforme escolar. Era... Wolf.

—Ajá... —dijo Orwell Bookend, al ver que Effie y Maximilian entraban por la chirriante verja de hierro forjado y avanzaban por la grava mojada del camino particular haciéndola crujir a cada paso—. A lo mejor mi hija pródiga puede arrojar algo de luz sobre el misterio de la llave desaparecida.

Effie frunció el ceño. No le gustaba que su padre le hablara así delante de la gente, como si fuera el personaje de una novela y no una persona de carne y hueso.

—¿Qué llave desaparecida? —preguntó.

—¿Acaso no has escondido la llave para que no podamos entrar a sacar esos libros que ahora pertenecen a este hombre?

—¿Qué hombre?

El hombre de la voz aguda y fría salió de entre las sombras y le tendió a Effie una mano pálida y huesuda.

—Leonard Levar —se presentó, alargando las eles de su nombre—. Librero anticuario. Tengo entendido que eres la propietaria oficial de uno de los libros de mi nueva biblioteca. Yo creía que iba a comprarla completa, como ya le he explicado a tu padre, de manera que espero que podamos llegar a un acuerdo sobre ese último libro y...

—¿De qué habla? —le preguntó Effie a su padre, sin prestar más atención a lo que decía Leonard Levar—. Los libros son míos, y yo no sé nada de la llave. El último que la utilizó fuiste tú.

—Disculpe a mi hija...

—Además, antes has dicho que eran unos «mamotretos inútiles y viejos encuadernados en piel». Pues bien, parece evidente que no son tan inútiles. ¿Cuánto te va a pagar por ellos, por mis libros?

—Euphemia Truelove, por favor, no seas grosera.

—Ya he dicho que le pagaré a la niña por el último ejemplar —terció el anticuario—. ¿Cuánto quieres por él, muchacha?

—No lo vendas —susurró Maximilian, que estaba detrás de Effie—. Quédatelo.

—Los libros son míos —declaró Effie—. No va a comprar ninguno.

El hombre de la beneficencia miró el reloj y sacudió un puñado enorme de llaves.

—Con la ayuda de mi sobrino puedo forzar la cerradura en cuestión de segundos —comentó.

Wolf parecía de lo más incómodo. Effie lo fulminó con la mirada, hasta que el chico se puso colorado y apartó la vista.

—No será necesario —replicó Orwell Bookend—. ¿Effie?

—Ya te he dicho que no tengo la maldita llave.

Un destello de rabia brilló en los ojos de su padre. La agarró con fuerza del brazo y la arrastró al otro lado del seto, donde, en teoría, nadie podría oírlos, aunque en realidad no era así. Maximilian se acercó unos pasos, para asegurarse de que no se perdía nada relevante.

—Tienes que darme la llave —siseó Orwell—. Mira, ya sé que antes te he dicho que los libros no tenían ningún valor, y lo creía de veras, pero cuando el hombre de la beneficencia me ha ofrecido dinero por ellos, he accedido encantado. Euphemia, tenemos mucha suerte de que el hombre de la beneficencia trabaje para Leonard Levar, porque si no probablemente habríamos acabado tirando esos libros a la basura. Por lo visto, tu abuelo tenía este apartamento en alquiler, y hay que dejarlo vacío antes del jueves que viene si no queremos tener que pagar otro mes de renta. Hasta hace poco, Griffin era el propietario de la última planta del edificio, y deberíamos haberla heredado, pero al parecer el año pasado la vendió, sin duda para costear sus fantasías ridículas. Nosotros no tenemos sitio para esos libros, y la oferta que nos ha hecho el señor Levar es muy generosa. Ese dinero nos vendría muy bien para comprar una casa nueva, lo que significaría que podrías tener tu propia habitación. Si me das la llave, estoy seguro de que podré llegar a un acuerdo con él. A lo mejor incluso deja que te quedes con cinco libros. Al fin y al cabo, todos son iguales y...

Effie apretó la mandíbula y repitió:

—Yo no tengo la llave.

Su padre la agarró del brazo todavía con más fuerza y luego la apartó de un empujón.

—No he podido evitar oír la conversación —intervino Leonard Levar—, y lamento decirle que si la niña se empeña en dividir la colección, me veré obligado a retirar la oferta. Creía haber dejado perfectamente claro que era por la colección completa.

—No, no pasa nada —le aseguró Orwell—. Como ya sabe, le prometí a mi hija un libro, pero estoy seguro de que no le importará que se quede usted con toda la colección si es la única forma de que se la lleve.

En ese momento sonó el mensáfono del hombre de la beneficencia.

—Más buenas noticias, supongo —dijo Leonard Levar.

—Pues en este caso sí —respondió el otro—. Al final, el cerrajero dice que puede venir. Estará aquí dentro de cinco minutos.

—Magnífico —dijo el señor Levar, exhalando.

Después de eso, todo sucedió muy deprisa. El cerrajero desbloqueó la cerradura y la gran puerta de madera se abrió con un chasquido. Wolf y el hombre de la beneficencia entraron con el padre de Effie y, sin más preámbulos, cubrieron la escalera con una sábana y empezaron a subir y bajar cargados con cajas de libros de la biblioteca de Griffin Truelove. Aquello era probablemente lo peor que Euphemia se había visto obligada a presenciar en su vida. Wolf evitó mirarla a los ojos en todo momento. Effie casi había llegado a pensar que eran amigos, pero estaba claro que no.

Y así siguieron, arriba y abajo, Wolf y su espantoso tío. En pocos minutos habían llenado una furgoneta con los amados libros del abuelo; luego se oyó un chirrido metálico y el portón de la furgoneta se cerró. El cerrajero volvió a asegurar la puerta, los pestillos volvieron a engranarse con un chasquido, y Leonard Levar se acercó despacio a Effie.

—Aquí tienes veinte libras.

Y le ofreció un billete húmedo.

—Por el último libro —añadió—. Aunque ahora ya es mío, porque tengo la colección completa, quería demostrarte que soy un hombre de palabra.

—No quiero su dinero —contestó ella—. Quiero mis libros.

—Effie —terció Maximilian—. Cógelo.

—Así me gusta, muy bien —dijo Leonard Levar—, un joven sensato. Toma el dinero, en nombre de tu amiga, y podremos dar por finalizada la transacción.

Maximilian alargó la mano y agarró el billete de veinte libras.

—Nos será útil —comentó cuando Leonard Levar ya se alejaba siguiendo a la furgoneta en su pequeño coche negro, un modelo clásico—. Ya lo verás.

—No me puedo creer que se hayan llevado mis libros...

Effie tenía los ojos anegados de lágrimas.

—Los recuperaremos —le aseguró su compañero.

—¿Ah, sí? ¿Y cómo?

Había dejado de llover, pero aún hacía frío. Ojalá la señorita Dora Wright no se hubiera ido al sur, o adondequiera que se hubiera marchado. Effie necesitaba a alguien amable con quien hablar, pero no tenía a nadie... Bueno, estaba Maximilian, pero sólo era un niño, igual que ella.

En ese momento se les acercó su padre.

—Tengo que volver a la universidad para una reunión... Cait se encargará de prepararte la cena. —Consultó el reloj—. Puedo llevarte a casa si salimos ya, pero...

—Contigo no voy a ninguna parte —le soltó Effie.

Orwell suspiró.

—No sé por qué lo pones todo tan difícil. Tú misma. Ya hablaremos de esto más tarde —dijo.

Y se marchó.

Effie se sentó en el muro junto al seto. Apenas era capaz de contener las lágrimas. Y Maximilian no sabía qué hacer. No podía rodearla con el brazo ni nada por el estilo. Sería... En fin, que ella era una chica, y no le parecía adecuado. Nunca había rodeado con el brazo a una chica, ni siquiera se lo había planteado. Y seguramente aún tendrían que pasar años antes de que tuviera que hacerlo, ¿no? Al final se sentó junto a Effie mientras pensaba en algo que decir.

Justo en ese momento, un conejo salió brincando de debajo del seto. Miró a un lado y a otro y se puso a mordisquear la hierba, pero de una forma muy rara, como si ya tuviera la boca llena y sólo fingiera mordisquear unas briznas. Además, no dejaba de mirar a los niños de reojo.

A Maximilian le llamó la atención. ¿Qué estaría haciendo? Nunca había visto a un conejo comportarse de una manera tan sospechosa. De hecho, nunca había visto a ningún conejo comportarse de manera sospechosa. Un coche pasó por la calle e iluminó con los faros los adoquines mojados. Luego, por un momento, todo quedó en silencio. El conejo, que parecía una criatura salida de un sueño, se les acercó dando saltitos y dejó caer algo a los pies de la niña. Y allí se quedó, a la espera.

Maximilian le dio un codazo a Effie.

—¿Qué es eso? —preguntó.

—¿El qué?

—El conejo te ha traído algo.

Effie se secó las lágrimas y miró hacia el suelo. Era la llave de la puerta del apartamento de su abuelo. La recogió y la frotó con la capa del colegio.

El conejo la miró, esperanzado.

—Bueno, llegas un poco tarde —comentó Effie.

Al instante, el conejo se puso triste. ¡No había complacido a la niña del aura especial! Effie percibió la desilusión que empezaba a ensombrecer la cara del animal y comprendió que aquella forma de menear los bigotes significaba que estaba a punto de echarse a llorar. Claro que los conejos no lloran como los seres humanos, pero el sentimiento es el mismo.

—¡Oh, no! —exclamó Effie—. Ay... lo siento mucho, pobre conejito. Quería decir que muchas gracias. Muchísimas gracias. Lo cierto es que si me hubieras traído la llave antes, mi padre habría podido entrar sin tener que llamar al cerrajero, y yo nunca habría podido volver a entrar en casa de mi abuelo. Y aunque los libros ya no estén, aún puedo ir a ver si queda algo de recuerdo. Así podré despedirme como es debido de la casa. Eres un conejo muy bonito y bueno. ¡Gracias!

¿De verdad hacen los conejos estas cosas en el mundo real?

Sólo si hay un montón de magia dentro de ti.

9

Maximilian entró en la Antigua Rectoría con Effie y la siguió escalera arriba. La casa había dejado de ser una rectoría hacía cincuenta años, cuando la convirtieron en dos viviendas espaciosas. En la planta baja estaba el apartamento de la señorita Dora Wright, aguardando en silencio su regreso. En la entrada, un abrigo solitario colgaba inerte de un gancho y un paraguas descansaba con tristeza contra un perchero vacío. Todo estaba un poco polvoriento y del techo pendían grandes telarañas, pero unas alfombras orientales gruesas permitían adivinar el ambiente hogareño y confortable de otros tiempos. Había varios cuadros al óleo en las paredes y lámparas de cerámica vidriada en las mesitas.

El piso de Griffin Truelove estaba en el segundo piso y constaba de una cocina pequeña, un comedor y una sala de estar grande con todas las vitrinas todavía atestadas de artefactos interesantes que había ido recopilando durante sus viajes y sus aventuras. Aunque Effie conocía bien aquella sala, puesto que había estado yendo allí a diario desde el Gran Temblor, Maximilian no daba crédito a lo que veía.

Contemplaba maravillado los objetos de las vitrinas, como había hecho Effie de pequeña. Las paredes estaban cubiertas de mapas enmarcados y cartas de navegación, y de pinturas de criaturas míticas y paisajes verdes interminables. Los muebles eran antiguos y robustos, pero era imposible hallar dos que hicieran juego. Había un viejo sofá rojo, una butaca amarilla, una *chaise longue* de color turquesa y una mesita de centro de una madera muy oscura que Maximilian nunca había visto.

—¡Vaya! —exclamó—. ¿De verdad tu abuelo vivía aquí?

—Sí. —Effie suspiró y se puso a andar por la sala. Acarició la butaca en la que solía sentarse Griffin y añadió—: Supongo que ésta será la última vez que estaré aquí. Ni siquiera sé qué hacer.

—¿Y realmente tu abuelo era Griffin Truelove? ¿El auténtico Griffin Truelove?

Effie se encogió de hombros, sin saber a qué se refería su amigo.

—Supongo.

Estaba buscando en el escritorio algún otro cajón secreto, algún objeto que se le hubiera pasado por alto. Tenía la sensación de que su abuelo se había asegurado de dejarle las cosas más importantes, pero... Tanteó detrás de uno de los cajones grandes que había del lado izquierdo de la mesa y, sí, vio una palanquita de la que no se había percatado hasta entonces. Cuando tiró de ella, se abrió de golpe un cajón más pequeño en el espacio que había entre los cajones grandes.

Dentro descubrió tres cartas, dos con el mismo sello dorado y otra sin sello. Todas estaban dirigidas a Griffin Truelove. Effie echó un vistazo a la primera. Era de una institución llamada Gremio de Artífices —por lo visto el sello pertenecía a dicha corporación— y le comunicaba que le prohibía practicar magia durante cinco años. Databa de poco después del Gran Temblor. Así que su abuelo hablaba en serio...

La otra carta, también con el sello dorado, pero más reciente, le informaba de que su solicitud para convertirse en archimago había sido rechazada. Y la tercera, la que no tenía sello, dirección ni firma, simplemente decía: «Me las pagarás.» Era una amenaza. Effie se guardó las tres cartas en el bolsillo de la capa.

—¡Vaya! —exclamó de nuevo Maximilian, tras olisquear una caja llena de incienso—. ¿Y dónde está la biblioteca?

—Arriba. Supongo que la habrán dejado vacía. No sé si soy capaz siquiera de...

—Venga —la animó su compañero—. Así por lo menos podrás despedirte.

Subieron juntos por la escalera de madera y cruzaron la puerta negra con la ventanita de cristal azul y pomo de hueso pulido. Y allí la tenían: una habitación llena de estanterías que antes habían estado abarrotadas de ejemplares. Una de las cosas más tristes que puede contemplar un amante de los libros. Cada estante parecía contener el recuerdo de los volúmenes que había albergado. En algunos puntos, la luz había descolorido la madera en torno a los libros; en otros casos, era el polvo el que perfilaba sus formas. Las estanterías parecían suspirar para sus adentros, inquietas y preocupadas por sus antiguos ocupantes, como si se preguntaran cuándo volverían.

Los pasos de los niños resonaban en la sala, al recorrerla mirando los rincones donde solían estar los libros.

—Esto es muy raro —comentó Effie—. No me gusta.

—¿Puedo preguntarte una cosa?

—¿Qué?

Effie tocó una de las baldas.

—¿Crees que tu abuelo imaginaba que algo de esto iba a pasar?

—¿A qué te refieres?

—Bueno, ¿crees que podría haber pensado que lo más probable era que tu padre vendiese los libros? Al fin y al cabo, se las apañó para que heredaras esos objetos mágicos, ¿no? ¿Te dejó instrucciones o alguna pista que indicara qué tenías que hacer?

Effie decidió que no era el momento de contarle que los objetos mágicos habían llegado a sus manos casi por casualidad, y que ni siquiera tendría el anillo de no haber sido porque su madre había salido corriendo detrás de ella.

—Dejó un codicilo. Pero mi padre lo ha destruido. No...

Por un momento, el chico pareció incómodo.

—Pero ¿crees que tu abuelo pudo esconder algo para ti, algo importante?

—¿Algo como qué?

—No sé. A lo mejor... Igual si utilizamos las gafas...

Desde que se las había quitado, Maximilian estaba deseando ponérselas de nuevo. Era como un anhelo, un ansia. Había leído muchas veces sobre aquellas gafas, u otras similares, pero jamás había soñado siquiera que tendría la oportunidad de utilizarlas. Recordaba haber leído que, en una ocasión, habían intentado crear unas gafas parecidas, aunque digitales en lugar de mágicas, pero el proyecto no llegó a prosperar. Y, además, no tenían ni por asomo las cualidades de las gafas mágicas, como era de esperar.

Effie sacó la funda de la mochila y la abrió. Le vino a la mente una imagen de su abuelo con las gafas puestas, y de pronto le entraron ganas de echarse a llorar de nuevo, porque recordó que estaba muerto y jamás volvería a hablar con él. Se puso las gafas por primera vez, preguntándose qué ocurriría, pero lo vio todo borroso, sin más, como sucede cuando uno se prueba las de otra persona. Era como si el cerebro se le hubiera caído un poco hacia un lado.

—No veo nada —admitió, y se las quitó enseguida—. ¿No habías dicho que eran mágicas, que te daban un poder especial o algo...?

—Y así es. Pero, como también he dicho, uno debe tener la habilidad adecuada, el potencial innato, para que funcionen. Déjamelas.

Effie dudó antes de entregárselas.

Maximilian se las puso y... Sí, vio el mismo mundo, pero de un modo mucho más claro. Los niveles de energía de Effie habían aumentado casi a la mitad, lo cual era bueno. Y podía ver otros datos, pero no los comprendía del todo. Tendría que investigar mucho más. Nunca lo habría admitido, pero en el fondo se alegraba de que Effie no hubiera visto nada con las gafas. Y también se alegraba de que él sí pudiera hacerlo, ya que eso significaba que era un auténtico erudito.

Maximilian había leído a menudo que todo el mundo tenía una habilidad mágica innata, un vestigio de los tiempos en los que el mundo era mucho más mágico. Y él siempre había esperado ser un erudito, en lugar de un guerrero, un mago o un sanador. Ahora se sentía especial, tal vez por primera vez en su vida. Y no sólo eso, sino que además Effie lo necesitaba. Necesitaba que le dijera lo que veía a través de las lentes.

—¿Y bien? —le preguntó.

—Lo mismo que antes. Tu energía está mucho mejor, pero deberías comer algo pronto. Mmm... Bien, a ver. La casa es incluso más interesante con las gafas puestas. Puedo ver los libros que estaban aquí, y eso nos será útil cuando vayamos a recuperarlos. Y bueno, no sé por dónde empezar.

—¿Ves si hay algo escondido?

—Espera.

Maximilian se quitó las gafas y las limpió con el pañito que había en la funda.

—Así está mejor. Habías dejado tus huellas por todo el cristal. Bien. A ver. No hay nada escondido detrás de las estanterías ni debajo de los estantes, y tampoco en el techo ni... ¡Ah! Ya veo. Allí, debajo de la mesa, hay un tablón del suelo que está suelto. Creo que podría ocultar algo.

Effie se puso de rodillas para tirar del tablón. Y sí, allí había algo. Un paquete marrón con forma de libro. ¿Al final iba a poder quedarse con uno? El paquete era duro y a la vez blando. Se levantó sin molestarse siquiera en sacudirse el polvo de las rodillas.

—Desenvuélvelo, ¿no? —la apremió Maximilian.

Una vez más, a Effie le hubiera gustado estar sola. Pero no habría encontrado aquel libro de no ser por su compañero, de manera que empezó a desenvolverlo delante de él. Primero retiró una capa protectora de plástico de burbujas, luego un papel marrón, luego más plástico de burbujas, más papel marrón, un paño y luego otro paño de seda. Aquello parecía el juego de «Pásame el paquete».

Por fin le quitó el último envoltorio con mucho cuidado, y allí estaba: un libro encuadernado en tapa dura, con el forro en tono verde claro y el título estampado en letras doradas. *El Valle del Dragón*. Tenía unas trescientas páginas y parecía muy viejo y muy nuevo al mismo tiempo, como si se tratara de un libro antiguo que nadie hubiera leído. La cubierta estaba en perfectas condiciones, y las páginas, todavía blancas y tersas. Effie abrió el libro y dentro vio escrita una frase con la letra de su abuelo en su habitual tinta azul:

Para Euphemia Sixten Truelove, la Última Lectora de este libro.

Aquella inscripción le provocó un hormigueo de miedo y emoción. Así que su abuelo le había dejado aquel libro en particular. ¡Claro! ¡Si le había dicho que buscara el Valle del Dragón! Pero ¿cómo podía saber Griffin que ella sería su Última Lectora? ¿Y qué significaba eso exactamente? ¿Y por qué no lo había dejado en algún sitio más fácil de encontrar? ¿Por qué no le había dicho dónde estaba? Sin duda había sido casualidad que la hubieran castigado en el colegio junto con alguien capaz de utilizar las gafas. Aquello no era siquiera un problema de pensamiento mágico, se trataba de puro azar.

De pronto se oyeron ruidos abajo. Un chirrido metálico que se prolongó unos segundos, seguido del sonido de un taladro. Era evidente que alguien estaba cambiando la cerradura. Effie y Maximilian bajaron con mucho cuidado para ver qué estaba pasando.

—Sí, colega —oyeron decir a alguien, una voz conocida y ronca—. Mañana vaciamos la casa. A las nueve en punto, tío. Hoy las cerraduras, mañana la limpieza.

Era de nuevo el hombre de la beneficencia.

Así que se acabó. Aquélla era su última oportunidad de rescatar cualquier otra cosa de su abuelo. Pero ¿qué debía llevarse? Griffin ya se había asegurado de que recibiera los objetos más importantes, mágicos y preciosos. Aparte de los libros, claro, que se había llevado Leonard Levar. Todos excepto *El Valle del Dragón*, que había encontrado por pura casualidad.

Mientras los hombres cambiaban la cerradura abajo, Effie empezó a dar vueltas por la sala de estar; miró por última vez los cuadros, los mapas y las cartas de navegación. ¡El cuaderno negro!, recordó de pronto. El que Griffin utilizaba siempre cuando trabajaba en sus traducciones. Aquel cuaderno parecía muy importante para él. ¿Dónde habría ido a parar?

No lo encontró ni en el escritorio ni en la mesita que había junto a su butaca de leer. Effie se acordó entonces del problema de pensamiento mágico que no había podido solucionar. Las luces que su abuelo más utilizaba eran... La principal de la biblioteca, la de la lámpara que había junto a su butaca y la de la alacena del vino. Aunque en realidad tampoco es que bebiera demasiado... ¿Era posible que utilizara esa luz tan a menudo por otra razón?

Se dirigió a la cocina y se acercó al armario. Y allí lo encontró, detrás de una botella polvorienta de Pomerol. Si Griffin había escondido el cuaderno negro, debía de ser porque era importante para algo, de manera que Effie se lo guardó en la mochila.

Cuando volvió al salón, se fijó en todos los objetos y artefactos, consciente de que sólo le cabrían un par de cosas más en la mochila. Maximilian miraba con atención los mapas y las cartas de navegación de las paredes, y Effie estuvo a punto de pedirle consejo, puesto que parecía saber mucho de aquella clase de objetos. El chico todavía llevaba las gafas puestas, y por un momento Effie se enfadó por no poder ponérselas y ver lo mismo que veía él.

Pero entonces algo le llamó la atención. Un candelabro que estaba apartado de los demás, de plata y con el mismo diseño de dragones y la misma piedra roja que el anillo de su abuelo. Se lo guardó en la mochila, junto con unas cuantas velas. Luego volvió a la cocina y se llevó los dos últimos tarros de mermelada casera de ciruela damascena. Su abuelo siempre se la daba a cucharadas cuando se hacía daño o estaba disgustada.

Suspiró con tristeza y se dispuso a marcharse de allí por última vez. Maximilian le devolvió las gafas y ella las guardó de nuevo. Cuando el sonido del taladro cesó, los dos bajaron a toda prisa por la escalera. La niña tenía miedo de que los hubieran encerrado allí dentro, pero, por suerte, el cerrajero sólo había cambiado el bombín de la cerradura y no había echado la llave, de manera que, tras asegurarse de que nadie los veía, abrieron la puerta y salieron disparados.

Corrieron bajo la lluvia en dirección a Ciudad Antigua. Estaba oscuro y hacía frío, y cuando dejaron de correr, su aliento se condensó en nubes de vaho.

—Es muy tarde —comentó Maximilian—. Más vale que me vaya a casa. ¿Estarás bien?

—Sí. —Effie se mordió el labio—. Oye, ¿lo de antes lo decías en serio?

—¿El qué?

—Lo de recuperar los libros.

En el salón, Maximilian había dado por hecho que recuperarían los libros; llevaba las gafas puestas y éstas, de alguna manera, le habían conferido valor. Pero, sí, era cierto que lo había dicho, de modo que asintió con la cabeza.

—Porque si de verdad hablabas en serio —prosiguió Effie— y si de verdad vas a ayudarme, entonces creo que necesitarás esto.

Metió la mano en la mochila y sacó las gafas.

—Llévatelas a casa —añadió—. Investiga un poco, si puedes. Averigua... no sé, algo sobre Leonard Levar y su librería. A lo mejor podemos colarnos. Y vamos a necesitar un sitio para guardar los libros cuando los recuperemos.

El corazón de Maximilian le brincaba en el pecho como una liebre en primavera. Y no sólo porque podía quedarse con aquellas gafas increíbles y maravillosas —bueno, por lo menos de momento—, sino también porque cada vez que Effie hablaba en plural su corazón echaba a volar. Por primera vez tenía una amiga, una amiga de verdad, y no pensaba decepcionarla.

Bueno, no pensaba decepcionarla de nuevo.

Parpadeó, ocultando su terrible secreto, y se alejó en la oscura, fría y lluviosa tarde, dispuesto a hacer todo lo que estuviera en su mano para ayudar a su nueva amiga.

10

Effie se bajó del autobús en la parada de siempre, junto al gran triángulo de césped que en otros tiempos había sido un parque en el centro del pueblo. En las profundidades de una zanja cercana yacía un poste de madera podrido que antaño había sido el mayo del pueblo. Y la que otrora fuera una alegre taberna llamada El Cerdo Negro, ahora estaba tapiada con tablones. Las puertas y ventanas languidecían con la triste certeza de que su época había pasado y de que jamás volverían a proporcionar luz, calor y seguridad a los viajeros y lugareños que acudían allí a fumar con pipa, beber cerveza y comer pastel de conejo.

Ahora aquélla era la zona peligrosa de la ciudad. Effie había prometido a su padre y a Cait que jamás atajaría por ningún callejón ni hablaría con desconocidos. Tenía que ir siempre por las calles más iluminadas, aunque no es que quedaran muchas. Pero al menos no estaba sola: algo más abajo, en un callejón, se oían las voces de unos adolescentes mayores que ella y el piii-piii-piii de sus mensáfonos. Más allá, unos niños jugaban al fútbol, alumbrándose con las luces de unos teléfonos móviles viejos.

Todavía estaba a cuatro manzanas de casa cuando vio algo inusual. Allí, en mitad de la calle, había un cartel con forma de caballete y con las palabras «BOLLERÍA DE LA SEÑORA BOTTLE», y una flecha negra pintada de un modo rudimentario que señalaba hacia la izquierda, hacia el siguiente callejón. Era como si hubiera salido de la nada. Effie no estaba segura de haberlo visto allí aquella mañana, y jamás había oído hablar de aquella bollería. ¿La señora Bottle? Por allí lo único que había eran pizzas baratas y kebabs. Sin embargo, en cuanto trató de imaginarse el establecimiento, el estómago le empezó a rugir. Apenas había comido nada en todo el día. Se vio entrando por la estrecha puerta de su diminuta casa y a Cait poniéndole delante otro de sus batidos. Luego se imaginó el sabor de un panecillo y se le hizo la boca agua. Un instante después, hacía lo impensable: adentrarse en el callejón.

Parecía que se extendía hasta el infinito. A medida que avanzaba, oía ruidos procedentes de detrás de las casas: llantos de bebés, maullidos de gatos, quejidos de hermanos pequeños que recibían cachetes de los mayores, deportes o noticias en televisores con el volumen demasiado alto. Hacía frío y todo estaba oscuro y mojado, pero por lo menos no se había programado ningún Toque de Sombra, con el horrible y espeluznante silencio que se producía cuando todo se apagaba.

Al fondo del callejón había otro cartel parecido al primero: «GIRA A LA IZQUIERDA PARA IR A LA BOLLERÍA DE LA SEÑORA BOTTLE.» Effie dobló a la izquierda y siguió andando durante dos o tres minutos, hasta que dio con otro letrero: «GIRA A LA DERECHA PARA IR A LA BOLLERÍA DE LA SEÑORA BOTTLE.» Otras indicaciones la hicieron torcer a la izquierda otra vez, y otra, y luego a la derecha, hasta que la niña empezó a temer haberse alejado mucho de casa. Entonces encontró un último cartel que rezaba, sencilla y sorprendentemente: «DATE LA VUELTA.»

Y allí estaba, encajonada en una vieja galería de tiendas cerradas, entre una lavandería abandonada hacía mucho y una peluquería en ruinas con un montón de cristales rotos frente a la puerta. En un sitio así, la Bollería de la señora Bottle destacaba de forma tan alegre y acogedora que parecía imposible que existiera de verdad. La fachada era de ladrillo rosa, como sacada de un cuento de hadas. Las ventanas tenían unos pequeños postigos amarillos, que estaban abiertos, aunque el vaho de los cristales impedía ver el interior. Effie se preguntó qué podría comprarse con lo que le quedaba del dinero del almuerzo, apenas unos setenta y cinco peniques. Le daba la sensación de que había almorzado hacía una eternidad, y apenas había probado bocado. Entonces se acordó del billete de veinte libras de Leonard Levar. Claro que no quería gastárselo. En realidad, su intención era devolvérselo cuando recuperase los libros. Ah... De todos modos, lo tenía Maximilian.

¿Sería una mala idea? Pero es que tenía tanta hambre...

En ese momento se abrió la puerta y asomó la cabeza una mujer con un delantal negro. Era rubia y llevaba rastas y los labios pintados de un rojo intenso. Miró a un lado, luego al otro y, por último, observó a Effie.

—¿Y bien? —le dijo—. ¿Vas a entrar o no?

—¿Es usted la señora Bottle?

—¡Ja! ¡Qué descaro! Me encanta. Soy la señorita Bottle. La señora Bottle era mi querida madre, pero por desgracia falleció. Bueno, ¿qué? ¿Entras antes de que volvamos a poner el encubrimiento, o qué?

—¿Cómo?

—¡Ay, pasa de una vez, por todas las cucharas! —exclamó la señorita Bottle—. Y coge un bollo. Tienes pinta de necesitarlo.

—No tengo mucho dinero.

—¿Dinero? —la señorita Bottle pronunció aquella palabra como si fuera totalmente extraña en aquel contexto, como si Effie hubiera dicho «búhos» o «muesli».

—Eh...

—¡Ay, dioses, ay, cielos, eres una novata! ¡Una neófita! ¿Acaso acabas de epifanizar, bonita? ¿Te ha dolido? ¿Ha sido... legal?

—¿Una neófita? —Effie lo dijo igual que la señorita Bottle. Sonaba muy raro, aunque no tanto como el resto de las cosas que había dicho—. No entiendo...

—Eres una neófita, ¿no? ¿O algo de mayor grado? De no ser así no podrías vernos, y yo, desde luego, no podría dejarte entrar.

—Sí —asintió Effie—. Debo de serlo. O sea, vaya, que lo soy.

Si era verdad que sólo los neófitos, fueran lo que fuesen, podían ver la tienda, entonces ella debía de ser una, puesto que la veía perfectamente. Así que en realidad no estaba mintiendo. Además, de todas formas parecía la mejor respuesta, sobre todo ahora que se moría de ganas por saber lo que había detrás de aquella puerta tan extraña y brumosa.

—Bueno, pues si no entras ahora, desapareceremos porque voy a activar el encubrimiento. No puedo ser más clara. Tienes tres segundos. Uno, dos...

Effie entró.

La Bollería de la señora Bottle era un café que no se parecía en nada a ningún otro en el que hubiera estado Effie. Contaba con doce mesitas redondas y todas eran distintas. Unas eran de madera, otras de azulejos, y las había con la superficie de espejo. Todas tenían encima un servilletero de plata con servilletas de color azul pálido, y saleros y pimenteros también de plata, pero no a juego. Estaban iluminadas con velas finas en botellas verdes y antiguas. En una estufa de leña que había en un rincón se consumían poco a poco unos troncos fragantes. Un gato negro dormía sobre su tapa metálica. En la radio sonaba una rápida y complicada melodía de jazz, y del rincón más oscuro llegaba el débil susurro de una conversación.

En la pared situada a la izquierda de la puerta había varias pizarras con la carta escrita con tiza. «BOLLOS», decía una de ellas en la parte superior, y luego: «DE TODO SE PUEDE PEDIR OPCIÓN VEGANA (V), SIN GLUTEN (SG) O SIN ENCANTAMIENTOS (SE).» A continuación había una lista: «BOLLO CON SALCHICHA, BOLLO CON PASAS, BOLLO CHELSEA, BOLLO AL VAPOR, BOLLO CON MIEL, BOLLO CON QUESO, BOLLO CON SEMILLAS DE LOTO, BOLLO CON CREMA, BOLLO CON CANELA, BOLLO CALIENTE, BOLLO FRITO, SOPA DEL DÍA (CON BOLLO).»

Y justo al lado había otra de bebidas, que incluía agua de cuatroflores (mineral o con gas), leche de botón de oro y cuatro clases distintas de chocolate caliente. En otra pizarra se leía en la parte superior: «REMEDIOS.» Y debajo, una lista de cosas de las que Effie jamás había oído hablar, como «SIROPE DE VIOLETA (PARA EL VIAJERO DE FÁCIL SOBRESAL-TO)» y «TÉ DE TRESHIERBAS (PARA EL MAL DE OJO)».

La señorita Bottle estaba detrás del mostrador, secando tazas con un trapo de rayas blancas y azules. La caja registradora era antigua, con unas teclas grandes y redondas de marfil. La última transacción que mostraba el marcador, en la parte de arriba, era de lo más improbable: «18.954,64». O alguien se había zampado una merienda muy cara, o el gato se había estado paseando por encima de las teclas.

—Bueno, siéntate, siéntate —dijo la señorita Bottle, sacudiendo el trapo de cocina.

Effie se sentó a la mesa más cercana a la estufa. La mujer se le acercó con un cuadernito azul y un lápiz negro fino.

—Bueno, ¿te apetece algún bollo?

A Effie le rugió el estómago tan fuerte que seguro que la señorita Bottle lo oyó.

—¿Cuánto cuestan? —preguntó.

Los carteles no indicaban ningún precio.

—Ah, sí, se me había olvidado que eras neófita. —La mujer se rascó la cabeza con el lápiz—. ¿Es la primera vez que viajas, tesoro? Por lo visto la primera vez marea un poco, pero un bollo te sentará bien. Creo que, en realidad, no debería dejar pasar a ningún neófito sin una carta del Gremio, pero si tienes la marca y la tarjeta, seguro que está todo bien. Además, ¡no tengo tiempo para tantas preguntas! Deja que te escanee.

La señorita Bottle sacó un artefacto que parecía uno de esos antiguos lectores de tarjetas que había en las tiendas antes del Gran Temblor, y lo agitó delante de Effie.

—Tus créditos M suman treinta y cuatro mil quinientos setenta y ocho —la informó—. Nada mal para una neófita. Con eso puedes comprar unos cuatro mil bollos o siete mil chocolates calientes. Los remedios cuestan más, pero tampoco mucho.

—¿Así que puedo pagar un bollo y un chocolate caliente?

—Desde luego que sí.

—Vale, pues tomaré uno de canela y un chocolate con nuez moscada. Gracias.

Effie nunca había probado la nuez moscada, pero le sonaba interesante, como algo salido de uno de los libros de su abuelo.

—¿Los quieres sin encantamientos? Si eres novata, es lo más recomendable, aunque por supuesto es cosa tuya. Claro que... —Consultó el reloj—. La chica que hace los encantamientos no entra hasta más tarde, y además creo que nos hemos quedado sin canela encantada.

—Ah. Bueno, gracias, sí... sin encantamientos, por favor.

Junto a la zona del mostrador había una puerta que parecía llevar a una cocina. Justo en ese momento, la puerta se abrió y apareció una niña más o menos de la edad de Effie, con dos trenzas y un gorro de chef. Caminaba un poco demasiado deprisa y llevaba una vistosa tarta blanca con glaseado en una bandeja metálica tapada con una campana de cristal. La dejó en el mostrador y la fue moviendo poco a poco hasta que quedó satisfecha con su ubicación. Luego volvió a la cocina a por otras dos tartas: una marrón y otra roja. Las dispuso de manera similar y, a continuación, sacó de un armario una bolsa de lo que parecían botones secos de margarita y regresó a toda prisa a la cocina.

—Ay, ve con cuidado, Lexy —advirtió la señorita Bottle—. Más despacio.

¿Lexy? Effie se fijó y vio que la niña que corría tanto entre la cocina y la tienda era, efectivamente, su compañera de clase, Alexa Bottle. Debía de ser la hija o la sobrina de la señorita Bottle. Lexy también la reconoció, y su sorpresa no habría sido mayor si hubiera visto un fantasma o un dinosaurio. Frunció el ceño, esbozó una media sonrisa, se puso ceñuda de nuevo, se quitó el gorro y lo dejó sobre el mostrador.

—¿Puedo tomarme mi descanso ahora, tía Octavia?

—Vale, pero que sea cortito —respondió la señorita Bottle, y le guiñó un ojo a Effie.

Lexy se le acercó.

—Hola —saludó, con cierta timidez.

—Hola. Oye, lo...

Por alguna razón, quería decir «lo siento», aunque no sabía muy bien por qué debía disculparse. Pero sí era cierto que se había sentido algo violenta al darse cuenta de que, sin pretenderlo, se había metido en la vida privada de una compañera de clase. Ésa era una regla tácita en el Colegio Tusitala para Dotados, Problemáticos y Raros (y probablemente en la mayoría de los colegios también). Una cosa es que tu amiga te invite a merendar a su casa, y otra muy distinta quedarte mirándola embobada mientras está trabajando después de clase.

Y, en cualquier caso, Effie y Lexy no eran amigas. A veces compartían un transportador en matemáticas, pero apenas habían hablado. Effie no podía invitar a nadie a merendar a casa por razones obvias (imaginaos invitar a una amiga para ofrecerle un batido repugnante que ni siquiera merecía ese nombre porque no llevaba leche). Había estado una vez en casa de Raven Wilde, en el campo, pero nada más.

Sin embargo, a Lexy no parecía importarle en absoluto. De hecho, incluso se la veía contenta de que Effie estuviera allí.

—Bueno... —empezó mientras se acomodaba—. No te importa que me siente contigo, ¿verdad?

—Claro que no.

—Bueno... —repitió Lexy—. ¡Vaya!

—¿Qué?

—Que no tenía ni idea de que fueras de los nuestros. Bueno, de los suyos. O de los nuestros. ¿Cuándo has epifanizado?

11

—¿Cuándo qué? —preguntó Effie.

—Que cuándo has epifanizado. O sea, que cuándo tuviste tu epifanía, cuándo te enteraste. Algunas personas lo llaman «el cambio». Cuándo descubriste tu magia.

—¿Mi magia?

En ese momento llegó el bollo de Effie. Era grande, blando y esponjoso, con una espiral pegajosa de canela que lo recorría entero. Lo devoró sólo en tres bocados y notó que tenía tanta hambre que podría haberse comido otro seguido. Pero entonces llegó el chocolate caliente, y la señorita Bottle también le sirvió uno a Lexy. Llevaba nata encima, y nubes de azúcar que sabían a canela y cardamomo, y a otras especias que Effie no habría sabido nombrar. Era sin duda lo más delicioso que había probado en su vida. Aunque no tanto como lo que acababa de oír. «Magia.» Su magia.

—No habrías podido ver los carteles si no fueras por lo menos una neófita —le dijo Lexy.

—¿Qué es una neófita exactamente?

—¡OMG! ¿Es que no sabes nada? —Lexy sonrió—. Es el primer nivel de magia. Lo que eres cuando epifanizas. El nivel superior es el de archimago, aunque a eso nadie llega. Bueno, algunos sí, pero se tarda una eternidad y... —La niña le dio un sorbo al chocolate—. La verdad es que no todo el mundo es consciente de la epifanía, así que tampoco es tan extraño. A veces alguien hace magia de verdad sin querer y, ¡pumba!, su habilidad interior se despierta. O toca algún objeto que no sabía que era mágico o algo así. Casi todo el mundo aprende en secreto de algún pariente, aunque después del Gran Temblor el Gremio prohibió terminantemente que se enseñara magia. Pero, en fin, sea como sea, sólo los que han epifanizado pueden ver sitios como éste. Y, además, aquí sólo suelen venir los viajeros experimentados. Al fin y al cabo, somos un portal de una sola dirección. ¡Así que ni te imaginas la sorpresa que me he llevado al verte!

—¿Viajeros? ¿Cómo...?

Lexy sonrió de nuevo.

—Bueno, ya sabes, viajeros que se dirigen al Altermundo.

El Altermundo... donde representaba que estaba Pelham Longfellow. A donde el doctor Black había intentado llevar a Griffin. El lugar que, según su padre, no existía.

—¿El Altermundo existe de verdad?

—Anda, pues claro.

—¿Has estado allí?

Lexy negó con la cabeza.

—Qué va. No se me permite porque trabajo en un portal. El Gremio no lo vería con buenos ojos. Pero, además, tampoco podría ir porque no tengo marca, ni documentos, ni nada. De todas formas, de momento debo concentrarme en mis estudios M. Si consigues llegar a ser archimago, puedes vivir para siempre en el Altermundo, pero la mayoría de la gente tarda cientos de años, y en cualquier caso, por lo que dicen, el Altermundo es rarísimo y...

Effie bebió un sorbo de chocolate. La nuez moscada le proporcionaba un sabor fuerte y reconfortante. La cabeza le daba vueltas con tanta información. Había epifanizado —a saber qué era eso— y ahora era mágica. O sea, que todo era real, por más que dijera su padre. Tantos años pidiéndole a su abuelo que le enseñara magia, y ahora resultaba que de todas formas no podía porque el Gremio ese no lo permitía. Era, probablemente, el mismo Gremio que le había prohibido a él hacer magia durante cinco largos años y que le había impedido llegar a ser archimago.

—Ahora tú también puedes cursar los estudios M —prosiguió Lexy, ilusionada—. ¿Ya sabes cuál es tu habilidad? Yo aún no estoy segura de la mía. ¡Ojalá la supiera! Si encuentras un mentor, puedes subir un nivel, de neófita a aprendiza. La tía Octavia es alquimista experta, lo cual significa que podría ser mi mentora si yo quisiera ser alquimista, pero yo quiero ser sanadora. No conozco a ningún sanador, y mucho menos a uno experto o adepto, así que no hay nada que hacer. Aunque puedo seguir formándome como neófita sin centrarme en una habilidad concreta. Las clases son los lunes por la noche en Saint George's Hall, por si te interesa.

—¿De verdad puedes hacer magia? —preguntó Effie.

—Bueno, más o menos. Aunque no mucha, todavía. No tengo ningún adminículo, ni ningún familiar o mentor que me enseñe, y apenas dispongo de capital M. Y eso es un asco, la verdad. Pero todos están igual desde que el Gremio prohibió intercambiar adminículos o incluso hablar de magia con cualquiera que no haya experimentado el cambio. Así que todo el mundo empieza de cero.

No era la primera vez que Effie oía esa palabra: «adminículo». Según Maximilian, tanto la Espada de Orphennyus como las Gafas del Conocimiento, y también su anillo, eran adminículos. Las cosas que le había dejado su abuelo... Y él también las había llamado así. «Consigue todos los adminículos que puedas», le había dicho. Effie se planteó enseñarle a Lexy lo que llevaba en la mochila, pero no estaba muy segura de si debía hacerlo. De pronto, no estaba segura de nada.

Effie se acordó, con una terrible punzada de dolor, de la primera y única vez que su abuelo se había enfadado con ella. Apenas hacía un año de aquello. Ocurrió durante una tarde de verano tormentosa, poco después de que empezara a entrar en su biblioteca.

Había estado examinando todos los libros, abriéndolos al azar para hacerse una idea del contenido y ver si tenían ilustraciones interesantes. Y sí, algunos contenían ilustraciones: montañas altas, pozos profundos, bestias mitológicas y hongos extraños. Pero se había olvidado por completo de las reglas: debía dejar sobre la mesa el libro que estuviera leyendo y sólo podía leer uno cada vez. De todas formas, no es que los estuviera leyendo, sólo les estaba echando un vistazo.

Entonces Griffin entró sin que ella se diera cuenta y le ordenó con un grito que devolviera de inmediato el libro a su estante. Su voz sonó espantosamente grave, como un gruñido. Nunca lo había oído hablar así.

—Tranquilo, abuelo —le contestó—. Es sólo un libro.

Al recordar aquel momento se estremeció; le había hablado con mucha arrogancia.

—Boba, eso es lo que eres, una niña boba —dijo él, triste y decepcionado—. Algunos creen que abrir un libro es algo muy simple, pero no es así. Casi nadie se da cuenta de que uno puede perderse de verdad en sus páginas. Sobre todo alguien como tú. No abras ninguno de estos libros sin mi permiso. Si no puedes prometerme eso, tendré que volver a cerrar la biblioteca con llave.

Aquella noche, de camino a su casa, Effie le había preguntado a su padre por qué le preocupaba tanto la magia. Al fin y al cabo, algo que no existía no podía ser peligroso. Pero Orwell se había limitado a soltarle un sermón interminable y había insistido en que había muchas cosas que no eran ciertas y que, aun así, se tornaban peligrosas cuando la gente creía en ellas. En esa categoría incluía las grandes religiones del mundo, la medicina alternativa, las teorías sobre el origen del Gran Temblor, todas las formas de folclore, los libros de Laurel Wilde, cualquier investigación del Departamento de Geografía Subterránea de la universidad y... De repente, a medio sermón, guardó silencio.

—Oye, tu abuelo no habrá estado llenándote la cabeza de fantasías otra vez, ¿no? —le preguntó—. No quiero que te laven el cerebro con toda esa basura que corrompió a tu madre.

En ese momento, en la Bollería de la señora Bottle, Effie suspiró al darse cuenta de lo poco que le habían «lavado el cerebro» en realidad y lo mucho que ignoraba. Su padre parecía pensar que Griffin no hacía más que hablarle de magia. Y ella no tenía ni idea de lo que quería decir con eso de la «basura que corrompió a tu madre». Nadie le había explicado lo que le había pasado, ni qué papel había desempeñado la magia en todo aquello.

—¿Y cómo es? —le preguntó a Lexy—. Lo de hacer magia, quiero decir.

—¿Que cómo es? —dijo Lexy—. Pues es muy muy muy difícil. Aquí es distinto que ahí fuera. —Y señaló con la cabeza la puerta que daba a la calle—. O allí —y señaló en la dirección opuesta—, en el Altermundo. La magia es mucho mucho más potente allí, porque es la fuerza que impulsa el Altermundo. Vaya, que el Altermundo básicamente subsiste gracias a la magia. Por lo visto, hay electricidad y esas cosas, y funcionan, pero son mucho más débiles. Sólo los archimagos más poderosos tienen luz eléctrica, por ejemplo; los demás todavía usan velas. Por el contrario, la magia funciona en nuestro mundo, el Veromundo, pero a duras penas, y además para eso hacen falta muchos créditos M. Y hay que concentrarse muchísimo. Es como la meditación, pero a lo bestia. O por lo menos eso es lo que dice el doctor Green, que es el profesor de los lunes por la noche.

—¿Y la gente va de verdad al Altermundo?

—Pues claro. Tú vas para allí, ¿no? Vaya, al menos creía que por eso estabas aquí.

—Lo cierto es que no sé por qué estoy aquí —suspiró Effie—. He tenido un día muy raro.

Effie empezó a contarle todo lo que había pasado, y cuando Lexy oyó el nombre de Griffin Truelove, abrió unos ojos enormes.

—¡OMG! —exclamó—. Se me había olvidado que tu apellido es Truelove. ¿En serio eres la nieta del auténtico Griffin Truelove? ¡Tengo que contárselo a mi tía Octavia! ¡No se lo va a creer!

Octavia Bottle salió de la cocina secándose las manos en el delantal.

—¿Qué pasa aquí?

Lexy se lo contó todo.

—¡Haberme dicho antes que eras una Truelove! —le soltó la señorita Bottle, sonriendo—. Bueno, al bollo estás invitada, eso lo primero. Pobre Griffin... —Suspiró—. Y ahora empieza otra vez. —Y volvió a sonreír, animándola.

Effie relató de nuevo su historia. Les contó lo de la muerte de su abuelo y las cosas que había heredado de él, les habló del hombre de la beneficencia y de lo horrible que había sido ver cómo el tal Leonard Levar, un tipo espantoso y apergaminado, se había llevado los libros de Griffin.

—Diberi —dijo Lexy—. Tiene que ser un diberi.

Octavia frunció el ceño.

—Será mejor que no pronunciemos esa palabra, cariño.

—Pero...

—Ya sabes lo que el Gremio piensa de los diberi.

—Pero...

La señorita Bottle se dirigió de nuevo a Effie:

—Eres una niña con mucha suerte. Uno no recibe todos esos adminículos así, sin más. Pero debes tener mucho cuidado con ellos. Sobre todo con el anillo. Parece algo excepcional. ¡Y qué increíble que dieras por casualidad con un auténtico guerrero y un auténtico erudito! Aunque dicen que los adminículos atraen a aquellos cuya habilidad encaja con ellos. Si un adminículo no se corresponde con tu habilidad, no querrá permanecer contigo mucho tiempo, o al menos eso cuentan. Claro que hoy en día es mucho más difícil dar adminículos. Antes se vendían en *El Umbral* por cientos de miles de krublos. Pero, desde el Gran Temblor, el Gremio ha sido muy estricto al respecto.

—No lo entiendo. Si Wolf es un auténtico guerrero y Maximilian es un auténtico erudito, entonces ¿qué soy yo? ¿Qué significa mi anillo?

Lexy se encogió de hombros y miró a su tía, que volvió a fruncir el ceño.

—Pues ni idea. No eres una sanadora, y no creo que seas una bruja. Estoy bastante segura de que no eres un bardo, y tampoco una alquimista o una maga. A lo mejor eres una druida, pero la verdad es que no te pega nada.

El anillo desde luego es muy poco común. Tu abuelo debía de guardarlo para ti. Quizá se hizo con el anillo cuando se dio cuenta de que no ibas a ser una erudita como él. Con un poco de suerte, encontrarás a quién preguntárselo al otro lado. Allí cuentan con la ayuda de grandes libros. *El repertorio de kharakter, arte y matiz* es el más importante. Pide una cita con alguien que lo tenga.

—Vale. Pero, esto... ¿qué «otro lado»?

—El Altermundo. Para eso estás aquí, ¿no?

En ese momento cesaron los susurros del rincón y un hombre se puso en pie. Llevaba unos vaqueros negros, botas camperas y una chaqueta de cuero. Tenía el pelo tan rubio que parecía blanco y lo llevaba cortado a cepillo.

—Perdonad —dijo Octavia, levantándose de la mesa.

Se acercó al hombre, intercambió con él unas palabras y lo escaneó con el mismo artilugio que había utilizado con Effie. Luego lo acompañó a otra puerta que estaba más allá del mostrador. Effie no se había fijado en ella. En lugar de tener un cartel que indicara algo como «SALIDA» o «SERVICIOS», simplemente decía: «ALTERMUNDO.» Al menos no tenía pérdida.

Octavia Bottle y el hombre de la chaqueta de cuero se detuvieron ante la puerta, donde había un atril pequeño. Parecía uno de esos mostradores altos que hay en las puertas de embarque de los aeropuertos. Octavia se puso detrás, examinó los documentos que le enseñó el hombre y luego le selló algo que parecía un pasaporte. Acto seguido, él se alzó la manga para mostrarle el brazo. Sólo entonces Octavia pulsó el botón que abría la puerta. Al otro lado, se veía una especie de bruma azul.

Cuando la señorita Bottle volvió, no se sentó con ellas.

—Bueno, tengo que preparar más bollos. ¿Vas a pasar?

—¿Perdón?

—¿Quieres que te deje pasar al Altermundo antes de que sea hora punta?

12

De repente, Effie sintió que aquella bruma azul y el Altermundo que había al otro lado le daban miedo. Pero, sin duda, allí era adonde se suponía que debía ir, ¿no? Allí era donde encontraría a Pelham Longfellow, aunque ya no tenía ningún codicilo que entregarle. Aun así, tal vez el abogado podría ayudarla de alguna otra forma.

—Vale —contestó por fin—. ¿Qué tengo que hacer?

—Ven conmigo.

Effie tragó saliva, se levantó y siguió a Octavia Bottle hasta el atril.

—¿Documentación?

Effie no tenía ningún papel.

Octavia frunció el ceño.

—¿Manga?

Effie se remangó, como había visto hacer al hombre rubio, pero en el brazo no tenía nada. De pronto le entró mucho calor y sintió mucha vergüenza. ¿Significaba aquello que no había nada de magia en ella, que no era una neófita ni una auténtica nada? Claro que Lexy le había dicho que ella tampoco podía cruzar aquella puerta, así que a lo mejor era normal, pero... ¿No le había dicho su abuelo que buscara a Pelham Longfellow? Incluso su padre había comentado que estaría en el Altermundo. ¿Acaso todo aquello era un tremendo malentendido? Fuera como fuese, no debería haber ido allí, eso estaba claro.

—Lo siento —le dijo a Octavia, muerta de vergüenza.
La mujer parecía desconcertada.

—¿Estás segura de que no tienes por lo menos un papel que indique que puedes viajar entre los mundos? ¿Tu abuelo no te dio nada?

—Segurísima.

—Entonces ¿por qué has venido?

Effie se encogió de hombros, apesadumbrada.

—No lo sé.

—No puedo dejarte pasar sin los documentos. Además del pasaporte, deberías tener una tarjeta M y una marca. Si te dejara cruzar, sería un desastre. El Gremio podría quitarme la licencia.

—¿Y dónde puedo conseguir los documentos?

—Pues eso sí que no lo sé. Los liminares, o sea, los que vienen por aquí, son más bien un misterio, la verdad. No sé qué hacen en el otro lado —añadió, señalando la puerta del Altermundo—. No puedes ni imaginar lo reservados que son al respecto. Por lo que tengo entendido, hay que haber estado ahí al menos en una ocasión para que te permitan volver, pero no tengo ni idea de cómo entra uno por primera vez sin documentos ni nada. Debo confesar que me hubiera extrañado que tuvieras la marca... Aunque una oye rumores. Tu abuelo estaba tan bien relacionado que nada me habría sorprendido. No siempre obedecía las órdenes del Gremio, eso seguro. Y tenía tantos adminículos...

Effie se enjugó una lágrima. No podía echarse a llorar allí. Tenía que...

Octavia le dio unas palmaditas cariñosas en el hombro.

—Oye, que si no puedes pasar al otro lado, tampoco es el fin del mundo. Yo nunca he estado ahí. Y a Lexy le encantaría ir, pero aún no ha tenido ocasión, pobrecita mía. No hay nada de que avergonzarse si no vas al Altermundo. De todas formas, algunos dicen que es aterrador y muy distinto a este mundo. Aunque es una pena que tengas el anillo mágico y tantos créditos M y no puedas ni utilizarlos. ¿Crees que podrías venderlos por krublos o dinero del Veromundo? O podrías intentar entrar de alguna otra forma, aunque tampoco sé cómo.

—En fin, siento haberle causado tantas molestias —se disculpó Effie de nuevo—. Será mejor que me vaya. Ya voy tarde.

Estaba muy triste y, ahora que se le había pasado un poco la vergüenza, tenía algo de frío y se sentía sola. Se puso la capa del colegio. Octavia se despidió de ella y volvió a la cocina.

—¿Quieres un tónico antes de irte? —le ofreció Lexy.

Effie tenía los ojos llenos de lágrimas.

—¿Para qué sirve eso?

—Te ayudará ahí fuera. Has dicho que tenías hambre, y cuando has entrado se te veía un poco débil. Los bollos son como mágicos, por decirlo de algún modo. No sé, es algo complicado de explicar, pero la verdad es que no aportan mucha energía para el Veromundo. Y después de la historia esa del anillo... Vaya, que un tónico te ayudaría a recuperar las fuerzas. Igual así puedes quedarte despierta esta noche y leer. Al fin y al cabo, tienes ese libro, *El Valle del Dragón*. Con un poco de suerte, tal vez encuentres en él algunas respuestas.

—Vale —aceptó Effie, enjugándose las lágrimas—. Gracias.

—La única pega es que tendrías que pagarme con algo de dinero del Veromundo. Da igual la cantidad. Pueden ser cinco peniques, o dos. Es que tenemos prohibido dar los tónicos gratis. Es una norma del Gremio que...

Effie metió la mano en la mochila para sacar su maltrecho monedero, pero... Qué raro. Algo estaba vibrando. No le dejaban tener mensáfono hasta que cumpliera los catorce años y, a diferencia de muchos otros niños, no llevaba un móvil antiguo para usarlo como calculadora, diccionario o linterna. ¿Qué podía estar vibrando? Dejó la mochila encima de la mesa y la vibración aumentó. Parecía provenir de la bolsita de algodón con cordones que el doctor Black le había dado aquella misma mañana. Effie metió de nuevo la mano y encontró el cristal transparente que había tomado del cajón secreto de su abuelo para llevárselo al hospital. Cuando lo tocó, la vibración se detuvo.

—¿Qué es eso? —preguntó Lexy, inclinándose.

—Es el cristal de mi abuelo —contestó Effie—. No sé por qué estaba vibrando. Ahora ya ha parado.

—¿Me dejas...? —Lexy alargó el brazo por encima de la mesa—. ¿Me dejas verlo? Si es lo que yo creo... En fin, me encantaría verlo un momento. De hecho... incluso podría utilizarlo para hacer que tu tónico fuera más fuerte, si me dejas sostenerlo unos segundos. —Parpadeó con timidez—. Pero sólo si no te importa.

Effie se encogió de hombros.

—Vale.

Era un cristal de cuarzo transparente, grande y ovalado, engarzado en un círculo de plata con una gema de color verde oscuro engastada. Tenía un agujero para pasar una cadenita, de modo que pudiera utilizarse como colgante. Era precioso. Pesaba bastante y resultaba reconfortante tenerlo en la mano, sobre todo ahora que había dejado de vibrar. Al tocarlo, Effie no había notado nada especial. Aquello no le parecía un objeto mágico en absoluto, sólo una joya muy bonita. Aunque tampoco era algo que ella se pondría, sino más bien algo en lo que se fijaría si lo llevara puesto otra persona.

Lexy abría cada vez más los ojos.

—¡Vaya! —exclamó.

Effie dejó el cristal entre las dos para que su compañera de colegio pudiera cogerlo y examinarlo bien, pero en el mismo instante en que la piedra tocó la mesa pareció dar un saltito en dirección a Lexy, y entonces se puso a vibrar otra vez.

Cuando la niña acercó las manos, le dio un ataque de risa incontenible.

—¡Hace cosquillas! —gritó—. ¡Ay! ¡Qué cosquillas! Para. ¡Ven aquí, tú!

Hablaba con el cristal como si fuera un animalito obstinado al que quisiera convencer para que entrara en su madriguera y poder darle la cena. Entonces empezó a su-

surrar palabras que Effie apenas pudo entender —incluso habría jurado que lo que estaba oyendo era una especie de conjuro mágico— y acercó las pequeñas manos a la piedra, luego las alejó y con un movimiento rápido atrapó el cristal.

—¡Ya te tengo! —exclamó.

—¿Qué está pasando? —preguntó Effie.

Lexy sostenía el cristal en la palma de la mano. Era como si una luz de lo más favorecedora estuviera iluminando a la chica, como si el sol hubiera salido sobre su cabeza y la de nadie más. De pronto parecía mucho más viva, enérgica y fuerte, aunque también extrañamente melancólica. El cristal se agitaba en su mano como si intentara ponerse cómodo. Se movió hacia un lado, luego hacia el otro, hasta que por fin se quedó quieto con lo que parecía —a menos que fueran imaginaciones de Effie— un suspiro de felicidad.

—Es precioso. Y encaja conmigo. La verdad es que no estaba muy segura...

—¿Qué quieres decir? ¿Y por qué estás tan triste?

Lexy frunció el ceño.

—Significa que soy una sanadora auténtica. Es un cristal de sanación, el primero que veo. El único que veré, probablemente. —Se lo devolvió a su compañera de clase—. Gracias por dejarme probarlo. Ahora por lo menos podré darle un toque extra a tu tónico.

Pero saltaba a la vista que el cristal no quería regresar con Effie. En su mano se volvió frío, pesado y era como si estuviera de mal humor. Y entonces empezó a pesar cada vez más, hasta que la niña tuvo que dejarlo de nuevo sobre la mesa. En cuanto quedó libre, el cristal comenzó a deslizarse hacia Lexy.

—No. Tienes que volver con ella.

—Parece que quiere irse contigo —dijo Effie.

—Bueno... supongo que sí. Lo siento... —Lexy miró la piedra con ternura—. No imaginaba que fuera a pasar esto. ¡Fuera! —le soltó como para ahuyentarlo—. No me perteneces.

Pero el cristal se lanzó a su regazo y se metió en uno de sus bolsillos.

—Lo... lo siento mucho, Effie —se disculpó, sacándoselo del bolsillo para dejarlo de nuevo encima de la mesa. En cuanto lo hizo, volvió a pasar lo mismo—. Mira, te voy a traer el tónico y ya se me ocurrirá alguna forma de convencerlo para que vuelva contigo.

Mientras Lexy estaba en la cocina, Effie intentó comprender todo lo que había pasado aquel día. Tenía bastante claro que el cristal la había conducido hasta allí para dar con Lexy. Era la única explicación posible. ¿Por qué, si no, sus nuevas habilidades la habían guiado hasta un portal hacia otro mundo al que ni siquiera se le permitía cruzar?

No podía evitar sentirse un poco decepcionada: había heredado de su abuelo aquellos objetos maravillosos, y el único que funcionaba con ella había estado a punto de matarla. El regocijo que Maximilian sentía con las gafas o Lexy con el cristal... No, Effie no había experimentado nada de eso con el anillo. Bueno, es verdad que se había sentido genial mientras jugaba al tenis, pero había acabado exhausta y, si Maximilian estaba en lo cierto, había estado a punto de morir. Además, con el anillo puesto tenía la sensación de que algo no cuadraba, como si de alguna manera no estuviera hecho para ella. Y, sin embargo, ¿no había dicho su abuelo que lo había conseguido precisamente para ella?

Lexy volvió al cabo de un ratito con una botellita de plata.

—Me temo que puede contener trazas de encantamiento —comentó con un brillo en la mirada—. Esto te dará algo de fuerza extra y te ayudará a leer en la oscuridad si te hace falta. Espero que te guste.

—Gracias.

Lexy se sacó el cristal del bolsillo para devolvérselo, pero cuando se lo tendió pareció que el cuarzo quería escapar, que se encogía e intentaba esconderse; luego dio media vuelta y le subió disparado por la manga.

—Ay, madre...

—Será mejor que te lo quedes —dijo Effie.

—No puedo. Vale miles y miles de...

—Eso me da igual.

—Además es ilegal regalar un adminículo a menos que lo registres en el Gremio.

—Bueno, pues entonces te lo presto, ¿vale? Ahora somos amigas, y los amigos se prestan cosas. Es un préstamo a largo plazo. ¿Quién sabe? A lo mejor puedes utilizarlo de alguna forma para ayudarme a encontrar los libros de mi abuelo y recuperarlos.

Lexy se abalanzó sobre ella y la rodeó con los brazos.

—¡Seré tu sanadora, como en las leyendas! —exclamó—. No te arrepentirás. ¡Gracias, gracias! Voy a ponerme a trabajar ahora mismo en tónicos y remedios para ayudarte a recuperar los libros. No sé, algo que deje a Leonard Levar un poco adormilado o algo así... —Le brillaban los ojos—. De hecho... ¡Espera un momento! Voy a por...

Unos segundos después, regresó con una caja que contenía dos walkie-talkies nuevos. Effie había visto aquellos cacharros un montón de veces, pero nunca había usado ninguno. Sólo los niños ricos tenían radios de transmisión y recepción. Después del Gran Temblor, las ondas de radio eran lo único en lo que de verdad se podía confiar, y algunos de los niños más ricos y populares llevaban en la mochila tres o cuatro aparatos de aquéllos, uno para cada amigo. Aunque lo más normal era llevar sólo uno para contactar con tu mejor amigo, y utilizar el mensáfono (si es que tenías mensáfono) para todo lo demás.

—Me lo regalaron por Navidad el año pasado —explicó Lexy—, pero hasta ahora no había encontrado a nadie a quien darle el otro. Tiene un alcance de unos quince kilómetros, así que podremos estar en contacto siempre. Con esto podrás decirme qué clase de tónicos sanadores necesitas.

—¿Estás segura?

—¡Pues claro!

—Gracias.

Effie guardó una de las radios en la mochila, volvió a darle las gracias a Lexy por el tónico y se marchó.

13

Hasta el momento, para Maximilian había sido el mejor
día de su vida. Bueno, más o menos. O, vaya, que lo habría
sido de no ser por... Pero no, no iba a pensar en eso ahora.
En su terrible secreto.
En cualquier caso, lo había hecho. Había hecho lo que
siempre había soñado. Había epifanizado.
Maximilian vivía con su madre en el otro extremo de
la ciudad, muy lejos de Effie y Lexy. Desde la Bollería de la
señora Bottle se tardaba una media hora, si tenías una
bicicleta muy rápida (o en otros tiempos una escoba), en
llegar a la universidad. Después había que pasar (o volar)
por delante del Colegio Tusitala para Dotados, Problemáticos y Raros —donde en esos momentos la profesora
Beathag Hide estaba furiosa y bastante perpleja—, por
la Antigua Rectoría, que ya tenía cerradura nueva, por el
hospital y el cementerio, y luego por el jardín botánico. Acto
seguido, había que bajar por una calle de casas grandes y
árboles muy viejos, hasta llegar a un bloque de pisos con
una escalera de cemento, donde en ese instante otro chico daba vueltas por su habitación sin saber muy bien qué
pensar de todo lo que había sucedido aquel día.
Si se seguía un poco más allá hasta el final de la calle,
se veía por fin el mar. Y allí, a la vuelta de la esquina y
frente a la sala de bingo, en un pequeño bungaló con un

bonito jardín, estaba Maximilian, con su magia recién despertada, más feliz que en toda su vida.

De no ser por... bueno, por «eso». Eso en lo que no iba a pensar.

Cuando llegó a casa, estuvo una hora mirándolo todo con las Gafas del Conocimiento puestas. En su habitación todo era distinto. Ahora veía el contenido de los cajones y armarios sin abrirlos. Las gafas le hacían inventario de cada uno de los objetos que poseía y, hasta que les pidió que lo dejaran, estuvieron trabajando con entusiasmo en la búsqueda de formas nuevas de ordenar los calcetines, calzoncillos, uniformes del colegio y todo eso, reorganizando las cosas así y asá en escenarios hipotéticos que a Maximilian le parecían del todo innecesarios.

Además de las cosas de su habitación, si quería, incluso podía ver los terrenos más allá de la casa y examinar los objetos que habían quedado enterrados a lo largo de los años. También podía comprobar el estado de las pilas del mensáfono, la calculadora científica y la radio. Si abría un libro, las gafas le revelaban un montón de datos interesantes sobre él y podían ofrecerle definiciones o traducciones de cualquier palabra que Maximilian eligiera. Era como lo que decían que había sido internet, sólo que mejor.

Y lo más intrigante: la serie de parámetros que las gafas ofrecían sobre cada libro, como los que había visto flotando sobre Effie y Wolf. Y al igual que sus compañeros —aunque a diferencia del vecino al que Maximilian acababa de mirar por la ventana—, cada libro tenía dos barras de estado, una verde y otra dorada, que parecían indicar la energía o fuerza física, junto con algo más. Pero los libros no tenían energía ni fuerza, ¿no? En cuanto al otro parámetro, la barra dorada... Bueno, si aquello —tal como Maximilian sospechaba— medía de alguna forma el poder mágico o capital M, como lo llamaban en la red gris, era una auténtica locura. ¿Cómo podía ser que un libro tuviera vida y energía mágica propias? Sobre el vecino no aparecía ninguna barra de magia, algo que no le sorprendía nada. Pero que un libro sí la tuviera... No, aquello no tenía sentido.

Después de merendar, Maximilian se puso a leer números antiguos de *El Umbral* en la red gris, buscando información sobre Leonard Levar y la biblioteca de Griffin Truelove. Para entrar en el foro hacía falta una contraseña y estar suscrito a la publicación, y eso costaba mil krublos al año. Pero las gafas habían tenido el detalle de otorgarle una suscripción vitalicia y acceso ilimitado a los números antiguos.

Se suponía que debía buscar noticias, pero no hacía más que distraerse con los anuncios de adminículos poco comunes y exclusivos: por ejemplo, un arco hecho de madera argenta y tripa de unicornio que se vendía con quince flechas encantadas, todas ellas con plumas de dodo. Te lo enviaban desde el Altermundo en tan sólo tres horas por un total de un millón y medio de krublos, o alrededor de cien mil créditos de capital M.

También le llamaron la atención todas las historias verídicas de hechizos que habían salido mal, viajes desastrosos al Altermundo, criaturas del otro lado que por lo visto ahora andaban sueltas y sin documentación por el Veromundo (entre ellas, aberraciones muy evidentes, como el monstruo del lago Ness, la bestia de Bodmin Moor, las hadas de New Forest, Bigfoot, el hombre que pisó la luna o el triángulo de las Bermudas, además de los habituales yetis, fantasmas, etcétera, y otros intrusos menos obvios, como las auroras boreales, tres bebés de la realeza, un primer ministro, un científico y cuatro atletas de fama mundial). Cada número de *El Umbral* incluía también la receta de un tónico sanador, así como un hechizo gratis. Y había asimismo una página de acertijos muy entretenida.

Pero le había hecho una promesa a Effie.

Una primera búsqueda de Leonard Levar lo llevó a numerosas entradas, sobre todo de la sección de noticias del periódico. Aunque los periodistas evitaban decirlo con claridad, se daba a entender que el anticuario era una especie de ladrón de libros internacional que había estado involucrado en casi todos los mayores robos de los últimos tres siglos. Se decía que poseía el Manuscrito Voynich original —un documento secreto cuyo significado los eruditos llevaban siglos intentando descifrar—, junto con una guía del código en el que estaba escrito. Supuestamente tenía las actas de todas las reuniones secretas que habían mantenido los rosacruces, los caballeros templarios y la Sociedad Especulativa. Poseía una obra inédita de Shakespeare, además del diario de John Dee, una selección de cartas de la reina Boudica que jamás habían visto la luz, los diarios perdidos del rey Arturo y varias tablillas desconocidas de *La epopeya de Gilgamesh*. Cuanto más raro fuera un libro, más probable era que Leonard Levar lo tuviera en su poder.

Si de verdad era dueño de aquellos textos, los había escondido muy bien, pues en los múltiples registros que se habían llevado a cabo en su librería anticuaria, nunca habían encontrado ninguno de los volúmenes que afirmaban que había robado. Tenía propiedades en Francia, Marruecos y Nueva Zelanda, pero el registro de las mismas tampoco había dado ningún resultado. Varios años atrás, *El Umbral* había encargado una investigación especial sobre Leonard Levar, aunque no encontraron evidencia alguna de que los títulos que presuntamente había robado se hubieran vendido. Entonces ¿qué sentido tenía ser un ladrón internacional de libros si no ganaba dinero con sus operaciones? Era como si los ejemplares importantes que había adquirido, todos y cada uno de ellos, hubieran desaparecido en una especie de agujero negro.

Lo más probable era que no pudiera soportar la idea de separarse de ellos. Estaba claro que parecía un verdadero amante de los libros. Un «bibliófilo», como él mismo se describía (término de origen griego que significa «el que ama los libros»). Además de regentar su librería anticuaria, poseía un veinte por ciento de las acciones de Ediciones Cerilla, una editorial emergente y prometedora. Tal vez Levar se ganaba la vida con aquella editorial, puesto que en su tienda no parecía vender ni un libro. Y su declaración de la renta mostraba a un hombre más pobre que una rata, un tipo que perdía dinero todos los años y apenas sacaba para sobrevivir...

Aunque ninguno de esos datos explicaba tres cosas muy extrañas sobre Leonard Levar. En primer lugar, si los informes eran ciertos, debía de tener por lo menos trescientos cincuenta años. En segundo lugar, y dejando a un lado lo que creyeran los inspectores de hacienda sobre su librería, era evidente que se trataba de un hombre muy muy rico. Una pequeña columna de cotilleo del año anterior daba a entender que había adquirido no hacía mucho uno de los objetos más caros del Altermundo: una daga de diente de dragón llamada el Athame de Altea, que tenía un mango encantado de platino con piedras preciosas de ambos mundos engastadas.

El último dato extraño era que, para ser un amante de los libros, Levar convertía muchísimos de ellos en pasta de papel. Este proceso, según había averiguado Maximilian, consistía en disolver los volúmenes no deseados en un líquido lechoso para convertirlos de nuevo en papel en blanco. El anticuario poseía el setenta y cinco por ciento de un negocio de papel reciclado procedente de libros en las remotas Fronteras. ¿Por qué iba a estar interesado un bibliófilo en hacer papilla los libros? No tenía sentido.

En ese momento, Maximilian oyó que alguien golpeaba en la ventana y dio un respingo. No lo habría sorprendido encontrar allí al mismísimo Leonard Levar, tan enjuto, enclenque y aterrador como siempre, blandiendo la daga de diente de dragón sobre la que el niño había estado leyendo. ¿Lo mataría poco a poco o sería piadoso y le daría una muerte rápida? Quienes se cruzaban en su camino, en general, no solían vivir para contarlo. *El Umbral* tenía registradas por lo menos siete muertes sospechosas relacionadas de alguna forma con ese hombre. Por supuesto, no podía demostrarse nada y... Maximilian alzó la cabeza con el corazón desbocado.

Era Wolf.

Maximilian abrió la ventana y Wolf se encaramó a ella y entró. Jadeaba y estaba empapado por la lluvia, y no dejaba de mirar a su espalda. Se diría que acababa de jugar setenta y nueve minutos de intenso rugby con los benjamines, si no fuera porque no sangraba. Aunque a Maximilian le pareció más asustado que nunca.

—¿Qué haces aquí?

Wolf intentaba recuperar el aliento. Maximilian advirtió que llevaba en la mano una llave: enorme y ornamentada, de bronce y con manchas de óxido de color turquesa. Las gafas lo examinaron primero a él y luego el objeto. La energía de su compañero de clase estaba a un cincuenta por ciento, lo cual, según aseguraban las lentes, era lo lógico, teniendo en cuenta que probablemente acababa de cruzar la ciudad corriendo. El capital M, en cambio, era bastante bajo para alguien que había epifanizado hacía poco: en torno a los cuatrocientos créditos. La llave no mostraba ningún parámetro, y eso resultaba bastante extraño puesto que incluso un simple par de calcetines generaban varias cifras, además de la amable recomendación de lavarlos o destruirlos de inmediato. Tal vez la llave estaba protegida o bloqueada de alguna manera.

—Es de donde guarda los libros —explicó Wolf—. Los libros de Effie.

—Vale...

Aquella llave era en realidad más útil que toda la investigación que él había estado llevando a cabo. Maximilian no pudo evitar sentirse un poco molesto.

—Así que ahora estás de nuestro lado, ¿eh? —dijo, enfurruñado.

—Yo no estoy de ningún lado. Sólo quiero que Effie recupere sus libros.

—¿Y dónde están?

—En la ciudad, escondidos bajo tierra. Tenemos que ir al sótano de la librería anticuaria. Para llegar, debemos cruzar la puerta secreta que hay detrás de una estantería falsa. Y luego recorrer un túnel antiguo hasta alcanzar otra puerta. Ésta es la llave de esa segunda puerta. Al otro lado hay una especie de cueva pequeña que lleva a una gruta más grande llena de cajas envueltas en plástico. Mi tío y yo tuvimos que embalar todos los libros de Effie de uno en uno, los condenados cuatrocientos noventa y nueve libros; Levar nos obligó a contarlos y todo. Luego los metimos en cajas y cerramos la puerta. Mi tío se va a poner hecho una furia si se entera de que le he robado la llave. Tenemos que devolvérsela al viejo mañana, cuando descarguemos el resto de las cosas de la Antigua Rectoría.

—Vaya, pues eso no nos deja mucho tiempo —contestó Maximilian.

—Ya, pero es todo lo que he podido hacer. Mi tío me va a moler literalmente a palos como se entere de que...

En ese momento la madre de Maximilian abrió la puerta de la habitación.

—Anda —dijo encantada—, si tienes aquí a un amigo...

—Lo siento, señora Underwood. Yo ya me iba.

—Quédate a cenar —lo invitó ella—. He preparado pastel de carne casero.

14

Cuando Effie llegó a casa había un silencio siniestro. Lo habitual era que se oyera el sonido del televisor o la radio, el zumbido de la batidora, la lavadora y el microondas, y los porrazos y golpes de la pequeña Luna en el parque de juegos, mientras Cait preparaba algo de cena, aunque a veces no fuera más que un batido.

Effie cerró la puerta sin hacer ruido.

—Ya está aquí —oyó que decía su padre—. Muy bien.

A continuación se oyó un lamento horrible, como una especie de grito primitivo, procedente de la sala de estar.

—¡Aaarrrggghhh...!

Effie se acercó a la sala. Cait estaba en el sofá, envuelta en unas cuatro mantas. Sobre la mesa había una caja de pizza vacía, una botella de vino a medio beber y una novela romántica con las páginas marcadas; era la que había llegado con el último bote de Bativital. El padre de Effie estaba de pie, con Luna en brazos. La pequeña le mordía la corbata. Tal vez era lo único que había comido en todo el día.

—¡Es muy triste! —sollozó Cait.

—Effie ha vuelto —dijo Orwell, clavando en su hija una mirada que en parte decía «Te voy a matar», pero al mismo tiempo rogaba «Ayúdame».

Effie lo miró a su vez como diciendo: «Si pretendías que te ayudara, no deberías haber vendido los libros.» Y apartó la vista.

—Pero ¡Griffin no va a volver!

—No, pero...

Effie se llevó una buena sorpresa. ¿De verdad estaba llorando Cait por la muerte de Griffin? Hacía años que su madrastra y su abuelo no se veían, y no es que en vida de él se hubieran llevado de maravilla, precisamente. Además, ella siempre había estado de acuerdo con Orwell en que todo lo que explicaba Griffin sobre la magia y otros mundos no eran más que cuentos, a pesar de que una de las revistas de Cait mencionaba un estudio según el cual la magia en el mundo había aumentado en un diez por ciento desde el Gran Temblor. Bueno, pues ahora Effie sabía que las excentricidades de su abuelo estaban relacionadas con la magia auténtica y que su biblioteca era más importante de lo que ella había creído. Aún tenía que dar con la forma de recuperar los libros y...

El estómago le rugió de nuevo. ¿Dónde estaba la cena? Como Cait había tirado toda la comida, en la nevera no debía de quedar ni un triste trozo de queso para hacerse un sándwich. Ni tampoco leche para prepararse un chocolate caliente... Aunque le parecía imposible volver a probar algo tan delicioso como el chocolate de la Bollería de la señora Bottle.

En la sala de estar olía a pizza. Debía de haberla pedido Cait cuando le entró hambre y se dio cuenta de que en casa no quedaba comida de verdad. Era algo que hacía bastante a menudo últimamente. Y también mostrarse más simpática de lo habitual.

—¿Queda algo de pizza? —preguntó la niña, esperanzada.

—¡Y pensaba que Effie había muerto...!

—¿Cómo has podido? —le espetó Orwell a su hija—. A Cait casi le da un ataque de nervios por tu culpa. ¿Dónde demonios te habías metido?

—Ha muerto mi abuelo, ¿o es que ya no te acuerdas? Y luego alguien ha decidido vender los libros que me había dejado. Estaba un poco disgustada, así que he llegado a casa un poco más tarde de lo que pretendía. Aunque no parece que me haya perdido nada interesante. Bueno, aparte de la pizza. ¿Queda algo?

—Mira que llegas a ser insensible...

Orwell alzó la mano, pero en el último momento pensó que no quería ser de esos padres que pegan a sus hijos.

—¿No ves lo que nos estás haciendo? Estás destruyendo esta familia.

La pequeña Luna empezó a llorar. Al parecer, no le gustaba que su hermana mayor se metiera en líos.

—No te pongas dramático —le soltó Effie—. Además, no sé por qué Cait está llorando por el abuelo Griffin. Si de todas formas nunca le cayó bien...

—¡Aaarrrggghhh!

—Muy bien. Se acabó, jovencita. Me tienes harto. Ya puedes irte directamente a la cama sin cenar. Y llévate a Luna contigo.

Orwell le pasó al bebé y añadió:

—Yo voy a intentar consolar a mi pobre esposa.

Antes de acostar a Luna, Effie le dio una cucharada de la mermelada de ciruela damascena que había cogido de la cocina de su abuelo, la mermelada que Griffin decía que guardaba para casos de emergencia. En una ocasión, le contó a Effie, con los ojos brillantes, que era «medicinal» y bueno... no había duda de que aquello tenía toda la pinta de ser una emergencia. ¿Habría comido Luna algo de verdad en todo el día? Effie también se tomó un par de cucharadas, y enseguida se sintió reconfortada e incluso bastante llena, casi como si se hubiera zampado carne asada para cenar.

Luego sacó de la mochila todos los objetos importantes: el walkie-talkie, la Espada de Orphennyus, la varula, el candelabro, las velas y el cuaderno negro del abuelo. Y, por supuesto, el anillo. Con mucho cuidado, hacía girar cada uno de los objetos en las manos, antes de guardarlos en el cofre de madera que le había regalado su abuelo las pasadas navidades. A continuación abrió el cuaderno negro y contempló las líneas escritas con la caligrafía de Griffin, todas con tinta azul y en lengua rosiana.

Y, por último, se metió en la cama con *El Valle del Dragón* y la botellita de tónico que le había preparado Lexy. Si con la mermelada de ciruela le pareció que se había comido un plato de asado, con el tónico tuvo la sensación de haber completado la cena con un pastel enorme de chocolate caliente acompañado de helado. Se sentía satisfecha y descansada. Bueno, casi. En realidad, había algo que no iba bien. Por supuesto: su abuelo había muerto. Además, estaba preocupada por la discusión que había tenido con su padre, y por si fuera poco seguía furiosa con él por lo de los libros. Aunque tal vez estuviera siendo injusta al responsabilizar de aquello a Orwell. Probablemente él sólo había actuado así porque pensaba que era lo mejor para ella. Effie decidió que se disculparía por la mañana. Bueno, más o menos; sólo si él se disculpaba también. Ahora sí, por último, centró toda su atención en el libro.

«Había una vez una niña que...», así empezaba.

Effie bostezó. Ay, cielos. Entre la mermelada de ciruela, el tónico y el día tan largo y difícil que había tenido, le estaba entrando mucho sueño. Pero se suponía que el tónico la iba a ayudar a mantenerse despierta y a leer, incluso en la oscuridad, le había asegurado Lexy. Effie respiró hondo y empezó de nuevo. A lo mejor el encantamiento tardaba un rato en hacer efecto.

«Había una vez una niña que tenía mucho mucho sueño», parecía decir el libro ahora. Qué tontería. Effie se esforzó por abrir los ojos y comenzó de nuevo. «Había una vez...» Las palabras se volvieron borrosas, las líneas empezaron a dar vueltas... Y, sin notarlo siquiera, Effie se quedó profundamente dormida.

Lo primero que oyó al día siguiente fue la bocina de un coche. Una conversación que no logró entender. El ruido de la puerta del vehículo al abrirse y cerrarse. Y luego el sonido de un motor muy potente y caro. El coche parecía estar esperando a alguien.

Llamaron a la puerta de su habitación y entró su padre.

—El desayuno estará listo en diez minutos. ¿Lo quieres en la cama?

¿Cómo? ¿El desayuno en la cama? ¿Y por qué no había ido su padre al trabajo?

—Vale, gracias —contestó Effie. ¿Sería ésa su manera de disculparse por lo de la noche anterior?—. Ah, oye, y siento lo de anoche. Es que estaba muy cansada y tenía mucha hambre.

—No te preocupes. ¿Cómo quieres los huevos: pasados por agua, escalfados o fritos? ¿Con la yema hacia arriba? ¿Duros, poco hechos o en su punto? Ah, ¿y pan tostado o sin tostar? ¿Blanco o integral? ¿Zumo de pomelo? ¿Cereales? ¿Tal vez unas gachas antes del viaje?

Effie se incorporó y se frotó los ojos.

—¿Qué viaje?

—Te han invitado al Valle del Dragón —explicó Orwell—. El chófer te está esperando fuera. Quizá se trate de algo que dejó preparado tu abuelo. Te han mandado un coche privado y tienes una reserva para pasar la noche en la posada El Dragón Verde, aunque primero... Bueno, mejor que eso sea una sorpresa. En fin, ¿qué te apetece desayunar?

—Vaya, gracias. ¿Pueden ser dos huevos duros con una tostada, por favor? Y gachas. Y me encantaría un zumo de pomelo. Gracias.

—Ahora mismo —dijo Orwell con una sonrisa—. ¿Quieres azúcar moreno en el zumo, y miel y nata en las gachas?

—Sí, por favor.

Mientras Orwell hacía el desayuno, entró Cait.

—Siento lo de anoche —comenzó—. Te he traído una cosa para compensarte. —Y le enseñó una maleta nueva—. Ya te he preparado el equipaje, con ropa nueva también. Te he puesto varios modelos para... bueno, para ir de excursión a una casa en el campo. Y aquí tienes la ropa para el viaje.

En ese momento le mostró dos cajas, cada una de ellas atada con una cinta de seda.

—Espero que te quede bien. La dependienta me aseguró que eran de tu talla.

Pero Effie no pudo abrir las cajas, porque justo en ese momento llegó su copioso desayuno. Como su padre sabía que era su bebida favorita, le había preparado también un chocolate caliente.

Cuando Effie fue a ponerse la ropa para el viaje, se quedó alucinada. ¿De dónde habría sacado Cait todo aquello? Había una delicada falda rosa con capas y capas de enaguas. Era la cosa más ligera y vaporosa que había visto en su vida, y debía de estar hecha de seda natural. Era la clase de prenda que las niñas más ricas llevarían a una boda o a una fiesta, pero Effie nunca había visto nada parecido. Además, como si supiera que tampoco le gustaría ir vestida muy de niña mona, quienquiera que hubiera elegido el atuendo —¿de verdad había sido Cait?— había añadido una chaqueta vaquera negra y gastada y una camiseta gris oscuro con una estrella dorada. Incluso había ropa interior nueva y unos leotardos de cachemira gris claro. En la segunda caja encontró unas botas moteras y un cinturón ancho de tachuelas.

Cuando terminó de vestirse, se sentía otra persona. Jamás se había puesto una falda rosa. ¿Le gustaba? No estaba muy segura, pero la chaqueta y las botas le encantaban. Se cepilló el pelo por primera vez en una semana por lo menos y se lo recogió en una coleta floja.

Sólo cuando terminó de arreglarse del todo advirtió que llevaba el anillo en el pulgar. No recordaba habérselo puesto. ¿Debería quitárselo? Lo intentó, pero no hubo manera. Bueno, daba igual. Pegaba con la ropa y si, como ya había empezado a sospechar, todo aquello era un sueño, no quería despertarse, porque era con mucho el mejor que había tenido.

Una vez lista, su familia se reunió en el estrecho recibidor para despedirse de ella. Incluso Luna parecía contenta de ver marchar a su hermana con ese aspecto tan estiloso a una aventura misteriosa. ¿Qué le tendría preparado Griffin? Nadie parecía saberlo. Orwell la ayudó con la maleta y se despidió con un beso mientras el chófer metía el equipaje en el maletero.

—Escríbenos, ¿eh? —dijo Cait.

Effie se acomodó en el espacioso asiento trasero del coche y siguió despidiéndose de su familia con la mano hasta que desaparecieron de la vista.

—¿Música, señorita? —preguntó el conductor—. Tengo rhythm and blues, folk alternativo, jazz experimental, hiphop de la costa Este o drum and bass, si quiere.

—No, gracias. ¿Cuánto tiempo dura el viaje?

—Unas cuatro horas, señorita.

—Bueno, igual me apetece algo de música más tarde. Gracias.

—Me llamo Percy, señorita.

—Gracias, Percy.

Aunque todavía era otoño y las calles se veían bastante grises mientras salían de la ciudad para dirigirse a las Fronteras, no tardaron en encontrarse en carreteras de campo luminosas flanqueadas de praderas. Y varias de esas praderas resplandecían llenas de florecillas, como si estuvieran en plena primavera. Había botones de oro, margaritas, loto corniculado, mielga negra, colleja, tréboles, prunellas, milenrama, malvas y borbonesas, entre todo tipo de hierbas. El sol brillaba sobre lagos y arroyos, y por todas partes se veían animales que pastaban satisfechos. Incluso había caballos en los prados y patos en los estanques.

El viaje transcurrió deprisa y las cuatro horas se le hicieron cortísimas. Enseguida, después de girar a la izquierda y luego a la derecha y recorrer un camino sorprendentemente estrecho y cubierto de hojas, llegaron a El Dragón Verde.

El Dragón Verde era una posada antigua, como esas de las historias medievales inglesas en las que salen jabalíes y bandoleros. O las de una de esas obras de teatro muy muy antiguas que tanto le gustaban a la profesora Beathag

Hide, donde todo el mundo se adentraba en un bosque misterioso y salía casado con quien no debía. La posada era de ladrillo amarillo, con una entrada en arco cubierta de clemátides rosa. Las ventanas quedaban casi ocultas tras cascadas de glicinias de color azul claro.

Percy, sin embargo, no la llevó hasta la entrada, sino que se detuvo justo antes de un puentecito de madera que atravesaba un arroyo sinuoso. Sacó la maleta de Effie y la dejó en el suelo.

—Yo no puedo cruzar el río, señorita. A partir de aquí, debe ir sola.

A Effie aquella frase le sonó un poco rara, pero en los sueños pasan cosas extrañas, aunque ya no estaba tan segura de que aquello fuera un sueño. Parecía muy real.

—¿Cuándo volverá? —preguntó.

—No sabría decírselo, señorita —contestó el chófer—. Me han contratado sólo para el viaje de ida. Buena suerte.

Y dicho esto, se marchó, y Effie se quedó sola junto al puente, rodeada del trino de los pájaros y el rumor del agua.

Cogió la maleta y se dispuso a cruzar el puente. En cuanto lo pisó, todo se tornó frío y brumoso por un instante, y luego volvió a la normalidad. Cuando la niebla se disipó, Effie ya no estaba sola.

Un niño algo mayor que ella se le acercaba, pero sin prestarle la más mínima atención. Iba vestido con ropa de montar a caballo y llevaba una espada larga. Se lo veía un tanto desconcertado pero contento. Sin embargo, tras pasar por su lado se alejó en la dirección de la que ella procedía, como si Effie fuera invisible. Qué raro.

Volvió a coger la maleta y se encaminó hacia la posada El Dragón Verde, preguntándose de nuevo si todo aquello sería cosa de su abuelo. ¿No debería estar intentando recuperar sus libros? Tal vez lo mejor sería dar media vuelta... Pero Percy se había marchado, así que no le quedaba más remedio que seguir adelante.

Tampoco estuvo sola mucho rato. Al cabo de poco, una mujer robusta salió a toda prisa de la posada.

—Bienvenida, bienvenida —le dijo—. Saludos.

—Hola —contestó Effie.

—Soy la señora Little, la patrona, pero puedes llamarme Lizzie.

—Yo soy Euphemia. Bueno, Effie. ¿Sabe usted cuándo...?

Quería preguntar cuánto tiempo se iba a quedar, cuándo iría alguien a recogerla. Acababa de darse cuenta de que no tenía ni idea de lo que hacía allí. Pero Lizzie Little la miraba ahora de arriba abajo y le tocaba la tela de la falda, como si quisiera comprobar si era real o no.

—Otra remesa de princesas nuevas. ¡Es siempre tan emocionante!

—¿Perdón?

—Este año sólo pasáis la noche aquí dos de vosotras. Pero, bueno, mañana ya conoceréis a las demás, en la casa grande.

En ese momento, un cochazo se detuvo delante de la posada, aunque estuvo un buen rato parado sin que saliera nadie. Dentro se oían un montón de gritos y llantos, y cuando por fin se abrió la puerta, salió una niña de la edad de Effie que no dejaba de temblar. Era alta e extremadamente delgada. Llevaba un vestido de satén de color crema que parecía de bailarina, y el pelo recogido en una coleta alta atada con una cinta también de color crema. Se apretaba un pañuelo blanco contra la cara.

—Por favor —iba diciendo—, no quiero.

La persona que había dentro del coche le tendió una maleta.

—Por favor —repitió.

Pero el vehículo retrocedió a toda prisa, dio media vuelta y se alejó.

—Ay, madre mía, madre mía —dijo Lizzie—. Así no puede ser.

—¿Está bien? —preguntó Effie.

—Estará bien en cuanto le demos un poco de bizcocho de granegro. De todas formas, vais a compartir habitación, así que igual puedes animarla un poco. Deberías recordarle que es un gran honor ser elegida para hacer una audición en la Escuela de Princesas.

—¿Escuela de Princesas? —se extrañó Effie.

Pero Lizzie Little ya estaba entrando en la posada cargada con las maletas de las dos niñas y diciendo algo muy raro:

—No le gustan los músculos, claro. No le gustan fibrosas...

—¿Estás bien? —preguntó Effie a la recién llegada.

La otra niña agitó la coleta como cuando un caballo mueve la cola para espantar las moscas.

—Tú pareces estarlo —dijo—. Así que sí, da igual, yo también.

Y se enjugó las lágrimas dándose unos toquecitos en los ojos con el pañuelo.

—Habrá que aguantarse —añadió.

Effie no tenía ni idea de a qué se refería.

—Por cierto, me llamo Effie —se presentó.

La otra se había echado una chaqueta de cuero por encima del vestido de bailarina y se la veía todavía más espectacular, excepto por los ojos rojos de llanto.

—Crescentia. Me gustaría decir que me alegro de conocerte, pero la verdad es que preferiría no estar aquí. Yo nunca he querido ser guapa, ¿sabes?

Effie no tuvo ocasión de preguntarle qué quería decir, porque las llamaron enseguida para ir a merendar. Las acompañaron a una estancia cavernosa, recubierta de madera, con unas mesas largas y pulidas que parecía que llevaran utilizándose miles y miles de años. Habían dispuesto la merienda en el extremo de una de las mesas: tartas, bocadillos, un cuenco de enorme de sopa inglesa y una especie de bizcocho cubierto de capas de crema, gelatina, nata y fruta. Lo único raro era que casi todo lo que cualquiera esperaría que fuera blanco, o tal vez marrón claro, como el pan, los bollos, las tartas o los bizcochos, era negro y tenía una pinta extrañísima. Los bocadillos eran de pan negro, y los bollos parecían estar hechos con el chocolate más oscuro del mundo. Sin embargo, cuando Effie probó uno, vio que no eran de chocolate. Sabían como los bollos normales, aunque estaban muchísimo más ricos.

—Yo no quiero nada —declaró Crescentia.

—Venga, chiquilla. El granegro te gustará mucho —dijo Lizzie tratando de animarla—. Y, admitámoslo, no vas a tener muchas oportunidades de comer dulces a partir de mañana.

Crescentia se sirvió una porción diminuta de sopa inglesa y un bollito. Luego fue partiendo el bollo en trocitos cada vez más pequeños, hasta dejar el plato cubierto de migas. En realidad no probó bocado. Consiguió tragarse una cucharada de sopa inglesa y se dedicó a remover el resto por el plato hasta diluirlo.

Effie estaba a punto de darle un mordisco a su tercer bollo cuando Lizzie fue a la cocina a por más té. Ya se había comido cuatro bocadillos de queso con pepinillos y un pastel de crema, y tenía en un tazón una ración de sopa inglesa que estaba deseando probar.

—Sabes que le ponen relajantes, ¿no? —le dijo Crescentia.

—¿Qué?

—A ese bizcocho, por ejemplo. No pienso comer nada.

—¿Y por qué iban a echarle relajantes?

—Para asegurarse de que no nos escapamos. Claro que tampoco hay ningún sitio al que escapar.

—Crescentia, por favor, explícame qué está pasando. No tengo la más remota idea de qué hago aquí. Yo creía que mi abuelo me había organizado un viaje a algún sitio especial porque... Bueno, hace poco murió y me dejó un libro que se titula *El Valle del Dragón*, y se supone que yo tenía que recuperar sus otros libros, pero de pronto un coche ha ido a recogerme a casa para llevarme a un sitio llamado Valle del Dragón, de manera que he dado por sentado que aquí iba a pasar algo importante. Antes de morir, mi abuelo me dijo que viniera aquí, pero no sé por qué.

—Increíble. —Crescentia negó con la cabeza—. Así que tus padres ni siquiera te han dicho adónde ibas. Mira qué bien. Los míos se han pasado años preparándome, casi desde que nací, porque era muy guapa. Una vez intenté huir, pero me encontraron. Luego traté de engordar para que no me admitieran, pero, por lo visto, de vez en cuando admiten a niñas con exceso de peso por si el dragón quiere darse una comilona.

—¿Qué dragón?

—¿Cómo que qué dragón?

—No sé... Vaya, que no será un dragón de verdad, ¿no?

—Pero ¿tú de dónde has salido? ¿De la luna?

—Bueno...

—¿En serio que no tienes ni idea de por qué estás aquí?

—En serio. Y si pudieras explicarme lo que está pasando, te lo agradecería mucho.

Crescentia suspiró.

—Vale. Mira, cuando acabemos con esto, vamos a salir a dar un paseo. Yo ya he estado aquí una vez, con mi hermana, así que sé adónde ir. Le diremos a Lizzie que queremos echarle un vistazo al dragón. Es bastante alucinante. Así podremos hablar. Siento haber estado tan antipática antes.

—No pasa nada —respondió Effie—. Tampoco has estado tan antipática. Sólo parecías muy disgustada.

Después de la merienda, Lizzie las llevó a su habitación. Era un cuartito diminuto en el ático, con dos camas y un armario pequeño.

—Colgad bien la ropa de la audición —les dijo—. Que no se arrugue en el fondo de la maleta. Y sacad el neceser de aseo y dejadlo listo para mañana. Tendréis que levantaros temprano, porque el coche pasará a recogeros a las siete.

—¿Ropa de audición? —repitió Effie con voz queda.

Pero estaba harta de hacer preguntas, de manera que se contentó con imitar a Crescentia. Bueno, más o menos. Cuando vio lo que había en su maleta, no daba crédito. Toda la ropa era de diseñadores famosos de los que incluso ella había oído hablar. Había un vestido de noche plateado, unos pantalones elásticos de cuero negro, unas sandalias con pedrería y un poco de tacón, una blusa de seda con un lazo de color crema, un chal de cachemira y otras prendas igualmente caras, todas de seda, de cachemira o del mejor cuero.

—¿Qué te parece? —preguntó Crescentia, sosteniendo dos vestidos.

Uno era muy parecido al que llevaba puesto, pero de color rosa pálido. El otro era negro, de una especie de tela de ante muy suave. Parecía carísimo.

—El negro es un poco corto —opinó Effie—. Pero me encanta.

—Quizá podría ponérmelo con unas mallas. Tengo entendido que les gustan los *looks* entre clásicos y modernos. Vaya, que no hay que ir ni de niña mona ni de princesita, pero sí muy refinada. Con estilo. Como toda una belleza lista para salir por la noche a un club o a una cena chic.

—Pero ¿tú sabes lo que significa todo eso?

Crescentia sonrió.

—No exactamente. Pero he visto fotos en las revistas.

Como si fuera una experta, Crescentia se preparó el conjunto que luciría combinando la ropa que llevaba en la maleta. ¿El vestido negro con unas mallas negras o unas medias? No, con leotardos de cachemira. ¿Las mismas botas que llevaba puestas o los botines de tacón? ¿Un collar largo de plata con una enorme seta de colgante? ¿O mejor la gargantilla con el diente de dragón? Aunque no era un diente de dragón auténtico, obviamente. Y, para rematarlo, añadió unos guantes negros largos.

—Mañana me peinaré con todo el pelo hacia atrás —comentó—. ¿Y tú?

—Vamos a dar un paseo —sugirió Effie—. De verdad que necesito saber qué está pasando aquí.

—Ay, sí. Qué tonta, se me había olvidado.

—Tengo que saber por qué debía venir al Valle del Dragón. Y luego he de volver a casa como sea y recuperar los libros de mi abuelo.

—Pues buena suerte con la huida. La vas a necesitar —le soltó Crescentia en un tono que no hacía presagiar nada bueno.

Se pusieron unas botas de agua que les prestó Lizzie. Tenían un aspecto de lo más extraño mientras caminaban por una hermosa colina cubierta de hierba en dirección al centro del pueblo, pues todavía llevaban puesta aquella ropa elegante y Crescentia se había pintado los labios. Desde donde estaban veían dos casas: una en la cima de una colina y la otra junto a un bosque espeso. Había también un castillo que parecía estar hecho sólo de almenas y tenía el aspecto de una tarta que se hubiera hundido. La casa junto al bosque llamó mucho la atención de Effie, aunque no habría sabido decir por qué. Junto a la garita de los centinelas, que era impresionante, había una verja con dos puertas muy ornamentadas que en ese momento estaban cerradas. Un largo camino particular llevaba hasta una fuente y, más allá, se alzaba la mansión, de ladrillo amarillo con un tejado de pizarra gris. La casa tenía un aspecto cálido y acogedor, con ventanales que relucían y varias torretas redondas de apariencia misteriosa, además de unas torrecitas que parecían unirse sin ton ni son al edificio principal, que era rectangular. Effie deseaba acercarse hasta allí con todas sus fuerzas, pero Crescentia quería andar en dirección contraria.

—Ahí iremos mañana —comentó, señalando el edificio de la colina—. Es la Escuela de Princesas. Y por ahí abajo están el ayuntamiento, el molino y el castillo hundido. Y al fondo, ¿ves todos esos prados? Allí es donde cultivan el granegro que se utiliza en toda esta zona.

—¿Y el dragón?

—Está en el castillo hundido, claro. Ven, sígueme.

Las niñas pasaron ante el ayuntamiento y bajaron por un sendero corto flanqueado de árboles. Delante de ellas había un parque antiguo con un poste ornamentado en un extremo y un palo de críquet en medio. El parque estaba rodeado de unas casitas de campo encantadoras, todas cubiertas de flores. Era un escenario idílico, con gente andando de un lado para otro, cargada con flores, cestas de verduras o cubos de agua del pozo. Cuando los aldeanos vieron a las niñas, las recibieron con toda clase de exclamaciones, cautivados. Un par de mujeres se les acercaron con timidez y les preguntaron si podían tocarles la ropa. Dos hombres dijeron algo como «Gracias por vuestro sacrificio», y siguieron andando, avergonzados. Un niño un poco más pequeño que ellas se echó a llorar en cuanto las vio, y su madre tuvo que consolarlo.

Y entonces oyeron un rugido aterrador.

Era el rugido del dragón. Y no les pareció aterrador porque fuera particularmente potente o fiero. De hecho, era difícil saber por qué resultaba tan aterrador, pero el caso es que lo era. El sonido no se parecía a nada que Effie hubiera oído: era grave y profundo, como el ronroneo satisfecho de una criatura que de verdad disfrutaba matando y devorando, que incluso antes de dar muerte a su presa juguetearía un poco con ella. El dragón volvió a rugir, y lanzó una pequeña lengua de fuego, y caminó hasta el borde del vasto terreno, olfateando el aire.

Las niñas se escondieron detrás de un árbol. Effie no podía apartar la mirada de aquella bestia. Medía el doble que un hombre, tenía cara de reptil y unos ojos verdes que resultaban extrañamente humanos. Su piel era gris oscuro y estaba cubierta de escamas brillantes excepto en las patas delanteras y traseras, que, aparte de ser grises, gigantescas y muy musculosas, se parecían mucho a las extremidades de una persona. Las alas, que tenía ahora plegadas contra el cuerpo, eran esbeltas y daban la impresión de ser de seda, y la piel gris y fina que se tensaba sobre su estructura huesuda era como la de un tambor. Semejaban dos abanicos de papel descomunales, y Effie se imaginó que la abanicaban en una noche de calor y...

—¿Es un dragón de verdad? —susurró, todavía incapaz de apartar los ojos de él.

—Pues sí —respondió Crescentia—. Es bonito, ¿eh? Dicen que sólo lo encuentran bello o interesante las princesas o los auténticos héroes, aunque por aquí de ésos no hay, claro. Para el resto del mundo, es un monstruo repugnante. No debemos acercarnos demasiado. Dicen que no puede resistirse a las doncellas hermosas. Y creo que ya nos ha olido. Por lo visto, si quisiera podría salir de los terrenos del castillo y arrasar con todo lo que encontrara en su camino. Pero se queda ahí gracias a la labor que realiza la Escuela de Princesas.

Effie hizo un esfuerzo para apartar la mirada de la bestia.

—¿Y para qué quieren que se quede? ¿Por qué no lo matan y ya está?

—¿Matar al dragón? ¡Estarás de broma! Pero ¿tú de qué planeta has salido?

—Eh...

—El dragón abona los campos de granegro de la zona.

—¿Qué? ¿Cómo...?

—La caca de dragón es lo único que puede fertilizar la tierra para que puedan cultivarse plantas de granegro. Y por aquí casi nadie tolera ningún otro cereal. Si no lo tuvieran, miles de personas morirían de hambre, sobre todo durante el invierno.

—Así que...

El dragón volvió a rugir.

—Nos está oliendo —aseguró Crescentia—. Vamos a buscar algún sitio donde podamos hablar tranquilamente.

15

Encontraron un buen lugar debajo de un árbol a las afueras del pueblo, cerca de la tapia de la casa grande, junto al bosque. A Effie le habría gustado consultar su reloj, para saber qué hora era y empezar a pensar en cómo volver a casa, pero no lo llevaba puesto. Se había quedado tan pasmada con la ropa nueva que debía de habérselo olvidado.

—¿Así que es verdad que no habías oído hablar de la Escuela de Princesas ni nada de esto? —comenzó Crescentia—. Bueno, supongo que es una forma tan buena de abordarlo como cualquier otra: mantenerte en la más completa ignorancia. Dicen que para los padres es muy difícil saber cómo manejar el asunto. Y si vienes de muy lejos... Imagino que te habrán vendido sólo por el dinero y no por la gloria.

—¿Cómo que me han vendido?

A Effie se le saltaron las lágrimas, pero se apresuró a parpadear porque no quería ponerse a llorar. Aquello tenía que ser un sueño... Aunque ¿no debería ser uno agradable? Además, su abuelo nunca habría... Pero ¿y su padre y Cait? Ellos habían vendido los libros. Y a veces parecía que la odiasen tanto que probablemente serían capaces de venderla a la más mínima ocasión. Aun así, ¿por qué ahora? ¿Era un castigo? ¿O sólo querían impedir que echara por tierra su maldito negocio con Leonard Levar?

—Vale, voy a hacer como si fueras una extraterrestre o algo parecido, y voy a empezar por el principio. —Crescentia volvió a sacudir la coleta—. A ver, hace mucho tiempo, este pueblo, y todos los pueblos de los alrededores, eran muy muy pobres. Todos los inviernos mucha gente moría de hambre porque no había bastante comida. Sin embargo, muy lejos de aquí, en los valles del oeste, un granjero descubrió un cultivo milagroso, el granegro, que, como ya te he dicho, sólo puede sembrarse en tierras abonadas con caca de dragón. El granjero vendió todo lo que tenía para comprar tres saquitos de semillas a un viejo hechicero que por casualidad pasaba por allí. El hechicero le regaló un huevo azul enorme que, según le dijo, le sería de mucha utilidad. La primera cosecha de las semillas no dio nada, pero aquella misma primavera del huevo nació una cría de dragón. El granjero investigó un poco, consultó a otro hechicero o a algún sabio que también pasaba por allí y descubrió que podía fertilizar la cosecha con la caca que recogiera del dragón. ¿Me sigues hasta aquí?

Effie asintió con la cabeza.

—¿Y tú cómo sabes todo eso?

—Lo sabe todo el mundo, excepto tú, claro. Bueno, sea como sea, el dragón creció, las cosechas prosperaron y todo fue bien durante un tiempo. Pero el granjero tenía una hija muy guapa que lo ayudaba a dar de comer al dragón. Y el día que cumplía trece años, salió como siempre con el cubo de granegro y... Bueno, el dragón se la comió.

—¿Que se la comió?

—Sí, se la comió. Y después a todas las otras niñas del pueblo. Los hermanos de un par de ellas fabricaron unas espadas y fueron a luchar contra la bestia. Pero también se los comió.

—¡Vaya! —exclamó Effie—. ¡Qué historia más horripilante!

—¿Verdad? En cualquier caso, para resumir, al dragón lo echaron del pueblo, claro que para entonces ya se había zampado prácticamente a todos los menores de veinte años. La criatura recorrió muchos lugares hasta que dio con una comunidad que estaba dispuesta a acogerlo. E hicieron un trato: si cada dos semanas le proporcionaban una doncella, a ser posible una princesa, el dragón dejaría tranquilos a los aldeanos, que vivirían en paz, y les permitiría, además, recoger su caca para fertilizar las cosechas de granegro. Y en el pueblo pensaron que así salían ganando todos.

—Todos menos...

—Sí, claro, todos menos las princesas. —Crescentia tragó saliva—. Que ahora somos nosotras, o podríamos serlo a partir de mañana si pasamos la audición.

—¿Y por qué íbamos a querer presentarnos a esa audición?

—Pues... porque es un honor entrar en la Escuela de Princesas. A las niñas que aceptan en teoría se les garantiza que más adelante llevarán una vida rica y próspera. En la escuela se pasan todo el santo día enseñándote a ser todavía más guapa de lo que ya eres. Aprendes los secretos de la buena conversación, a hablar de arte, poesía y literatura. Puedes incluso aprender las grandes baladas y las pociones sanadoras más importantes. A identificar las flores más aromáticas y a usarlas para hacer perfume, a distinguir los mejores vinos y chocolates... aunque luego no te los puedas comer. A ser una belleza refinada y especial, que por supuesto es el plato preferido de los dragones. En fin, a ser una princesa, ni más ni menos.

—O sea, ¿me estás diciendo que la escuela forma a princesas para que el dragón se coma a una cada dos semanas? Pero ¡eso es espantoso! Eso es... —Effie buscó la palabra adecuada—. Inmoral.

—Es lo que ellos llaman «práctico». El dragón se va a comer a la gente de todas formas. Al menos así lo tienen controlado. Los padres que envían a sus hijas a la escuela reciben a cambio una cantidad enorme de dinero. El suficiente para dar a sus otros hijos la educación más exclusiva, y comprarse una casa grande y toda la comida que necesitarán el resto de su vida. Si naces guapa, casi se espera de ti que desees sacrificarte por el bien de la familia y la comunidad. Yo vengo de un lugar que depende de las importaciones del granegro de aquí. Allí no queda ni una sola niña guapa, porque todas vienen a la Escuela de Princesas para servir al pueblo.

—Pero has dicho que a las niñas que entran en la escuela se les garantiza una vida rica y próspera más adelante... ¿Cómo es eso posible si se las come?

—Ah, ya. —Crescentia se echó a reír—. Pero no todas las niñas acaban siendo devoradas. La escuela admite intencionadamente al doble de niñas de las que necesitan. Los gustos del dragón cambian de una semana para otra, le gusta probar cosas distintas constantemente, por eso hace falta un buen suministro de morenas, rubias y pelirrojas, por ejemplo. Niñas morenas y de piel blanca... En conclusión: se puede sobrevivir. Aquí no hay sexto curso, de manera que si consigues terminar quinto sin que te elijan, te devuelven a tu familia. Aunque se supone que es de lo más emocionante ser elegida por el dragón... O sea, ¿quién no quiere morir joven y hermosa, vestida con la mejor ropa y luciendo las joyas más caras? Y, por lo visto, primero te dan algún relajante, así que no te enteras de nada.

—Pues a mí me sigue pareciendo aterrador.

—¿Verdad? Pues ahora ya sabes por qué no quería salir del coche. Mi hermana pasó su audición hace dos años. Me estuvo enviando cartas hasta que... —A Crescentia se le quebró la voz y parecía a punto de echarse a llorar, pero se recompuso y prosiguió—: Por lo que dicen, muchas niñas de la Escuela de Princesas acaban deseando ser devoradas. Incluso compiten para ser elegidas por el dragón. Y en mi opinión, lo más espeluznante de todo es que la elegida tiene que pasar la noche con la bestia antes de que se la coma a la mañana siguiente. Al parecer, todas esas clases de conversación y amor al arte son precisamente para ese momento. Para el rato que estás en la guarida del dragón, en el mismísimo corazón del castillo hundido. Allí te sirven una comida estupenda y vinos exquisitos, flores y bombones, pero tienes que quedarte toda la noche. Y entonces... —Crescentia se pasó un dedo de un lado al otro del cuello—. Se acabó. Te levantas al día siguiente y te preparas para morir.

—Así que lo suyo sería no superar la audición a propósito. Llegar tarde o algo, para que nos envíen a casa y ya está.

—¡Ja! ¿Que nos envíen a casa? Si no pasas la audición, te dejan abandonada a tu suerte en el bosque, y al final acaba matándote o devorándote alguna otra criatura. Un jabalí salvaje, quizá, o un lobo. Hay lobos por aquí, ¿sabes? Y, además, por el bosque rondan toda clase de tipos raros: bandidos, vagabundos, gente a la que han echado de las aldeas... Dicen que algunos han formado tribus, y que cuando encuentran niños perdidos, los atrapan y los obligan a ser sus esclavos durante el resto de sus vidas. Hazme caso, es mejor pasar la audición.

—Ya.

—Además, si piensas en lo mucho que se han gastado nuestros padres en las prebendas, o sea, en esta ropa carísima y en las sesiones interminables de preparación para entrar en la escuela: que si las uñas, que si el pelo, las cejas, los dientes, la piel... Pues vaya, que algo querrán a cambio, ¿no?

Effie se miró las manos. ¿Las uñas? A ella no le habían hecho una manicura en su vida. ¿Las cejas? Ni siquiera sabía muy bien a qué se refería Crescentia con eso. Se lavaba los dientes todos los días, pero no recordaba la última vez que estuvo en el dentista. Aunque era cierto que alguien le había comprado toda aquella fantástica ropa. Se tocó la falda. ¿Y si...? ¿Y si pudiera quedarse con la ropa y aprender todo eso de lo que hablaba Crescentia, y al final el dragón no la eligiera? En ese caso, la Escuela de Princesas podía ser divertida, ¿no? Aunque... ¡¿En qué demonios estaba pensando?! ¿Cómo podía pasárselo bien alguien mientras devoraban a otras niñas? No, todo aquello era espantoso.

Effie se tocó el anillo de plata y le dio vueltas en el pulgar. La hacía sentirse animada y reconfortada, y sabía, además, que con él tenía más fuerza de lo habitual. Aunque también era consciente de que eso no iba a salvarla si tenía que enfrentarse a un dragón. ¿Qué se sentiría pasando la noche en la guarida de una bestia como aquélla, sabiendo que te van a colmar con toda clase de lujos para luego matarte? Sería horrible, insoportable. De pronto, la asaltó el deseo irrefrenable de poner fin a aquella situación injusta. Pero ¿cómo podría acabar con todo aquello una sola persona? Seguía sintiéndose atraída por la mansión que se alzaba junto al bosque. Deseaba cruzar la verja y explorar el terreno. Entonces se dio cuenta de que Crescentia se había quedado dormida bajo el cálido sol de la tarde, y Effie aprovechó la ocasión para escabullirse y acercarse a la gran cancela. Las puertas estaban cerradas con un candado enorme de bronce, lo cual parecía de lo más innecesario, puesto que también había dos guardas, ambos vestidos de uniforme y con una espada envainada al costado.

Effie volvió a preguntarse dónde estaba. ¿Sería aquello el Altermundo? Pero ella no había cruzado el portal, no se lo habían permitido. Y, vale, había dragones y espadas y doncellas en peligro, pero nadie había hablado de magia. Aquello, más que otro mundo, parecía el pasado. Aunque no podía estar segura de nada. Todo era desconcertante.

Tocó la cerradura de la verja. Si se abriera...

—¡Alto! —la detuvo uno de los centinelas—. ¿Motivo de tu visita?

—Perdón. Sólo estaba mirando. ¿Quién vive aquí?

—No podemos darte esa información —contestó el otro—. Aunque... —Entonces bajó la voz, y Effie advirtió que los ojos le brillaban un poco—, si te fijas bien en la verja, puede que lo averigües.

Effie se apartó para ver bien aquellas puertas enormes. Le resultaban vagamente familiares... La forma, la ornamentación, la estructura enrevesada... Además, eran preciosas, de metal negro con detalles dorados: espirales, flores y pequeñas imágenes de lunas, soles y planetas, que dibujaban filigranas delicadas. Las observó con más detenimiento y comenzó a distinguir unos nombres escritos en letras de oro desvaídas en la parte superior de cada puerta. «CLOTHILDE», decía a un lado. En el otro ponía: «ROLLO.» Rollo. Ese nombre le sonaba de algo, pero no sabía de qué.

135

Y casi se le pasó por alto el detalle principal: debajo de ambos nombres, uniendo las puertas, había una palabra que sí le resultaba familiar. «TRUELOVE», se leía. Y encima, «CASA». «CASA TRUELOVE.» De manera que aquello era... Eso significaba que...

—Disculpe —dijo, volviendo a dirigirse a los centinelas—. Creo que estoy emparentada con los que viven aquí. Me llamo Euphemia Truelove y...

—¿Tienes una tarjeta de citación?

—¿El qué?

—Sólo aceptan tarjetas de citación. O, por supuesto, una invitación.

—Eh... ¿Y no podrían avisarlos de que estoy aquí?

—No.

—¿Por qué?

—Porque son las normas.

—Vuelve cuando tengas una tarjeta de citación —dijo el otro centinela.

—¡Si ni siquiera sé lo que es eso! —protestó Effie, a punto de echarse a llorar.

—Bueno, pues entonces no podemos ayudarte.

En ese momento, alguien le dio un golpecito en el hombro. Era Crescentia.

—¿Qué haces? Deberías haberme despertado. Tenemos que volver, hay muchísimo que hacer antes de mañana.

—Es que...

Pero Effie se dio cuenta de que, en realidad, no podía explicarle nada a su amiga, de manera que se propuso conseguir, como fuera, una tarjeta de citación para poder regresar a aquella casa. Su abuelo le había dicho que fuera al Valle del Dragón, y ése debía de ser el motivo. «Rollo.» Hacía poco que había oído ese nombre, pero ¿dónde?

16

—No tiene ningún sentido —dijo Wolf.

Maximilian acababa de contarle lo que había leído en la red gris sobre Leonard Levar. Después de una cena estupenda —pastel de carne y tres bolas cada uno del helado casero de chocolate de la enfermera Underwood—, habían vuelto al cuarto de Maximilian. La enfermera Underwood le dijo a Wolf que la llamara Odile y que se quedara todo el rato que quisiera. Desde luego, el chico no tenía ninguna prisa por regresar con su tío, que a esas alturas tendría un enfado de campeonato y estaría paseando de un lado a otro de su frío y húmedo piso —que además no tenía ni moqueta—, pensando en castigos nuevos y dolorosos con los que enseñar a su sobrino a no robar llaves. Wolf se estremeció con sólo imaginar lo que le esperaba. Aunque desde aquella tarde se sentía un poco más fuerte, como si de alguna forma hubiera cambiado.

—¿Qué es lo que no tiene sentido? —preguntó Maximilian.

—Pues nada de todo esto, la verdad —contestó Wolf—. A ver, tenemos a un tipo que adora los libros. ¿Por qué iba entonces a hacerlos papilla?

Maximilian se encogió de hombros.

—No lo sé.

Su mensáfono emitió una serie de pitidos. Lo cogió y lo miró.

—Ajá.

—¿Quién es? —preguntó Wolf.

—Una empresa de almacenaje. Dicen que me enviarán un presupuesto por la mañana. He estado pensando, y ahora que tenemos la llave, podremos recuperar fácilmente los libros. Sólo necesitamos un trastero donde guardarlos. También están los almacenes M, pero ésos son carísimos.

Además de contarle lo que había averiguado acerca de Leonard Levar y sus perversas actividades en el mundo de los libros raros, también le había hablado de la magia, o por lo menos le había explicado lo que sabía. Wolf no lo había entendido del todo, pero sí comprendió que había mucha gente capaz de hacer magia, y que ahora él pertenecía a ese grupo. Sabía que había epifanizado —o como se dijera— y que tal vez se hubiera convertido en una especie de neófito desde que había tocado la Espada de Orphennyus. También tenía bastante claro que todo lo que llevara la letra M estaba encantado o era mágico de alguna manera. Pero ¿un almacén M? ¿Qué diablos era eso?

—Son más seguros —explicó Maximilian, como si le estuviera leyendo el pensamiento—. Lo vi en un anuncio de *El Umbral*. Básicamente lo que hacen es enviar tus cosas a las llanuras del norte, en el Altermundo, y las guardan allí. Como es lógico, si están en el Altermundo, nadie que no sea un liminar puede acceder a ellas, con lo que se podría decir que están más seguras. Es cierto que los del Altermundo también pueden cogerlas, pero ellos no tienen el mismo sentido de la propiedad que nosotros... Las cerraduras son mágicas, claro. Y por la noche también activan algún hechizo de ocultamiento o encubrimiento y...

—¿Y no podríamos guardar los libros en tu garaje y ya está? —sugirió Wolf.

Maximilian suspiró. Se suponía que él era el cerebro, y Wolf, la fuerza bruta, ¿no? Tal vez la vida no era tan sencilla.

—Pues la verdad es que no es mala idea —admitió—. Al menos por el momento. Pero primero tenemos que encontrar la manera de traerlos aquí.

—¿Tienes dinero?

—No... ¡Espera, sí!

Maximilian se acordó del billete de veinte libras que le había dado Leonard Levar por el libro de Effie, y se lo contó a Wolf.

—¿Crees que...? O sea, ¿sería inmoral que...?

Wolf se encogió de hombros.

—Lo que yo creo es que por veinte libras no sólo podemos hacer que mi hermano venga y nos lleve en coche a Ciudad Antigua, sino también que nos ayude a entrar en la librería y cargar los libros sin hacer preguntas. Es aprendiz de cerrajero. Probablemente lo haría incluso por diez.

—Bueno...

—Y, por supuesto, estoy convencido de que Effie preferiría recuperar sus libros a tener veinte libras —añadió Wolf—. Además, si un libro vale veinte, imagina lo que valen cuatrocientos noventa y nueve.

—Seguro que tienes razón...

Maximilian recordó con incomodidad que de todas formas él no era una persona muy moral que digamos. Antes de que pudiera poner más objeciones, Wolf llamó al mensáfono de su hermano.

—¿Dónde está tu padre? —preguntó al terminar.

Maximilian se encogió de hombros.

—No tengo padre.

—¿En serio? Yo tampoco.

—Así que el hombre de la beneficencia es...

—Mi tío —contestó Wolf—. Me acogió cuando... —De pronto, se quedó callado.

—¿Qué pasó?

—Mi madre nos abandonó después de una pelea con mi padre. Entonces él se casó otra vez, aunque poco después abandonó a su nueva esposa. Y entonces ella se volvió a casar también, pero su nuevo marido me odiaba. Me pegaba, así que mi tío me acogió. No es que sea mucho mejor en ese sentido, para ser sincero. ¿Y tú? ¿Qué le pasó a tu padre?

Maximilian se miró las manos.

—No tengo padre.

—Eso es imposible.

—Ya lo sé. Es que... Bueno, supongo que sí que tengo padre, pero no sé quién es.

Maximilian había soñado muchas veces que era un gran viajero del espacio, o un millonario o un inventor, pero lo cierto es que no lo sabía.

—Creo que sólo fue una aventura. Mi madre nunca lo ha admitido. Y yo me pasé años creyendo que el ex marido de mi madre era mi padre, incluso después de que se divorciaran, pero un día los oí pelearse y... En fin, me quedó claro que se habían separado porque ella se había quedado embarazada de mí, y que mi padre era otra persona...

—Vaya, qué mal —dijo Wolf.

—Por favor, no se lo cuentes a nadie.

En ese momento oyeron que un vehículo paraba delante de la casa. La fuerte vibración del motor indicaba que no era ninguna vecina que volviera de clase de yoga o del Instituto de la Mujer en su confortable y silencioso coche de cinco puertas, sino un macarra de Ciudad Centro —¡horror de los horrores!—, con un coche viejo, con la suspensión rebajada, unos altavoces gigantescos y un radiocasete viejísimo en el que, según decía todo el mundo, los bajos sonaban muchísimo mejor que en los aparatos digitales. El equipo en cuestión reproducía en ese momento una canción actual de hip-hop de las Fronteras con palabrotas a mansalva.

—¡Jolín! —exclamó Wolf—. Es Carl. No es lo que se dice discreto...

Maximilian se asomó por la ventana y vio a un joven rubio sentado en un coche muy tuneado, un modelo de Volkswagen que desde luego ya no se fabricaba. Las gafas le indicaron que el hermano de Wolf tenía veintitrés años, y que en aquel momento le dolían las lumbares y tenía una lesión en el tendón de Aquiles. Su energía era relativamente alta. No había magia en él, ni siquiera una chispa de capital M o potencial alguno.

Wolf empezó a hacerle señas por la ventana para que bajara el volumen, mientras Maximilian formaba un bulto en la cama con una almohada.

—Seguro que no sirve de nada —dijo—. Pero ¿qué más da?

—Guay. Vámonos.

—¿Lo habéis pensado bien? —preguntó Carl cuando le contaron el plan, mientras se dirigían hacia Ciudad Antigua.

Había aceptado diez libras por ayudar a su hermano y al empollón de las gafas raras.

—¿Por qué lo dices? —contestó Wolf.

—¿De verdad creéis que el tío ese, el tal Levar, no va a imaginarse adónde han ido a parar sus libros y no va a ir a por ellos? Incluso igual llama a la pasma para que... yo qué sé, para que busquen la dirección de Max o lo que sea, y puede que para que lo detengan también.

Maximilian no se había presentado como «Max» y no estaba muy seguro de que le gustara que lo llamaran así. Tampoco le hacía mucha gracia la idea de que la policía lo detuviera. El plan le parecía estupendo cuando no era más que un plan, pero al ponerlo en práctica había quedado claro que tenía carencias. Muchas carencias, de hecho. Era arriesgado y echaba en falta la agradable sensación de estar tranquilamente en casa pensando.

—Ya —dijo Wolf—, pero no creo que vayan a plantearse siquiera que Maximilian esté involucrado. La sospechosa principal será Effie. Y como ella ni siquiera sabe que vamos a por sus libros, estamos todos a salvo. Ya se lo diremos mañana en clase y...

—Podría guardároslos yo... —se ofreció Carl.

—Sí, ya. Tú se los revenderías a Levar en un momento. No, gracias. Y más te vale no ir contando por ahí dónde vive Maximilian.

Carl sonrió.

141

—Ya sabes que yo vendo mis servicios al mejor postor.

—Pero yo soy tu hermano, y eso debería contar para algo, ¿no?

—Él no es mi hermano.

Carl señaló a Maximilian.

—Vale, ¿y si te damos veinte libras?

—Hecho.

—Pero, de verdad, Carl, no le puedes decir a nadie adónde llevamos los libros.

—Ya, bueno. Primero tendréis que recuperarlos.

Carl aparcó al final del empinado callejón de adoquines que llevaba a la librería anticuaria de Leonard Levar. Según había descubierto Maximilian en unos planos antiguos que había estudiado con las Gafas del Conocimiento, los sótanos de la tienda también tenían una especie de entrada, pero al llegar se la encontraron cegada con unos tablones gruesos y cubierta de carteles del circo del año pasado y de la feria del libro de ese año. De manera que tendrían que entrar por la librería, como habían pensado desde un principio. Aun así, ¿cómo iban a sacar los libros sin que nadie los viera?

—¿Cómo los metisteis? —preguntó Maximilian.

—Aparcamos allí, delante de la puerta, en la zona de carga y descarga.

Maximilian frunció el ceño.

—Ya, pues ahora no podemos hacer eso.

Y empezó a rozar el zapato contra la acera, un gesto que siempre hacía cuando estaba pensando parado en la calle (algo que, debía confesar, no sucedía a menudo). Al cabo de unos segundos advirtió una rejilla en la pared, por debajo de la altura de la rodilla.

—¿Qué es eso?

—¿Qué es qué? —dijo Carl.

—Ahí... —señaló Maximilian, que analizó la rejilla con las gafas y vio que formaba parte de un sistema de ventilación de la época en que esas cámaras subterráneas se utilizaban para almacenar munición en alguna guerra del pasado—. ¿Adónde llevará eso?

Alzó ante las gafas una selección de mapas históricos, hasta que dio con el correcto.

—Ajá —dijo—. Bien. Carl, tú nos abres la puerta principal y luego nos esperas aquí. Nosotros entramos en el almacén con la llave que tenemos. Deberíamos poder llegar hasta esta trampilla, y a través de ella pasarte los libros. Lo único que necesitas es... ¿Carl?

Una mujer con unas botas de tacón muy alto se acercaba lidiando con los adoquines. Carl se había quedado mirando los contoneos y las curvas de aquel cuerpo. Poco después, ésta desapareció por un callejón tras doblar una esquina. Lo único que había allí era el Salón Recreativo Arcadia, y no parecía la clase de persona que frecuentara un local con maquinitas, pero...

—¿Carl? —repitió Maximilian.

—Perdona, tío.

—¿Tienes un destornillador?

—¿De cabeza plana o de estrella?

—No sé. ¿Puedes desatornillar la rejilla?

—Claro, colega.

—Genial.

—Y no te largarás sin más con los libros, ¿verdad? —dijo Wolf.

—No estoy muy seguro de eso. —Carl se rascó la cabeza—. ¿Tenéis más dinero?

Aquello era ridículo. La única persona con coche que Wolf conocía no era nada de fiar. Sólo se podía hacer una cosa. Maximilian se escaneó. Sus créditos M ascendían a cuatrocientos sesenta y ocho. Por lo visto había recibido unos quinientos cuando se puso las gafas por primera vez y epifanizó, pero, desde entonces, cada vez que usaba las lentes consumía fuerzas. ¿Qué pasaría si se quedaba a cero? La red gris no dejaba muy claro cómo aumentar el capital M. En los libros de Laurel Wilde que había leído cuando era más pequeño, los «elegidos» parecían tener un poder ilimitado para hacer lo que quisieran. En la vida real, sin embargo, ese poder se iba agotando. Y necesitaba más.

¿Sería posible «desepifanizar»? ¿Volver a ser lo que era? Maximilian preferiría estar muerto. Pero ¿qué podía hacer? Si quería quedarse con las gafas, tenía que ayudar a Effie a recuperar los libros. Aunque por lo visto para eso tendría que pagar un precio. Tendría que invertir unos cuantos créditos M en... bueno... ¿en qué? Debía mantener a Carl bajo control, pero ¿cómo?

17

Maximilian sabía lanzar hechizos, por supuesto. Cualquiera que pasara tanto tiempo como él en la red gris sabría hacerlo. Según tenía entendido, había dos maneras. La primera, la que solían utilizar los neófitos o aprendices de herbibrujo con un acceso limitado a créditos M, era dedicar muchísimo tiempo a pensar en las palabras exactas del encantamiento —en *El Umbral* siempre aparecían montones de casos de hechizos mal pronunciados y los desastres que causaban— y en la persona exacta o el espíritu del Altermundo a quien debía dirigirse, junto con la mejor forma de halagarlo o persuadirlo para que te ayudara. Lo ideal era escribir esa petición con la sangre de uno mismo —aunque también se podía hacer con tinta y una pluma elegante—, en un papel de la mejor calidad y durante una noche de luna llena. Después había que quemarlo. Las cenizas se enterraban entonces en un sitio sagrado desde el que las hadas del lugar podían trasladar la petición al Altermundo. A partir de ahí, la petición podía concederse o no.

Estos hechizos solían tener resultados inesperados. Dada la resistencia natural del Veromundo a la magia, y la costumbre de los altermundis a no practicar magia en el Veromundo, era muy probable que cualquier demanda que no estuviera formulada con la máxima precisión saliera fatal. Las peticiones de dinero solían acabar con la muerte de algún familiar («¡Anda! ¿Que no querías hacerte rico con una herencia? ¡Pues haberlo especificado en el hechizo!»). Los que pedían fama a menudo se encontraban con que les crecía la uña más larga del mundo en el dedo gordo del pie, o con que de pronto tenían el aliento más nauseabundo o algo parecido («¡Ah! ¿Que querías ser famoso por algo atractivo? ¿Y por qué no lo dijiste?»). El Altermundo veía con malos ojos las peticiones que se hacían para uno mismo, aunque también se consideraba de mala educación pedir algo para otra persona.

Esa forma de hacer magia conllevaba muchas dificultades.

La segunda manera de lanzar un hechizo oficialmente sólo funcionaba si eras un adepto o un maestro en tu habilidad y poseías un adminículo alucinante. Pero, en teoría, si tenías bastantes créditos M para lo que deseabas conseguir, podías lograrlo utilizando sólo la mente. Si, por ejemplo, querías encender una vela usando la magia —algo que únicamente intentaría un chalado, teniendo en cuenta lo poco que valía una caja de cerillas en el Veromundo—, debías clavar la mirada en la mecha, concentrarte de manera especial, pensar en la palabra «llama» y, como suele decirse, «abracadabra»: la vela se encendía.

Ésa era la teoría. La realidad, que aprender a encender una vela con créditos M era el doble de difícil que aprender a montar en bicicleta. No imposible, pero complicado y peliagudo. Una vez que sabes hacerlo, jamás lo olvidas, como cuando aprendes a dar un revés a dos manos o a escribir uniendo todas las letras. Pero para poseer esa habilidad había que practicar mucho. Y lo ideal era tener algún guía, o asistir a unas cuantas clases los lunes por la noche en Saint George's Hall con el doctor Green. Maximilian ni había practicado ni había asistido a clase. Ni siquiera se le había pasado por la cabeza lanzar un hechizo. Nunca.

En ese momento, Carl subía por el callejón adoquinado cargando con ganchos y trozos de metal extraños y un libro titulado *Cerraduras endebles*. Maximilian y Wolf caminaban junto a él.

—¿Has hecho esto antes? —preguntó Wolf.

—Claro, colega. Estoy aprendiendo.

—Pero...

—Aquí tengo el libro de texto. Esto me viene genial para practicar. El último examen lo suspendí y...

—¿Cómo? ¿Suspendiste un examen de forzar cerraduras?

—Sólo por diez puntos. Bueno, once.

—¿Y cuántos puntos hacían falta para aprobar?

—Veintinueve de cuarenta. Yo saqué dieciocho. No está mal, ¿eh?

Maximilian suspiró.

Otro problema de lanzar hechizos en el Veromundo era que con facilidad podían estrellarse unos contra otros, luchando por llegar el primero, apartándose a codazos, mientras se precipitaban a toda velocidad, todos juntos y en un batiburrillo, a través de la parte más fina del éter luminífero entre el Veromundo y el Altermundo. (El éter luminífero es, como todo el mundo sabe, la principal sustancia conductora de la energía mágica en el universo.)

Por ejemplo, en ese mismo momento, varios hechizos operaban en Maximilian.

El hechizo que había lanzado Griffin Truelove, el abuelo de Effie, mientras luchaba por seguir respirando no muy lejos de donde el niño estaba ahora. De hecho, no había sido un hechizo muy potente, puesto que le quedaba muy poco poder, pero iba dirigido a proteger sus libros y a que llegaran a manos de Effie. La magia realizada de una manera tan vaga utiliza los recursos más cercanos y obvios para lograr su objetivo y, en cierto sentido, Maximilian era uno de esos recursos.

Luego estaba el que había lanzado Odile Underwood cuando nació su hijo, que seguía flotando, aunque ya sin mucha potencia, en el éter luminífero. Odile había pedido que Maximilian tuviera una vida normal y corriente, una vida no mágica, que fuera neutra si no podía ser buena.

Ese hechizo, que había sido muy mal formulado, sobre todo porque el éter luminífero a menudo ignora adverbios como «no», era en parte responsable de la presencia de Carl. (Aunque, por supuesto, de un modo bastante casual, porque Carl era simplemente Carl.)

Pero aún había más hechizos que afectaban a Maximilian. En algún punto del oeste, un granjero había suplicado que lloviera, por eso ahora el chico, junto con todos los demás habitantes de la ciudad, respiraba unas 0,0000007 veces más deprisa de lo normal, para crear la humedad que requería la lluvia. Así funciona el mundo.

Y, por último, le afectaba también el hechizo que justo en ese momento se estaba lanzando entre los muros de una torre oscura —una especie de castillo falso construido por gente rica hacía mucho tiempo—, en un pueblecito al sur de la ciudad. La autora era una niña, vestida con un camisón negro, que en realidad tendría que estar terminando sus deberes antes de irse a la cama.

A Raven Wilde le costaba dormir cuando su madre seguía en la planta de abajo «atendiendo» a las visitas, lo que hasta el momento había supuesto muchas botellas de vino caro y la presencia de un grupo de jazz tocando en vivo (bueno, el hijo del guardabosques con un saxo tenor y su amigo al contrabajo). Raven había estado en la fiesta hasta las diez, cuando Torben, un poeta de los valles de pelo cano largo y desgreñado, había sacado una botella de vino dulce y una guitarra y le había hecho «el guiño», lo cual significaba que tenía que retirarse a su habitación para dejarle que intentara conquistar a su madre en paz. Había más invitados de los que librarse, claro, entre ellos Skylurian Midzhar, la glamurosa editora de Laurel Wilde, que había sido el centro de atención de aquella fiesta en particular durante lo que parecían horas. Incluso era posible que Torben pretendiera conquistarla a ella. Allí casi nunca estaba claro quién intentaba seducir a quién. Y si Torben sospechaba que seduciéndola habría alguna posibilidad de que le publicaran por fin su poesía... probablemente estaría dispuesto a hacer cualquier cosa.

Raven Wilde necesitaba amigos. Para eso era su hechizo. Igual que Maximilian y Wolf, ya no tenía padre, pues era un hombre mucho mayor que su madre y había muerto antes de que la niña cumpliera seis años. Tampoco tenía hermanos ni primos, así que pasaba mucho tiempo sola. Su madre, una escritora famosa y por lo tanto una mujer de lo más temperamental, era propensa a encerrarse en el torreón de aquella especie de castillo (era como una torre pequeña en la que, en teoría, podía refugiarse de los enemigos o de los poetas empalagosos), para trabajar en las tramas de sus novelas durante períodos largos de tiempo. A menudo, a Laurel Wilde se la podía encontrar también de pie sobre las almenas, con la melena roja al viento, sollozando por un amor perdido o porque algún otro autor encabezaba las listas de venta de los libros de ficción.

Aquella semana estaba particularmente disgustada porque, tras venderse sólo cien mil ejemplares de su última obra en rústica, Ediciones Cerilla había anunciado que ya no iba a imprimir más copias. ¿Qué lógica tenía eso? Skylurian Midzhar no había sido muy clara al respecto. Y lo que resultaba aún más desconcertante: incluso había llevado una botella mágnum de champán para brindar por el éxito de Laurel.

Raven se había pasado meses reflexionando e investigando acerca del hechizo, tal como indicaba su libro de encantamientos. Incluso había comprado una pluma especial para escribirlo, ya que había leído que aquélla era la forma correcta de presentarlo (tras la última edición, el libro ya no mencionaba que lo ideal era escribirlos con sangre).

En los libros de su madre, la magia ocurría sin más, casi por voluntad propia, pero aquello sólo le sucedía a un grupo selecto de personas fascinantes que habían nacido con la capacidad de utilizarla. Laurel Wilde escribía sobre magia, pero no creía en ella, aunque eso jamás lo admitiría delante de sus muchos seguidores. Raven, sin embargo, creía en lo más profundo de su corazón que la magia sí existía, pero que no funcionaba como su madre contaba en los libros. Aunque la verdad era que Raven no tenía ni idea de cómo funcionaba en realidad. Llevaba meses probando el hechizo de invisibilidad, y aún no había pasado nada, excepto lo del lápiz (de hecho, Raven sospechaba que en realidad el lápiz se había perdido o se lo habían robado). El hechizo de amistad era mucho más importante. E iba a salir bien.

Querido éter luminífero —había escrito—. *Por favor, ayúdame. Elijo este día para atraer la amistad a mi vida. Envío esta petición sincera para encontrar pronto nuevos amigos, y que esos amigos sean niños humanos* —Raven había leído de gente que había pedido amigos, pero había olvidado mencionar de qué especie—. *Lo ideal sería que fueran de mi colegio y me gustaría que compartiéramos una amistad bonita y valiosa durante muchos años, y nos ayudáramos ante las dificultades o problemas que pudieran surgir. Para favorecer el hechizo, haré todo lo que esté en mi mano por atraer la amistad por medios convencionales; por ejemplo, intentaré hablar más a menudo con la gente. Y seguiré haciendo ofrendas y ayudando a cualquier criatura que me encuentre con problemas, siempre en favor del amor y la vida. Gracias. Atentamente, Raven Wilde.*

El éter luminífero quedó bastante conmovido con esa petición. Casi nadie le escribía a él. De hecho, casi nunca se lo consideraba un personaje mágico por derecho propio, sólo una «cosa» indefinida que llevaba la magia de un lado a otro. Pero aquella niña del Veromundo lo había elegido como su vía de conexión con el Altermundo. Lo había elegido como su ayudante especial. Vale, muy bien, ¿qué quería? ¿Amistad? Mmm. En ese momento unos cuantos hechizos flotaban en el éter luminífero y podían desviarse un poco hacia aquí y hacia allá, y reorganizarse así y asá, y, bueno...

Tras soltar un montón de palabrotas y consultar constantemente el libro *Cerraduras endebles*, Carl consiguió por fin abrir la puerta, y Maximilian y Wolf penetraron en el oscuro interior de la librería anticuaria de Leonard Levar.

—Bien, te vamos a pasar los libros por la rejilla que te he mostrado antes —le indicó Maximilian a Carl.

Wolf ya tenía preparada la llave antigua de bronce. Lo único que quedaba por hacer era ir hasta el fondo de la tienda, donde le enseñaría a Maximilian la estantería que escondía la puerta secreta que daba acceso a...

—Vale —contestó Carl, distraído.

—Y luego nos esperas y nos llevas de vuelta a casa de Maximilian —añadió Wolf—. Y nos ayudas a descargar los libros en su garaje.

—Ya. —Carl se rascó la cabeza—. A no ser que...

—¿Qué?

—¿Seguro que no tenéis más dinero? Si pasa alguien por aquí y me ofrece más, a lo mejor...

—¡Carl!

—Muy bien —terció Maximilian—. La verdad es que no quería verme obligado a hacer esto, pero...

Miró fijamente a Carl, que en ese momento estaba metiendo los ganchos y los otros instrumentos en una bolsa de cuero gastada.

—¿Carl? —repitió, y el chico alzó la vista hacia él—. Nunca he hecho esto, así que perdona si...

Maximilian lo miró a los ojos, con intensidad, y pensó para sus adentros: «Tienes sueño. Ahora estás en mi poder.» Carl se tambaleó un poco, pero sus ojos continuaban fijos en Maximilian, como si fuera un patito, y el niño, su madre.

«Ahora cumplirás mi voluntad», prosiguió para sí. Carl continuó balanceándose, mirando a su nuevo amo con un ligero atisbo de desconcierto. Asintió levemente. Sí, haría cualquier cosa que le pidiera Maximilian. Pero...

Había tantos problemas con aquel encantamiento que es difícil saber por dónde empezar a describirlos. Aquel hechizo en particular se le había ocurrido a Maximilian porque había leído algo sobre un intento similar de dominar la mente de otra persona, que al final había acabado siendo un auténtico desastre. En ese instante no recordaba por qué había salido mal ni qué se podría haber hecho para que el resultado hubiera sido otro. Sólo se acordaba de la idea. Y luego estaba el problema adicional de que el Gremio de Artífices había prohibido cualquier intento de dominar otra mente, lo cual significaba que Maximilian estaba internándose oficialmente en lo que Laurel Wilde llamaría «el lado oscuro». En tercer lugar, dominar la mente de otra persona, además de no ser ético, resultaba muy costoso.

Era muy complicado saber hasta qué punto dominaba la mente de Carl cuando Maximilian le dio su primera orden:

—Esperarás a que te pasemos los libros, y luego nos llevarás a mi casa y nos ayudarás a descargarlos. ¿Entendido?

Los ojos de Carl flotaban en su rostro como dos huevos fritos en una sartén.

—Claro, colega —atinó a decir, antes de dar media vuelta y echar a andar hacia el coche con paso inseguro.

—¿Se encuentra bien? —preguntó Wolf.

—Eso creo. Bueno, ¿dónde está esa estantería?

Carl se tambaleaba como un zombi por el callejón hasta que su mente, poco acostumbrada a seguir instrucciones mágicas, decidió que tenía muchísimo sueño. Así que el joven se tumbó a echar una cabezadita justo en la esquina de la calle del Salón Recreativo Arcadia.

Mientras tanto, Maximilian y Wolf se las apañaron para dar con la puerta secreta que había escondida detrás de las estanterías polvorientas de Leonard Levar. Había que presionar una primera edición de *Destellos de verano*, de P. G. Wodehouse, y entonces... Ya está. Los dos chicos tantearon la pared hasta encontrar el interruptor que iluminaba con un resplandor tenue la galería que bajaba al sótano. Cuando llegaron al fondo del pasadizo, abrieron con la llave de bronce la puerta grande de madera que daba acceso a una primera y pequeña cámara subterránea y continuaron avanzando hasta la última gruta, que hacía las veces de almacén y que estaba llena de cajas.

Y, de pronto, se apagaron las luces.

—Buenas noches —dijo una voz fría y aguda—. Veo que habéis venido a por mis libros.

18

La noche anterior a la audición pasó muy deprisa. Después de un suculento guiso de granegro, que las niñas apenas probaron, Crescentia le dejó a Effie su esmalte transparente y le enseñó a limarse las uñas dándoles una forma ovalada perfecta. También le enseñó a exfoliarse la piel, algo que le resultó no sólo extremadamente aburrido, sino también doloroso. Effie encontró en su neceser un frasquito de aceite dorado, y Crescentia le explicó que era Aceite Perfeccionador, un cosmético muy muy caro, que tenía que aplicarse al día siguiente, antes de vestirse. A las siete de la mañana ya estaban listas. Crescentia llevaba el vestido de terciopelo negro con los leotardos de cachemira, y Effie los pantalones de cuero también negros con la blusa del lazo de color crema y las sandalias de pedrería. El conjunto no le gustaba tanto como el que había llevado el día anterior para el viaje, pero su amiga le aseguró que a los jueces les encantaría. Crescentia se había peinado hacia atrás y se había puesto mucho maquillaje: llevaba los labios pintados de rosa, y los ojos, muy negros y sombreados. Effie no tenía maquillaje, pero con el Aceite Perfeccionador no lo necesitaba. Estaba radiante.

Mientras esperaban a que llegara el coche, Effie se fijó en lo serena que parecía Crescencia, sobre todo en comparación con el día anterior.

—¿Estás bien? —le preguntó.

—Claro. ¿Por qué no iba a estarlo?

—Bueno, es que ayer, cuando llegaste...

—Entonces era otra persona. Ahora estoy lista para esto. —Y sacudió la melena—. Estoy lista para ser una princesa.

Effie no pudo evitar preguntarse si les habrían echado algo en el desayuno. Ella misma se sentía serena y relajada, y no parecía tan desesperada por volver a casa y seguir buscando los libros de su abuelo. De pronto se dio cuenta de que incluso había empezado a olvidar cómo era su casa y dónde se hallaba realmente. Se tocó el anillo de plata y deseó volver a ser ella misma. Sí. Tenía que entrar como fuera en la Casa Truelove. Para eso estaba allí, recordó. «Busca el Valle del Dragón», le había dicho su abuelo. Y ella lo había encontrado. O por lo menos eso creía. Sólo tenía que sobrevivir a ese día, y luego daría con la forma de escapar y conseguir una tarjeta de citación, fuera lo que fuese eso. «Rollo.» Una vez más, intentó recordar dónde había oído ese nombre.

El coche llegó poco después y las condujo por caminos sinuosos cubiertos de hojas, en dirección al viejo caserón de la colina. Effie volvió a preguntarse dónde se encontraba. Aquellos parajes parecían salidos del pasado. Los aldeanos tenían aspecto de campesinos y no había señales de nada similar a un mensáfono o una radio, ni un solo poste de electricidad en todo el paisaje. Sin embargo, había coches, y las ropas de la gente combinaban lo antiguo y lo moderno. A lo mejor es que estaban en tierras muy remotas.

Cuando el vehículo se detuvo junto a la casa, salieron a recibirlas dos criados. Uno se encargó del equipaje. El otro llevaba una sombrilla enorme.

—¡Cúbrelas, cúbrelas! —exclamó una mujer grandullona con un vestido de terciopelo negro.

—Perdón, madame McQueen. Ahora mismo, madame McQueen.

—¡Que no les dé el sol! —gritó madame McQueen—. Deprisa, niñas, entrad, entrad. ¡No os vayan a salir pecas!

—Buena suerte —le susurró Crescentia a Effie.

—Igualmente.

Las llevaron dentro a toda prisa y acabaron separadas en una sala con docenas de niñas que esperaban su turno para presentarse a la audición. Casi todas charlaban de maquillaje, moda y peinados, aunque en un rincón apartado dos chicas parecían mantener una discusión apasionada sobre la ética del dragón.

—Sí, bueno —comentaba una—. Mi madre dice que en Monte Dragón, y en muchos otros sitios, la bestia insiste en que ceben a sus princesas con orejones de albaricoque, salvia y pan rallado. Por lo visto, le gusta que lleguen ya rellenas. Las niñas de la escuela tienen que vivir metidas en cajas, así no ven el sol y no desarrollan musculatura. Ese dragón no soporta ni siquiera un poco de ternilla. Imagínate. Así que, en realidad, tenemos suerte de estar aquí. Podría haber sido mucho peor.

La audición de Effie fue mucho más rápida de lo que se había imaginado. Tuvo lugar en el escenario del gran salón. Al entrar, vio que había otros cuatro jueces, aparte de madame McQueen.

—Camina —le ordenó un hombre muy delgado—. Para. Date la vuelta. Acércate a la mesa.

Effie obedeció.

—Las manos —dijo la mujer que había sentada junto al hombre delgado.

Effie les enseñó las manos.

—No están mal, pero necesitan más crema.

A continuación tuvo que explicar sus hábitos de belleza. Por supuesto, Effie no tenía ninguno, de manera que se limitó a describir lo que había visto hacer a Crescentia la noche anterior.

—Excelente —suspiró madame McQueen—. Despampanante.

Effie tragó saliva. Nadie la había calificado nunca de «despampanante».

—El pelo —dijo el hombre delgado—. ¿Puedo olerlo?

Effie se acercó para que se lo oliera.

—Magnífico. Y el color... es extremo.

¿Extremo? Effie siempre había considerado que el color de su pelo era de lo más normal. Castaño, básicamente, con algunas mechas rubias del sol. Lo tenía larguísimo, más que nada porque nadie se molestaba en llevarla a la peluquería. A veces, cuando se pasaba mucho tiempo sin cepillárselo, se le formaban unos rizos que parecían tentáculos.

Los jueces se pusieron a cuchichear entre ellos. Effie captó las palabras «vía rápida», «más joven que nunca» y «fibrosa».

—Ve a esperar a aquella sala —le indicó madame McQueen, señalando en una dirección distinta de la que había tomado la niña anterior.

¿Significaba eso que no había superado la audición, a pesar de su pelo «magnífico»? ¿La desterrarían ahora al bosque para que muriera allí?

La sala era fría y pequeña. Una pantalla en la pared explicaba que nunca debían llevar un top escotado con una minifalda, y que antes de salir de casa siempre debían quitarse el último accesorio que se hubieran puesto. Era como estar en una revista gigante, una de esas que se leen en la sala de espera del dentista (si es que alguna vez ibas al dentista).

Al otro lado había una exposición de fotografías Polaroid de niñas muy guapas. «Curso 2-C», se leía en la parte superior. Debajo de cada retrato, la niña en cuestión había escrito su objetivo del año. Una tal Jodene había puesto: «Aprender a utilizar bien el colorete.» Otra, llamada Bonita, pretendía «aprender a secarme bien el pelo». ¿Tenía alguna de ellas objetivos académicos o deportivos? No. Lo más parecido a eso que Effie encontró fue en una niña llamada Lisette, que quería aprender a hablar la antigua lengua de los dragones.

La puerta se abrió y entró Crescentia.

—Bueno —dijo sin sonreír—, hurra por nosotras.

—¿Por qué?

—Nos han pasado por la vía rápida.

—¿Y eso qué significa?

Pero Crescentia no tuvo ocasión de explicárselo, porque en ese momento entró en la sala un hombre bajito con gafas y calvo.

—¡Ayyy, la vía rápida! —exclamó—. Me encanta. ¡ME ENCANTA! Vamos, queridas, si nos damos prisa podremos meteros en el catálogo de mañana. Quedará de miedo. ¿Tenéis vuestras cosas? ¿Dónde están vuestras cosas? No tenéis cosas. ¿Se las ha llevado alguien? Se las ha llevado alguien. Bueno, bonitas, seguidme a *moi*. ¿Me estáis siguiendo? Me estáis siguiendo. Bien. *Allons-y, les petites femmes. Allons-y.*

Y continuó así, hablando solo, hasta llegar a un pequeño tramo de escalera sinuosa, al final de la cual había un estudio fotográfico. Allí las esperaba un fotógrafo con tres cámaras y varios reflectores plateados montados alrededor de un fondo blanco resplandeciente. También vieron sus maletas, y alguien les había colgado la ropa en dos percheros. En uno ponía «E. TRUELOVE», y en el otro, «C. CROFT».

Una mujer bajita y gorda entró muy ajetreada y, antes de que Effie se diera cuenta, le estaban probando todos los conjuntos que era posible combinar con la ropa de su maleta y fotografiándola con cada uno de ellos. Los pantalones de cuero con la camiseta de la estrella, la falda rosa con la blusa de color crema, etcétera. Luego hicieron lo mismo con Crescentia, que parecía disfrutar posando ante la cámara. Effie pensó que sus fotos quedarían preciosas.

Cuando acabó la sesión, las dos tuvieron que devolver toda la ropa a la mujer gorda y bajita. Les entregaron unos botes grandes de crema fría y les dijeron que se quitaran todo el maquillaje, aunque Effie no se había pintado. Colgaron de nuevo la ropa en las perchas, y luego las metieron en un armario enorme con un letrero que decía: «CATÁLOGO ACTUAL.» La mujer gorda volvió a aparecer a toda prisa y le dio a cada una de ellas una bata azul sin ninguna forma y con el número tres estampado.

—¿Esto qué es? —preguntó Crescentia.

—Bienvenidas al curso 3-A —las informó la mujer—. La sala común de tercero está bajando la escalera, a la derecha, luego a la izquierda, dobláis una esquina, subís por la escalera trasera hasta la primera planta y no tiene pérdida. Si os dais prisa, llegaréis a la última media hora de la pausa para el almuerzo.

Las niñas se esforzaron por seguir las instrucciones, pero no tardaron en perderse por el sótano. Effie trataba de buscar una salida, aunque no parecía haber ninguna.

—¿Qué significa en realidad la vía rápida? —le preguntó a Crescentia—. ¿Y qué es eso del catálogo?

—Pues que básicamente hemos llegado a ser las primeras de la clase sin haber hecho nada. Nos han pasado a tercero, cuando es obvio que deberíamos estar en primero.

—Pero ¿por qué?

—Hay una ley que prohíbe al dragón elegir a una chica que esté por debajo de tercero. Aunque, como ya ves, eso no impide que el personal meta a quien le dé la gana en ese curso. En fin, que ahora estamos en el catálogo. Ya puedes empezar a rezar.

—¿Y qué es eso del catálogo?

—Es lo que usa el dragón para elegir a qué princesa va a comerse y qué quiere que lleve puesto. Como ya te he dicho, cruza los dedos. ¿Dónde está esa maldita sala común?

Al doblar otra esquina percibieron olor a pan quemado, tabaco, perfume, incienso y laca, y oyeron una melodía de rhythm and blues a todo volumen, en la que destacaban los graves. Effie y Crescentia se acercaron. Aquello no podía ser de ninguna manera el salón común de tercero. «SÓLO QUINTO CURSO. NO PASAR», rezaba un cartel en la entrada. O por lo menos eso decía en otros tiempos. Ahora alguien había tachado las palabras «QUINTO CURSO» y había escrito «SUPERVIVIENTES». En la puerta había un panel de cristal pequeño por el que se veía a varias chicas bailando. Las jóvenes tenían un aspecto... Bueno, era casi imposible de describir, pero Effie deseó de inmediato que una de ellas fuera su hermana mayor.

Eran muy distintas de las niñas que se presentaban a la audición, con sus piernas y brazos escuálidos, y su pelo largo y bien peinado. Esas chicas eran más grandes, para empezar, y no sólo porque fueran mayores. La ropa les quedaba tan ceñida que parecían mujeres adultas de verdad.

Aunque llevaban la misma bata que Effie y Crescentia, se habían entallado las suyas cosiendo pinzas y haciendo plisados, de modo que resultaban muy favorecedoras, cada una a su manera. Y las habían bordado con distintas consignas, no todas ellas políticamente correctas. «GUERRA A LOS DRAGONES», rezaba una de las más repetidas. «LAS FIBROSAS CAÑERAS», decía otra.

—¡Vaya! —exclamó Crescentia.

—Supongo que si llegas a quinto, tienes ganas de celebrarlo —comentó Effie.

—Sí, a menos que el dragón decida que le apetece carne más madurita.

En ese momento se abrió la puerta y salió una chica con el pelo largo y negro. Llevaba un piercing en un labio y un tatuaje en la clavícula que decía: «PIDE UN DESEO, CAPULLO.»

—¿Y vosotras quiénes sois? —preguntó.

—Somos nuevas —respondió Effie—. Estamos buscando el salón de tercero.

—Si sois nuevas, tendréis que ir al salón de primero.

—No, cariño, a los bocaditos más deliciosos ahora los mandan por la vía rápida —terció otra chica—. Derechas a tercero, derechas al catálogo, derechas a las fauces de...

—¡Dios, qué gentuza! —exclamó la primera chica. Luego miró a Effie fijamente a los ojos—. ¿Tienes miedo?

—Eh... más o menos.

—¿Y tú? ¿Tienes miedo? —se dirigió a Crescentia.

—Sí.

—Vale, pues voy a daros un consejo: no pueden evitar que hagáis flexiones. Aunque os metan en una caja, siempre podéis hacer sentadillas. Ganad algo de músculo y no os elegirán.

Dicho esto, regresó con su amiga a la sala común y cerró la puerta.

19

El resto del día pasó muy deprisa. Effie y Crescentia acabaron encontrando el salón del tercero, pero enseguida se dieron cuenta de que sería difícil hacer amistad con niñas dos años mayores y que, además, ya se conocían bien entre ellas, de manera que decidieron seguir juntas. Juntas hicieron la cola del comedor y juntas comieron sus míseras ensaladas. Se sentaron juntas en clase de peluquería y, cuando tuvieron que practicar con rulos calientes, lo hicieron la una con el pelo de la otra. Effie echaba de menos su auténtico colegio, y no dejaba de pensar en el modo de salir de allí y en cómo iba a volver a la Casa Truelove y luego a la suya.

—Creo que ya se está pasando —comentó Crescentia.

—¿El qué?

—El efecto del relajante.

—¿Por qué lo dices?

—Porque estoy que me muero de miedo.

Effie miró a su amiga. A medida que transcurría el día, se iba poniendo cada vez más pálida.

—No te preocupes —la consoló—. Todo va a ir bien. No nos van a elegir. No en nuestro primer día. Mira, algunas de las chicas de quinto deben de haber estado en cientos de catálogos y todavía andan por aquí.

Aun así, si no las elegían a ellas, elegirían a alguna otra. Effie pensaba en las chicas de quinto. Saltaba a la vista que estaban en contra de lo que sucedía allí, pero al parecer no habían encontrado la forma de impedirlo. O tal vez era que ya les daba igual, ahora que estaban más o menos fuera de peligro. Al fin y al cabo, en el mundo pasan cosas malas a todas horas, y no siempre se puede hacer algo al respecto. Effie estuvo muy callada el resto del día, y no paró de darle vueltas a la cabeza.

¿Por qué no huían todas, sin más? Juntas podrían enfrentarse a cualquier tribu malvada del bosque. De hecho, podrían hacer lo que quisieran si se mantenían unidas. Podrían cruzar el bosque y... Y entonces ¿qué? Tendrían que soportar la vergüenza de sus familias, que sin duda se verían obligadas a devolver el dinero que la escuela les había dado.

Además, eso no solucionaría el problema del dragón.

Después de cenar, les asignaron un dormitorio. Aunque oficialmente estaban en tercero, sólo había cuartos con camas libres para las de primero, de modo que acabaron compartiendo habitación con cuatro niñas que Effie había visto por la mañana. Cada una tenía una cama, una cómoda pequeña con un espejo y un armarito que hacía las veces de mesita de noche con una lámpara. En todas las cómodas había un tarro de crema blanca y densa —al parecer, para desmaquillarse— y varios productos cosméticos de lujo.

—Está claro que todo esto es publicidad encubierta o algo parecido —comentó una niña llamada Blossom—. De marcas patrocinadoras o vete a saber. Nos han dado una charla esta mañana, mientras a vosotras os hacían la sesión de fotos. Cuando os entreviste la prensa, antes de que os envíen a morir, tenéis que decir que el dragón os eligió porque utilizáis Aceite Perfeccionador o Loción Cuatroflores. Por lo visto, a las viejas ricas les entusiasman esas cosas. Quieren fingir que son como nosotras. Las marcas de cosmética también dan dinero a las familias. Después de... bueno, ya sabéis.

—Qué suerte habéis tenido al ir directamente al catálogo —terció otra, que se llamaba Nell—. ¿Sabéis que sois las únicas que han pasado por la vía rápida de primero a tercero?

—Sí, ¡bien por nosotras! —dijo Crescentia, que se metió en la cama y se cubrió la cara con la almohada, como si quisiera disimular que estaba llorando.

—¿Tiene miedo? —preguntó Blossom.

—¿Tú no lo tendrías? —replicó Effie—. ¿Por qué aguantamos todo esto? O sea, ¿por qué lo aceptamos sin más?

Nadie contestó. Todas se pusieron a cepillarse el pelo. Al parecer tenías que cepillártelo cien veces si no querías que te castigaran. Aunque, de hecho, la última vez que habían castigado a Effie la cosa acabó siendo de lo más interesante, por mucho que ahora tuviera la sensación de que había sucedido en otra época o en otro mundo. Se acordó de Wolf y de la espada. ¿Podría vencer con ella al dragón? Pero ¡si ni siquiera sabía cómo mandarle un mensaje de socorro! Además, la última vez que lo había visto estaba con ese tipo espantoso de la beneficencia, el que se había llevado sus libros. Maximilian, sin embargo, seguro que andaría por ahí con las gafas puestas buscando la forma de ayudarla. Y Lexy quizá estuviera intentando algo con el cristal. Por lo menos tenía dos amigos de verdad. Sólo que ahora estaban muy muy lejos.

Effie tenía pensado pasar la noche despierta, pero de pronto era ya por la mañana. Un timbre indicó que era hora de levantarse, y otro las llamó para ir a desayunar. Luego, todas las niñas se pusieron las batas azules y se dirigieron a la reunión en el salón de actos. Por el camino, Effie decidió que tenía que escapar ese mismo día. Debía conseguir una tarjeta de citación como fuera para entrar en la Casa Truelove. Eso era lo que su abuelo quería. Pero tenía que dar con la forma de lograrlo. Y después, volver a casa y recuperar los libros.

Madame McQueen se subió al estrado para dirigirse a las alumnas de la escuela.

—Me alegra mucho informaros de que hoy hemos batido un récord —comenzó—. Por primera vez, el honor especial de ser la consorte del dragón ha recaído en una niña que apareció en su primer catálogo justo ayer.

—¿Eso qué significa? —susurró una alumna que estaba sentada delante de Effie.

—Que el dragón ha elegido a una nueva —contestó otra.

Effie tragó saliva. En el estrado empezó a sonar un tema de música pop muy animado.

Y entonces apareció una fotografía. Era Crescentia, con el vestido de terciopelo negro que a Effie tanto le había gustado. En aquella foto lo combinaba con unas mallas, unas botas de tacón alto y el colgante de la seta. Era el conjunto que debía de haber elegido el dragón. Se notaba que todas las niñas se habían quedado fascinadas con la ropa y que estaban tomando nota mentalmente.

—¡Por favor, que suba la afortunada, la hermosa Crescentia Croft!

Todo el mundo aplaudía mientras la niña caminaba hacia el estrado. Effie se percató de que su amiga estuvo a punto de tropezar y de que tuvo que enjugarse una lágrima. Aun así, cuando llegó arriba ya se había serenado, igual que el día anterior por la mañana.

—Gracias —dijo—. Es imposible describir el honor que siento al haber sido elegida. Representaré a esta escuela y a mi familia con dignidad y decisión.

—¿Y a quién escoges como doncella? —preguntó madame McQueen.

—A Euphemia Truelove.

Todas aplaudieron de nuevo. Las niñas que estaban sentadas cerca de Effie se volvían, le sonreían y le tocaban la mano, o le decían cosas como: «¡Eh!» o «Buena suerte». Ella, sin embargo, no tenía ni idea de lo que significaba ser doncella. Cuando el resto de las alumnas empezaron a abandonar el salón de actos, a Effie le pidieron que se quedara.

Se la llevaron con Crescentia a otra sala, donde les dieron instrucciones sobre lo que llamaban «preparativos finales», una expresión escalofriante. Su amiga no hacía más que pedir infusiones de menta, porque estaba segura de que contenían algún relajante y decía que no quería enterarse de nada. Effie intentó no comer ni beber nada sospechoso, porque quería pensar con claridad. Pero ¿qué podía hacer? Apenas le quedaba tiempo para salvar a Crescentia, y eso era lo primero, antes incluso de plantearse siquiera escapar ella misma.

Durante el resto del día se sintió como si fuera la amiga íntima de una celebridad. Effie ayudó a Crescentia a prepararse un baño de leche de almendras y pétalos de rosa, y dispuso todos los productos que necesitaba antes de vestirse: el Aceite Perfeccionador, obviamente, así como la Loción de Pétalo de Flor de Luna, que contenía partículas diminutas de oro y diamante auténticos. Le hicieron la manicura y la pedicura, y Crescentia, mientras tanto, no dejaba de beber infusiones. Cuanto más bebía, más serena estaba. Luego se vistió cuidadosamente con el conjunto que el dragón había elegido y, a continuación, la peinaron. Después tuvo lugar una rueda de prensa. Casi habría resultado divertido de no haber sido porque con todo aquello la estaban preparando para su muerte.

Effie se bañó y se vistió también con esmero. Como doncella de Crescentia, iría con ella hasta la guarida del dragón, para darles los últimos toques al pelo y el maquillaje de Crescentia antes de que ésta entrara. De la doncella también se esperaba que estuviera guapa y que representara a la escuela ante los aldeanos que acudieran a verlo.

A las cinco en punto las recogió una carroza dorada tirada por caballos. En ella recorrieron muy despacio las calles del pueblo, para que todos los habitantes pudieran ver a la última joven que había accedido a sacrificarse para salvarles la vida y asegurar que no murieran de hambre ese invierno. La gente lanzaba confeti, pétalos de flores e incluso granegro seco, que por lo visto atraía la buena suerte.

A pesar de todo, la carroza no tardó en salir del pueblo y, tras bordear el bosque sombrío, llegó al camino que conducía a la guarida del dragón. El día anterior, desde el parque de la aldea, las niñas sólo habían visto el terreno elevado y la parte superior del castillo hundido. Ahora estaban a punto de empezar a bajar por el sendero serpenteante que las llevaría más allá de las raíces de los grandes árboles, y luego hasta las profundidades del foso subterráneo y el puente levadizo hundido que Crescentia atravesaría sola para no volver jamás. El cochero detuvo la carroza y colocó algo en las ruedas para que pudieran salvar aquel descenso tan empinado.

Crescentia tragó saliva y sacó un espejito de mano para comprobar si seguía bien peinada y maquillada. Le temblaba tanto la mano que apenas podía sostenerlo.

El anillo de Effie se estaba calentando, y ella se sintió de pronto fuerte e intrépida y...

—Espera —dijo, casi sin poder evitarlo—. Déjame ir en tu lugar.

—Pero...

Era evidente que su amiga quería decir que sí, pero no sabía si podía hacerlo. En realidad no era una niña muy valiente y no tenía ni idea de cómo iba a enfrentarse ella sola al dragón.

—¿Cómo podríamos...?

Effie la interrumpió con un susurro:

—Sólo necesitamos un poco más de tiempo. —Y entonces alzó la voz—: ¿Cochero?

—¿Sí, señorita?

—Por favor, ¿podría llevarnos a dar otra vuelta por aquí? Es que todavía no hemos terminado con los preparativos. Que no nos vean los aldeanos, si es posible.

Effie echó entonces las cortinas y, mientras la carroza daba saltos por los caminos irregulares que rodeaban aquel enorme bosque, Crescentia y ella se intercambiaron la ropa.

—No sé de qué va a servirnos que te coma a ti en vez de a mí —objetó Crescentia—. Vaya, que es todo un detalle por tu parte y que eres muy valiente, pero probablemente me expulsarán cuando vuelva a la escuela.

—Si mi plan funciona, entonces...

Entonces ¿qué? En la escuela no iban a estar demasiado contentos con ella si lograba impedir que el dragón siguiera devorando princesas. Al fin y al cabo, lo único que hacía aquel colegio era suministrar princesas. Pero es que era inadmisible que al dragón se le permitiera comerse a todas las niñas que quisiera, que existiera una escuela que se las suministrase y...

—¿Tienes un plan?

Crescentia la miró con los ojos desorbitados de admiración. En realidad, no. Effie seguía sin saber qué iba a hacer. Tenía el anillo de plata, que de alguna forma la hacía sentirse más valiente de lo habitual. Y también sentía el anhelo extraño y desesperado de conocer al dragón, de ver de nuevo aquellas alas. Sentía la necesidad de... ¿De qué? No lo sabía. ¿De hablar con él? ¿De hacerle entrar en razón? Era imposible que aquello funcionara. Lo más probable era que el dragón la achicharrara en el acto.

—Sí —mintió—. Tengo un plan. Bueno, más o menos.

La carroza bordeó una sección del bosque y volvió a acercarse al pronunciado sendero de bajada.

—¿Está lista ya, señorita? —preguntó el cochero.

—Sí —contestó Effie.

Y descendieron cada vez más y más. Crescentia le apretó la mano y le dio de nuevo las gracias.

—Buena suerte —le deseó cuando Effie bajó de la carroza y se encaminó hacia el puente levadizo, donde una anciana sirvienta salió a recibirla para llevarla al castillo.

El puente levadizo volvió a elevarse tras ella. La carroza se alejaba.

La sirvienta guió a Effie por un pasadizo de piedra y a través de una puerta de madera, y al fin la dejó sola en la parte superior de una escalinata ancha y empinada adornada con una alfombra roja, donde se alzaban dos pedestales con sendas estatuas de dragones cuyas alas estaban extendidas. La escalera, a lo largo de la cual colgaban retratos de otros dragones, cada uno con una leyenda ornamentada escrita en un lenguaje que le resultaba extrañamente familiar, descendía hacia la parte principal del castillo subterráneo. Effie tragó saliva y empezó a bajar. Aquel tramo estaba iluminado sólo por velas.

Cuando llegó al final encontró una puerta de madera gigantesca que estaba entreabierta. De dentro salía una luz cálida y titilante, y aroma de flores recién cortadas. Effie respiró hondo y entró. Era una estancia bastante pequeña, pero con el techo muy alto. Había un candelabro descomunal con un montón de velas blancas; las llamas danzaban lentamente al compás. En la enorme chimenea ardía un fuego formidable. La alfombra también era roja, aunque más oscura que la de la escalinata, con los dibujos de unos remolinos de oro en la gruesa lana.

De las paredes colgaban cuadros y tapices, y algunos de ellos mostraban enfrentamientos feroces entre dragones y jóvenes armados con espadas. Sin embargo, las escenas que representaban eran muy distintas de las que solían verse con frecuencia, porque en la mayoría el que vencía era el dragón. También contaban con lo que parecía la misma leyenda de los retratos:

Spyrys - Pryder - Wythrés

Sobre una mesa de centro había un gran jarrón con rosas frescas, y varios cuencos llenos de bombones y frutas naturales y confitadas. A través de otra puerta de madera, también entornada, se veía un comedor lujoso con la mesa puesta para dos. Effie tragó saliva. ¿Dónde estaba el dragón?

20

—Supongo que no me queda más remedio que mataros —dijo Leonard Levar—. Al parecer es la única forma de asegurarme de que no pongáis vuestras manazas en mis libros.

No volvió a encender la luz. En lugar de eso, con un chasquido de sus finos dedos, prendió varias velas en torno al frío y húmedo sótano. A pesar de que era un auténtico derroche utilizar la magia para lograr algo así en el Veromundo, estaba claro que Levar quería impresionar a aquel par de mequetrefes y demostrarles lo mágico y peligroso que podía ser. Una acción aún más costosa para alguien que hacía tan poco que había hecho lo que él había hecho. Pero daba igual. La recompensa que obtendría de...

—Eh... —dijo Maximilian—. En realidad los libros no son suyos.

—He pagado por ellos. Incluso por el número quinientos, que aún no tengo.

Maximilian tragó saliva. El libro número quinientos debía de ser *El Valle del Dragón*. Bueno, ése por lo menos lo tenía Effie. Ya sólo le faltaban los otros cuatrocientos noventa y nueve. Y devolvérselos sería difícil, ahora que los había capturado aquel... aquel... ¿Qué era ese tipo? A la luz de las velas parecía más una criatura que un hombre: pequeño, arrugado, de orejas algo puntiagudas y con pinta de llevar en salmuera mucho tiempo. Se suponía que tenía más de trescientos cincuenta años, recordó Maximilian; eso probablemente explicaba su aspecto.

—Effie no quería venderle esos libros —terció Wolf.

Maximilian intentó examinar a Leonard Levar con las gafas. Se preguntaba cuál sería el capital M de un hombre como él y...

—¡Cómo te atreves! —exclamó Levar, volviéndose de repente hacia él—. No sólo eres un insolente, sino también un estúpido. ¿Osas escanear a alguien tan poderoso como yo sin siquiera intentar disimular lo que estás haciendo? Ten claro que no vas a encontrar nada, porque yo sí me he camuflado. Y encima me has revelado que llevas un adminículo de gran valor. Muy bien, dámelas.

A Maximilian le dio un vuelco el corazón.

—¡¿Y bien?! —gritó Levar—. ¡He dicho que me las des!

—¿Que le dé qué?

—Mira que eres bobo, niño. No vivirás mucho más; al menos podrías intentar tener un fin digno comportándote como alguien un poco más listo.

Levar sacó un cuaderno y una pluma, y empezó a escribir. Parecía un anciano con poca memoria haciendo una lista de la compra o anotando cualquier cosa para que no se le olvidara. Sin embargo, cuanto más escribía, más enfermo se sentía Maximilian. El malestar le empezó en el estómago, luego le pasó a la cabeza, y al final todos los órganos de su cuerpo se revolvieron entre náuseas. Estaba claro que, siendo un erudito de tan alto nivel, Levar llevaba encima varias armas muy poderosas. Una de ellas era la Pluma de Prescripciones, que era lo que estaba utilizando en ese momento.

—Eh... ¿Esto es cosa suya? —preguntó Maximilian—. Pare, por favor.

—Te has puesto muy blanco —dijo Wolf—. ¡Oiga, deténgase! —le gritó a Levar.

—Silencio —les ordenó éste—. Las gafas, por favor.

Se acercó a Maximilian, que ahora se sentía tan enfermo e inestable que tanteaba en el aire buscando algo a lo que agarrarse. Sin embargo, en la gruta sólo había cajas de libros pequeñas, y la única opción que le quedaba eran los fríos muros de piedra. Levar le quitó las lentes sin ninguna dificultad, y el niño se tambaleó hasta la pared y se desplomó en el suelo como si hubiera recibido un puñetazo.

—¡Devuélvaselas! —le espetó Wolf—. ¡No son suyas!

—Huy, claro que lo son, muchachito, claro que lo son.

—Levar se las puso—. Mmm. No está nada mal —comentó—. Las Gafas del Conocimiento. Me pregunto de dónde habrá sacado esto un chico como tú. Son muy antiguas, de preciosa factura, por supuesto. Probablemente fabricadas en las Llanuras Occidentales, tal vez incluso antes de la Gran Escisión. En el universo conocido sólo existen cuatro ejemplares de estas lentes tan particulares.

Las alzó hacia la luz como si fuera a sacarles brillo. La montura antigua de plata brillaba bajo el resplandor tenue de las velas. Y entonces Levar las dobló con las dos manos, como si quisiera partirlas en dos.

—¡No! —gritó Maximilian, y aunque todavía se encontraba muy mal, consiguió incorporarse y echar a correr a trompicones hacia el librero—. Por favor, no las rompa. Por favor...

—Si me suplicas, no las romperé —contestó Levar—. Y llámame «señor».

—Por favor, señor —suplicó Maximilian—. Por favor...

—¡No! —le gritó Wolf a su compañero.

Wolf sabía un par de cosas sobre el acoso. No es que él fuera un acosador... Bueno, no solía serlo, pero se había relacionado con bastantes niños «problemáticos» —y, de hecho, con los más crueles de los llamados «dotados» también—, como para saber que no servía de nada hacer lo que los acosadores querían. Y, además estaba su tío, que a menudo le imponía tareas imposibles sólo como excusa para darle una paliza cuando no conseguía realizarlas.

—Pero... —protestó Maximilian.

—Demasiado tarde —saltó Levar, y partió las gafas en dos.

—¡No! —gimió Maximilian, y cayó de rodillas—. Por favor, arréglelas. ¡Por favor, señor...!

—¡Cobarde asqueroso! —le espetó Wolf.

—¿Verdad que sí? —coincidió Levar.

—No. ¡Te lo digo a ti, reptil repugnante!

Y antes de que Wolf tuviera ocasión de pensar lo que estaba haciendo, se había lanzado contra el anticuario, le había hecho un placaje como si estuviera en un partido de rugby y lo había tirado al suelo. La pluma salió volando y el cuaderno también se le cayó de las manos. Para ser un niño de once años, Wolf tenía una fuerza extraordinaria y los músculos de un chico de quince en buena forma.

Levar no se esperaba aquella reacción. Al fin y al cabo, ¿a qué niño en su sano juicio se le ocurriría atacar a un adulto con unos poderes mágicos tan formidables? Pero, bueno, lo único que tenía que hacer para dominar a aquella fiera patética era coger la... la... Demonios. La pluma se había ido rodando. Daba igual, si pudiera alcanzar el...

Pero el niño era más fuerte de lo que Levar pensaba y le sujetaba con fuerza los brazos.

—Coge la pluma —le dijo Wolf a Maximilian—. Escribe algo.

Wolf tenía inmovilizado al librero. En el rugby, uno bloquea al adversario y luego sigue jugando. Si mantienes sujeto a alguien que no está en posesión de la pelota, te penalizan. Wolf estaba muy acostumbrado a tirar a los jugadores al suelo, pero no tenía ni idea de cómo contener o hacer daño a alguien en la vida real. Cuando su tío le pegaba, él soportaba los golpes sin más, aunque no sabía decir por qué, sobre todo ahora que seguro que era más fuerte que él. ¿Qué podía hacer, pues, con ese tal Levar? Una voz lo apremiaba: «Machácale la cabeza. Estámpasela contra el suelo hasta que le salga sangre por las orejas...» Pero Wolf sabía que no podía hacer eso. No quería ir a la cárcel. No quería que lo señalaran como a un asesino el resto de su vida. «¡Aplástale la cabeza!», insistió la voz. Wolf se dio cuenta entonces de que ésta no procedía de su cabeza: era la de Maximilian.

—Venga, Wolf. ¡Aplástale la cabeza!

—No puedo. Está mal. Es...

—No está mal cuando... Mira, da igual. Aguántalo ahí mientras yo...

Maximilian había cogido la pluma y el cuaderno. ¿Cómo se utilizaba un cuaderno mágico de prescripciones? Pensó que bastaría con escribir lo que uno quería que le pasara a su enemigo y ya está, pero ¿cómo especificaba quién era su enemigo? No quería que les ocurriera nada malo a Wolf ni a él. ¿Dónde estaban las instrucciones? Si aún tuviera sus preciadas gafas... De hecho... «Arregla las gafas —escribió—. Y dámelas.»

¿Había acertado en sus prioridades? Tal vez no. Es cierto que las gafas se arreglaron, dando vueltas en el aire entre chisporroteos, estallidos y alguna que otra chispa rosa, y que acto seguido volvieron a él, pero cuando se las puso, el mundo no cambió en absoluto. Era como si hubieran perdido la magia.

—¡¿Qué les ha hecho?! —le gritó a Levar.

—¡Idiota! Has gastado todo tu capital en arreglarlas, y ahora ya ni siquiera puedes utilizar las gafas ni lanzarme ningún hechizo. —Levar miró entonces a Wolf—. Siento que en este niño hay algo de magia, pero no lleva ninguna arma, así que...

El anticuario cerró los ojos, y Wolf se vio de pronto soltándole los brazos y flotando en el aire. Se mantuvo así unos segundos y entonces cayó al suelo con un golpe sordo. Era como una noche de sábado con su tío, pero a cámara lenta.

—Creo que he ganado esta absurda batallita.

Se levantó y bajó la vista hacia Wolf y Maximilian.

—¿Por qué os metéis en cosas que no comprendéis? —les preguntó—. Mis asuntos no os conciernen, ni a vosotros ni a vuestra guapa amiguita. He comprado unos libros a un precio muy justo, y vosotros habéis venido a robármelos. ¿Qué creéis que opinará de esto la policía? ¿O vuestros padres? Aunque tal vez nunca os encuentren, porque...

¿Qué podía hacerles? Leonard Levar no quería gastar muchos más de sus ya escasos créditos M, aunque podía vender las gafas por una buena cantidad de fuerza vital en alguno de los mercados de los Confines. Atar a los niños utilizando la magia costaría demasiado, pero no tenía manera de hacerlo sólo valiéndose de su fuerza física. Claro que lanzar a Wolf por los aires había sido fácil. No tuvo más que utilizar un sencillo hechizo deflector para hacer que la fuerza del chico se volviera contra él. Y las náuseas de Maximilian se habían debido por completo a una ligerísima desviación de los jugos de su estómago. Eso era lo que ocurría con la magia, que a veces con una intervención minúscula uno podía obtener efectos espectaculares.

En fin. Ahogarlos. A Levar le gustaba especialmente la idea de ahogarlos. Por ejemplo, si tuviera una cuba grande y una manguera, y si pudiera atar a aquellos dos y meterlos en la cuba y luego conectar la manguera... Se los imaginó agitándose, gritando tal vez, rezando para que los rescataran mientras la cuba se llenaba poco a poco de agua. Pero hacer todo aquello en el Veromundo con capital M le costaría miles de créditos. Cientos de miles, más bien.

¿Qué otras opciones tenía? Arañas. Todo el mundo sabe que a los niños les dan miedo las arañas. ¿Y cuánto costaban? Nada en absoluto si resultaba que eras el dueño de una librería anticuaria que estaba junto a una tienda de animales exóticos, y si había una puerta secreta que comunicaba un establecimiento con otro, de los tiempos en que los ejércitos estuvieron allí apostados durante una de las guerras pasadas. Bien. No siempre era necesaria la magia. En ese caso sólo necesitaba llaves. Dos, para ser exactos. Una para encerrar a los niños en la cámara vacía, donde estaba la rejilla —que era demasiado pequeña para que pudieran escapar por ella—, y otra para abrir la puerta de la tienda de animales. Ah, y un poquitín de magia para dormir a los niños un rato y que no intentaran escapar antes de que él volviera con un carrito para libros con el que trasladarlos.

Cuando se despertaran, se encontrarían solos en la cámara más pequeña y oscura, tal vez aliviados de seguir vivos. Levar les dejaría unas velas y cerillas. Sí, estaría muy bien. Se creerían muy afortunados al ver que también tenían luz. Solos en un sótano bien iluminado. Incluso podrían empezar a sentirse cómodos y a salvo, y acariciar la esperanza de que los rescatarían. Pero entonces, en algún momento, verían las enormes tarántulas chilenas de seis ojos que Levar pensaba tomar prestadas de la tienda de animales. Eso los mantendría ocupados mientras él se iba a vender las gafas. Luego regresaría con un poco más de poder y, si fuera necesario, acabaría con ellos. Sólo entonces sus preciados libros estarían a salvo.

21

Effie oyó el chirrido de una puerta más allá del comedor. Luego el clic-clic de las garras de una criatura contra las losas del suelo, seguido de un ruido más amortiguado cuando la piedra dio paso a una alfombra gruesa. El dragón entró en la estancia lanzando un profundo suspiro de satisfacción. Sus fuertes músculos relucían bajo la piel gris y brillante. Era tan bonito y majestuoso como Effie recordaba. El dragón suspiró de nuevo, tal vez porque le gustaba el ambiente de la sala, o la música de piano tintineante que se oía ahora en el comedor. Pero entonces se fijó bien en la niña y dio un respingo. La miró como quien mira una pizza con pepperoni cuando está seguro de haber pedido una Margarita. Parpadeó y la observó de nuevo con atención, de arriba abajo, hasta que por fin retrocedió un paso con el ceño fruncido. La melodía del piano seguía sonando como si aquello fuera el restaurante más elegante del mundo en lugar de una cita con la muerte.

—¿Por qué te han enviado a ti? —preguntó, un poco triste.

Su voz era suave y profunda, como el chocolate fundido más exquisito. Resultaba a la vez reconfortante y aterradora. Reconfortante porque si aquella criatura fuera su amiga, estaría protegida de cualquier cosa que la acechara en aquellas tierras. Ninguna bestia ni ser humano del bosque podría hacerle daño. Durante esa noche, estaría más segura que nunca. Pero era también aterradora porque, sin duda, después de aquella velada el dragón la devoraría.

—No me han enviado. He venido yo en lugar de Crescentia.

—¿Por qué me quieren muerto? —dijo el dragón, con cierta melancolía.

—¿Perdón?

—No vas a vencerme. ¿Te apetece un gin-tonic? ¿Un Martini? ¿Un Aperol?

El dragón se sentó despacio en un gran sofá tapizado con una gruesa tela dorada estampada con faisanes y manzanas.

—¡Sirvienta! —llamó.

Entró la misma mujer anciana que había guiado a Effie hacia el castillo un rato antes.

—Un gin-tonic y...

—Para mí nada, gracias.

—¿Champán?

—No tengo edad para beber alcohol.

—Como quieras.

La sirvienta volvió con un vaso de cristal lleno de cubitos de hielo, un líquido transparente, hojas de menta y gajos de lima. El dragón lo cogió con una garra y le dio un trago. Parecía casi refinado, sentado allí, en aquel fastuoso sofá, con su cóctel preparado a la perfección. De no haber sido por su tamaño, la piel gris escamosa y brillante, las alas, la cola y el hecho de que echaba fuego por la nariz, podría haber sido un hombre muy apuesto.

—Me extrañó que te pusieran en el catálogo con las otras —comentó—. Incluso me planteé escogerte, para ver qué pasaba. Pero Crescentia... Ay, habría estado deliciosa...

El dragón hizo un sonido con los labios similar al de un beso, como hacen los grandes gourmets cuando saben que acaban de servirles algo realmente bueno.

—Ay, Crescentia... Habría sido una velada inolvidable, ¿sabes? En el pueblo han jugado una partida de críquet para mí esta tarde, y las mujeres me han ofrecido cestas de flores y cubos de hidromiel. Aunque yo no bebo esa porquería, se la doy toda al personal. Aun así, es un detalle encantador. Quieren hacerme feliz. No es de extrañar, puesto que, por lo visto, emano oro. Y ahora, sin embargo, alguien te envía a ti.

El dragón miró la copa, le dio un sorbo, removió la bebida con un pequeño agitador de cócteles de color verde y volvió a beber.

—¿Por qué? —preguntó con voz queda.

Effie no sabía qué decir.

—¡¿Por qué?! —rugió de pronto, echando llamas por la boca.

—No sé a qué te refieres —dijo Effie, muerta de miedo.

—Tienes el anillo, pero no llevas armas. ¿Dónde está tu espada?

—No tengo ninguna espada.

—Entonces... —El dragón suspiró—. ¿Cómo vamos a luchar?

—¿A luchar? ¿Por qué íbamos a...?

—No me digas que no me encuentras un poquito fascinante —le dijo el dragón—. Pues claro que sí. Tal vez piensas que con estar aquí sentada, haciéndote la inocente, conseguirás engañarme, pero olvidas que llevas puesto el Anillo del Auténtico Héroe. Todo el mundo sabe que un auténtico héroe no puede resistirse a un dragón. Lo lleváis en la sangre. Las princesas suelen estar un poco nerviosas, pobrecitas, aunque debo decir que pasan un rato muy bueno una vez que llegan aquí. Pero ¿tú? Seguro que te morías de ganas de venir. ¿La has matado para ocupar su lugar? ¿Te has enfrentado a Crescentia para llegar hasta mí?

—Pues claro que no. No entiendo...

—Hacerte la tonta no va a servirte de nada —le espetó la bestia—. ¿Qué creías, que íbamos a disfrutar sin más de una buena cena? ¿Que yo iba a tragarme que tú eras la princesa que pedí porque llevas su ropa, actúas como ella e incluso hueles como ella? ¿Cuántos platos íbamos a compartir antes de que me apuñalaras por la espalda? Un auténtico héroe no puede mantenerse apartado del dragón.

El héroe, o la heroína, están destinados a matarlo. Aunque a veces olvida que el dragón en cuestión suele estar también al corriente de su destino. ¿Acaso crees que puedes olernos y nosotros a ti no? ¿No crees que yo también ansío tu sangre, como ansías tú la mía?

—Pues...

—Te van a cachear por si llevas alguna arma, y luego cenaremos como si fueras la princesa. Pasarás la noche conmigo, como mi invitada, tal como estaba dispuesto, y por la mañana lucharemos. He hecho construir una arena de combate modesta en mis terrenos, por si alguna vez se daba esta situación. ¿Qué te parece? ¿Cenarás conmigo primero?

—Debes saber que no puedo comer nada de lo que me ofrezcas.

—Bueno, como quieras. Pero es una verdadera lástima. El banquete que preparan para las princesas suele ser estupendo.

—Me han dicho que ponen algo en la comida.

—Por lo general echamos un relajante en el desayuno. Y puede que haya un poquito también en la cena, sólo para ayudar a que la princesa se calme. Aun así, puedo pedirle a la cocinera que deje el relajante aparte, aunque tal vez ya sea demasiado tarde. Por favor, acompáñame de todas formas.

El dragón llamó a su mayordomo, y un hombre corpulento entró en la sala. Llevaba un esmoquin negro forrado de seda roja. Effie siguió al dragón y al mayordomo hasta el comedor, sin poder dejar de pensar en lo que acababa de decirle. ¿De verdad era una auténtica heroína? ¿Qué había dicho Crescentia el día anterior cuando observaban a la bestia escondidas detrás del árbol? Que sólo las princesas y los auténticos héroes encontraban atractivo al dragón. Aunque luego añadió que no había auténticos héroes.

¿Por eso se había sentido impulsada a ocupar su lugar? Así lo creía el dragón, y fuera cierto o no, sin duda era mejor tener la oportunidad de luchar que ser devorada sin más. Sin embargo, como había señalado la criatura, Effie no tenía espada. Ni siquiera había sabido utilizar la que le dejó su abuelo. ¿Qué demonios podía hacer ahora? Le rugía el estómago. Seguía muerta de hambre.

—¿Seguro que no quieres comer alguna cosa? —insistió el dragón.

Delante de Effie había un plato de carne con verduras, patatas asadas y una salsa oscura y espesa. El plato del dragón era similar, sólo que de porcelana blanca, mientras que el de ella era azul. Y la salsa del dragón era más rojiza. Él también tenía delante una copa de un vino tinto muy oscuro, de la que ahora tomaba un sorbo.

—No le han echado nada —le aseguró la bestia—. Mira, vamos a cambiar los platos.

—Bueno...

Effie pensó que tal vez era algo que ya tuviera planeado.

—Deberías comer un poco —dijo casi con ternura.

¿Sería tan amable con las princesas como con la persona que creía que había ido a luchar contra él?

—Imagino que si cualquiera de los dos quisiera matar al otro ahora mismo, no tendría más que hacerlo. Ambos contamos con el poder suficiente. Pero dejémoslo para mañana por la mañana. Disfrutemos de la última cena.

—Vale —dijo Effie—. Comeré, aunque con una condición. Lanzaremos una moneda para ver quién come del plato azul y quién del plato blanco.

—Como quieras. Pero un momentito... ¡Mayordomo!

El dragón y el mayordomo mantuvieron una conversación en susurros, después retiraron el plato blanco y llevaron otro azul. Ahora la salsa de los dos platos era oscura. Entonces el dragón sacó una moneda de un cofre extraño: un viejo doblón dorado. Effie se aseguró de que las dos caras fueran distintas, y entonces la lanzaron al aire para ver quién comía de qué plato. Luego ella insistió en que los intercambiaran una vez más. No era un método perfecto, pero con eso debería bastar.

La cena estaba deliciosa, y Effie comió con ganas. El postre consistía en un cuenco enorme de cristal lleno de sopa inglesa, que le ofrecieron primero a ella y luego al dragón. En el cuenco había escrito: «SPYRYS-PRYDER-WYTHRÉS.» Las mismas palabras que Effie había visto en los retratos y los tapices. Esta vez estaban grabadas en torno a la imagen de un carro con un auriga y un caballo. El carro estaba etiquetado como «SPYRYS», el auriga como «PRYDER» y el caballo como «WYTHRÉS». Parecían palabras rosianas, aunque tal vez pertenecían a un rosiano más antiguo que el que Effie había estudiado. *Spyrys*. ¿Qué significaría? ¿Fantasma, espíritu o...?

—Con las princesas suelo hablar de arte y poesía —comentó el dragón, suspirando—. Imagino que tú eres demasiado tosca para esas cosas. ¿Qué tal si charlamos de críquet?

Effie se limitó a asentir y se acordó de que a su abuelo le gustaba el críquet. Volvió a mirar la leyenda del cuenco. *Spyrys* quería decir «espíritu», estaba segura. Mientras que *pryder* tenía algo que ver con pensar, según recordaba. «Pensamiento», «razonamiento» o «contemplación». *Wythrés* era «acción» o «batalla».

El dragón empezó a hablar del partido de críquet que había visto aquella tarde. Los aldeanos habían organizado dos equipos, y uno de ellos había hecho algo muy inteligente y luego el otro tuvo que hacer algo más astuto todavía, entonces alguien derribó unos palos y otra persona bateó en corto... Mientras el dragón hablaba, a Effie se le ocurrió una idea.

—¿Y si no luchamos? —sugirió de pronto.

—¿Cómo dices? ¿Que no luchemos? —preguntó entonces el dragón.

—¿Y si encontramos otra manera de resolver nuestra disputa?

El dragón se rascó la escamosa cabeza.

—Interesante... Aunque, ¿acerca de qué es nuestra disputa? ¿Acaso vamos a tener una? Yo siempre he creído que cuando un auténtico héroe, o una auténtica heroína, se presenta ante el dragón, se propone matarlo sin más. Se trata, pues, de una lucha a muerte. Eso es lo que sucede en todas las historias. Por supuesto, el auténtico héroe siempre encuentra la manera de vencer. Pero hay excepciones. Mi tataratioabuelo Gregorius venció a uno de los vuestros allá por la Edad Media, según tengo entendido. Y luego está la gran batalla de la Colina del Caballo Blanco. Gracias, Elmar.

El mayordomo rodeó la mesa y sirvió más vino tinto en la copa de cristal del dragón.

—Nuestra disputa es acerca de que te comes a las princesas —le aclaró Effie.

El dragón se mostró sorprendido.

—Sí, ya, ¿y qué?

—Pues que creo que las princesas preferirían que no te las comieras.

—¡Cielos! ¿Y por qué no lo dicen?

—Una vez que están aquí, ¿de verdad no dicen ni hacen nada que revele lo asustadas que se sienten?

El dragón pareció considerarlo.

—A veces suplican clemencia, es cierto. Pero yo creía que formaba parte del servicio.

—Me da que suplican en serio.

—¡Pues vaya! —De pronto, la bestia parecía triste—. Pero la escuela no hace más que repetir que para las niñas escogidas es un gran honor, que se ponen muy contentas.

—Eso es lo que dicen, pero no es cierto. Anoche, Crescentia no pegó ojo del miedo que tenía. Deberías haber visto cómo le temblaban las manos cuando veníamos hacia aquí. Y lo agradecida que se ha mostrado cuando me he ofrecido a ocupar su lugar.

—¿De verdad no quería verme?

—Bueno... —Effie lo pensó un momento—. Sí que ha dicho que le parecías hermoso. Pero, sinceramente, no creo que quisiera ser devorada. Y, además, es un poco joven.

El dragón volvió a quedarse pensativo.

—¿Tú crees que Crescentia accedería a venir si yo no me la fuera a comer? ¿Crees que algún día querría venir sólo a cenar?

—Tal vez cuando sea un poco más mayor, sí. Sobre todo si accedes a no devorar a más princesas.

El dragón bajó la vista hacia sus escamosas manos y luego volvió a alzarla hacia Effie.

—Pero, entonces, ¿qué voy a comer en mi Noche de la Princesa? ¡Me encantan las princesas! Es mi comida favorita. —El dragón parecía más triste ahora—. ¿Has probado alguna vez una princesa...? No, probablemente no. Pero deberías, porque están...

—¿Sabías que a algunas las tienen encerradas en cajas para que no les dé el sol y estén más tiernas? Llevan una vida horrible.

—Bueno, eso está muy mal. ¿Quién hace eso?

—Es lo que les gusta a otros dragones.

—Pues tenemos que acabar con eso. Las princesas deberían corretear libres al sol, empaparse de luz, aire y el sabor de las praderas en verano y... Ay, cielos. ¿Me estás diciendo que nadie debería comérselas? ¿Nadie?

Effie asintió.

—Sí.

—Pero, entonces, ¿qué vamos a comer los dragones...? ¡Ah! ¿Qué tal a los hijos de los granjeros?

—No.

—¿A las mujeres de mala vida?

—No.

—¿A los tontos del pueblo?

—Tampoco. No podéis comer seres humanos.

—¿A ninguno?

—A ninguno.

—Vaya... —El dragón bebió un sorbo de vino—. Aunque, bueno, todavía no has vencido. No me has matado ni has acabado conmigo. No puedes decirme lo que debo o no debo hacer.

—Yo no quiero luchar —replicó Effie—. No sirve de nada. Y tú mismo has dicho que los dragones suelen perder. A lo mejor hay otra forma... A ver, si yo venciera en una competición, igual tú accederías a no volver a comer seres humanos, y entonces todo el mundo estaría contento.

El dragón se lo pensó.

—Me han hablado de un pariente lejano que era un arquero excelente. Una vez se encontró con un auténtico héroe en un bosque y acordaron celebrar una competición de tiro con arco. ¿Te refieres a algo así? Podríamos reunir a varios aldeanos y ver quién de los dos les clava más flechas. Soy bastante diestro con el arco.

—Creo que sería mejor que nadie acabara muerto.

—¿Y qué demonios vamos a hacer entonces?

Effie reflexionó. Si quería tener la más mínima oportunidad de vencer en la batalla y salvar a Crescentia y a las otras niñas, tendría que dar con alguna competición que llamara la atención de la bestia pero que ella pudiera ganar. A ver, ¿qué se le daba bien? ¿En qué tenía práctica? Le vinieron de nuevo a la cabeza las palabras *spyryspryder-wythrés*. Alma. Mente. Acción. La imagen del cuenco parecía sugerir que las dos primeras eran superiores a la última. A lo mejor...

22

—Una competición de ingenio —dijo Effie por fin—. Nos enfrentaremos en una competición de ingenio.

—¡Santo cielo! —exclamó el dragón—. Aunque... lo cierto es que yo tengo un gran intelecto y tú no eres más que una niña. Y, por si fuera poco, una auténtica heroína depende de su fuerza bruta, ¿no?

—Puede que no siempre sea así.

—Ya veo. Está bien. Una competición de ingenio...

El dragón bebió otro sorbo de vino.

—¿Está seguro de que es una buena idea, señor? —terció el mayordomo.

—Sí, sí, sí. Estoy bastante seguro de que puedo vencer prácticamente a cualquiera en una competición de ingenio. ¡Oooh! Va a ser igualito que en la batalla de la Colina del Caballo Blanco, sólo que con menos sangre. Bien, ¿y cómo lo hacemos? Necesitamos un árbitro. Elmar puede hacer de árbitro.

El mayordomo asintió con una reverencia.

—Y hacen falta reglas. ¿Cuáles son las reglas? ¿Cómo jugamos?

—Podríamos hacernos preguntas el uno al otro y... —Effie se quedó callada un instante, antes de añadir—: Pero tienen que ser preguntas que se resuelvan sólo con la mente, no con hechos, ni con recuerdos ni nada parecido. No podrás preguntarme, por ejemplo, cuál es el apellido de tu tataratioabuelo Gregorius ni cosas por el estilo que yo no pueda saber...

—¡Porras! —exclamó el dragón—. ¿Cómo sabías que era eso lo que iba a preguntarte?

—¿Está usted hablando de acertijos, señorita? —intervino el mayordomo.

—Sí, supongo que sí. Algunos los llaman «problemas de pensamiento mágico», o incluso «problemas de pensamiento lateral», creo. Pero, sí, digamos que son acertijos.

—¿Puedo sugerir el siguiente formato? —prosiguió el mayordomo—. Tengo entendido que se denomina «muerte súbita». Cada uno plantea uno de esos acertijos y luego se va a la cama. Al amanecer, los contendientes se reúnen en la arena para ofrecer sus respuestas. Si ambos proporcionan la respuesta correcta, cada uno plantea un nuevo acertijo, y el proceso se repite. Pero si uno de los dos no es capaz de resolver el acertijo del otro, pierde. Entonces estaría «muerto».

—¿Y si ninguno da con la respuesta correcta? —preguntó Effie.

—Bueno, entonces se considera que la ronda acaba en empate y se empieza una nueva.

—¡Oh, qué bueno! —El dragón se entusiasmó—. Yo ya tengo mi acertijo.

—Sólo queda una última cosa —añadió el mayordomo—. Ya hemos decidido que si el dragón pierde, accederá a no comer más seres humanos. Pero ¿y si gana? ¿Cuál es su premio? Él mismo debería decidirlo.

Effie estaba convencida de que escogería seguir comiendo princesas el resto de su vida, pero lo cierto es que la criatura estuvo pensándose la respuesta un buen rato.

—Tú —se dirigió por fin a la niña— serás mi novia.

—¿Qué? Pero...

—Sí. Si pierdes, tendrás que casarte conmigo y vivir aquí para siempre.

—Pero... ¿no preferías a Crescentia?

—Sí. Pero creo que si eres tú quien pierde, también deberías ser tú quien pague. Y serías una esposa interesante.

186

—Bien —zanjó el mayordomo—. Entonces comenzaremos.

Aunque el dragón había asegurado que ya tenía su acertijo, en ese momento cerró los ojos, se presionó las sienes con las garras, frunció el ceño y comenzó a emitir un canturreo extraño y grave. Effie miró a Elmar.

—Está pensando, señorita.

—Ah, claro...

La niña también se puso a pensar, aunque ya sabía el enigma que iba a plantearle. Bueno, estaba casi segura. No, muy segura. No...

Por fin cesó el canturreo, y el dragón abrió los ojos y miró a Effie.

—Comencemos —dijo el mayordomo—. El dragón primero.

—Ah, qué bien. Vale. Hay una criatura que camina a cuatro patas por la mañana, a dos patas por la tarde y a tres por la noche. ¿De qué criatura se trata?

—¿Ése es su acertijo, señor? —preguntó el mayordomo.

—Sí —confirmó el dragón, que sonrió como si estuviera muy satisfecho y se arrellanó en la silla, esperando a que Effie planteara el suyo.

—Adelante, señorita —la apremió el mayordomo.

—Vale. Un hombre lanza una pelota...

—¿Es una pelota de críquet? —interrumpió el dragón.

—Sí, si quieres... Un hombre lanza una pelota de críquet a cierta distancia. Luego la bola da media vuelta y regresa hacia el hombre, que la atrapa.

—¡Huy! ¡Huy! ¡Ya sé la respuesta! ¡Ya sé la respuesta! —exclamó el dragón.

Effie tragó saliva. Se acordó de su abuelo, de cómo la había mirado, con sus ojos sabios y resplandecientes, cuando le había planteado aquel acertijo hacía ya meses.

—La pelota no ha golpeado ningún objeto sólido ni está atada a nada —especificó—. Y nadie la ha encantado. ¿Cómo ha podido, pues, suceder algo así?

El dragón apoyó la cabeza entre las manos.

—¡No lo sé! —lloriqueó—. Iba a contestar que la habían golpeado con un bate de críquet. Pero dices que no ha recibido ningún golpe con ningún objeto. ¡Es un acertijo imposible!

Apoyó la cabeza en la mesa y soltó un gemido largo y fuerte.

—Me permito recordarle, señor —intervino el mayordomo—, que tiene toda la noche para pensarlo. Tal vez se le ocurra la respuesta más tarde.

El dragón frunció el ceño.

—Bueno, en fin, da igual. Probablemente tú tampoco sepas resolver el mío —dijo con un largo bostezo—. Me voy a la cama. A pensar.

Poco después de que la bestia saliera del comedor, llegó la sirvienta para llevar a Effie a su dormitorio, tres tramos de escalera más abajo. Era una estancia grande y cuadrada en la que había una cama de cuatro postes enorme con sábanas doradas de seda y lo que parecían cientos de cojines en rosa y dorado. El fuego agonizaba en la chimenea. Le habían preparado una de aquellas antiguas botellas de agua caliente que se utilizaban para caldear la cama —muy gruesa y de gres— y se la habían dejado sobre el lecho junto con un camisón de seda bordado con intrincados dibujos. Effie se quedó sentada en la cama un buen rato, pensando.

Sabía la respuesta al acertijo del dragón. Bueno, casi. Aparecía en una de las primeras obras que la profesora Beathag Hide les había hecho leer. Effie se acordaba de que Wolf Reed había interpretado el papel de un joven rey muy ambicioso que había acabado arrancándose los ojos con una chapa que Raven Wilde llevaba prendida en la mochila y en la que ponía «BRUJA DEL BARRIO». La chapa era un accesorio y representaba un broche que pertenecía a la esposa del ambicioso rey. Por desgracia, resultó que ésta era también su madre.

Effie se acordaba de que la profesora Beathag Hide les había suplicado que no sobreactuaran, que mantuvieran la calma ante la gran tragedia, que dejaran que la historia los limpiara por dentro y los purificara.

—Dejad que manen vuestras emociones —les dijo a los niños, estupefactos, que aún no sabían muy bien por qué el pobre rey tuvo que arrancarse los ojos con el broche y exiliarse por ahí y...

Pero ¿y el acertijo? Effie recordaba que el joven rey se enfrentaba a una especie de monstruo al principio de la obra. ¡Una esfinge, eso era! Y esa esfinge le había planteado el acertijo y la respuesta era... La respuesta era... Apenas sin darse cuenta, Effie se quedó dormida. Cuando se despertó, se encontraba inexplicablemente bajo las sábanas y con el camisón puesto. La habría ayudado la sirvienta. En el castillo subterráneo no había ventanas, y Effie no tenía reloj, pero justo en ese instante alguien llamó a la puerta para informarla de que amanecería al cabo de media hora.

Effie se levantó y se lavó la cara y los dientes. Le habían llevado el equipaje de Crescentia a la habitación. ¿Qué estaría haciendo ahora su amiga? ¿Habría vuelto a la Escuela de Princesas? Lo cierto es que se alegraba de que no tuviera que pasar por el horror de ser devorada aquella mañana. Qué crueldad, levantarse y vestirse y desayunar, sabiendo que pronto ibas a morir. El atuendo que Crescentia había planeado llevar para la ocasión estaba muy bien doblado en la maleta. Se trataba del sencillo vestido de seda rosa que Effie ya había visto. No obstante, no parecía la indumentaria adecuada para una batalla, por más que fuera una de ingenio. Entonces advirtió que en la habitación había un armario grande. Tal vez allí encontraría algo apropiado.

Nada más abrirlo soltó una exclamación. Ahí estaba la ropa de todas las princesas que habían pasado por aquella habitación, o por lo menos la de muchas de ellas. Había vestidos de fiesta de satén, otros más sencillos de seda, minifaldas, pantalones de cuero e incluso algún que otro vaquero. Blusas de seda, rebecas de cachemira, camisetas suaves, vestidos cruzados y camisas de algodón de un blanco inmaculado. Faldas de tubo, tutús de color rosa y un montón de zapatos, incluidas unas sandalias de pedrería con tacón alto y unas zapatillas de ballet. Effie no tardó en encontrar un conjunto que consideró más adecuado para una auténtica heroína: unos vaqueros de color azul marino con una camiseta negra y una chaqueta de lana gris. No tenía tiempo de peinarse, de manera que se recogió el pelo en una coleta un poco desgreñada, se calzó unos botines negros con tachuelas y salió de la habitación.

La sirvienta la acompañó escalera arriba hasta la pieza principal del castillo, mientras le explicaba que el desayuno seguiría al evento en la arena, porque, por lo visto, en aquel momento el dragón se sentía demasiado mareado para comer. Y, de todas formas, prosiguió la mujer, querían acabar con aquella batalla privada antes de que empezaran a llegar los aldeanos sedientos de sangre, aquellos que estaban deseando ver cómo devoraban a una princesa. Para muchos de ellos, aquello era lo más destacado de la quincena. La sirvienta no sabía qué iba a suceder cuando se enteraran de que el dragón había decidido no devorar princesas, por lo menos de momento. Esperaba que no estallara una revuelta.

Effie siguió a la parlanchina sirvienta por la misma escalinata del día anterior, la de la alfombra roja. El puente levadizo ya estaba bajado, y cuando lo cruzaron sintió en el rostro el aire fresco de la mañana.

El día era tranquilo y brumoso, y en el cielo se dibujaban jirones de color rosa. Subieron unos escalones de piedra, pasaron de largo un estanque y atravesaron una extensión amplia de césped. Y ahí estaba la arena. Parecía un anfiteatro romano, pero más pequeño; por las gradas de piedra se abrían paso las malas hierbas y el musgo cubría ya una gran parte de la zona circular central. Era evidente que allí jamás se había celebrado ninguna batalla.

El dragón paseaba de un lado a otro, mascullando, al tiempo que lanzaba al aire con la garra una vistosa pelota roja de críquet. ¡Oh, no! ¿Habría averiguado la respuesta? Aunque era evidente que el dragón no parecía estar muy seguro de sí mismo, porque temblaba y no dejaba de andar de aquí para allá murmurando, y de vez en cuando daba una patada al suelo. En un par de ocasiones incluso le salió fuego por la nariz de tanto gruñir y suspirar.

—Buenos días, señorita —saludó el mayordomo.

—Buenos días.

El dragón se acercó arrastrando las patas.

—Tu acertijo es imposible —dijo sin más.

Effie respiró hondo.

—Pues yo tengo la solución al tuyo.

—¡¿Cómo?! —bramó la criatura, y volvió a escupir fuego por las narinas.

—Cálmese, señor —le aconsejó el mayordomo—. Comencemos.

Elmar repitió las reglas que habían acordado la noche anterior y luego, tras sacarse una hoja de papel azul del bolsillo interior de la chaqueta, leyó los acertijos. Miró primero al dragón.

—¿Tiene la solución al acertijo de Euphemia Truelove? —preguntó.

El dragón suspiró. Exhaló un poco de fuego. Arrugó la frente.

—¡Porras! —dijo por fin—. No.

—¿Y usted, Euphemia, tiene la respuesta al acertijo del dragón?

—Sí.

—Expóngala.

—La respuesta es «el hombre» —respondió Euphemia—. Bueno, «el ser humano». En la mañana de su vida, el ser humano anda a gatas, lo cual representa lo de las cuatro patas. Por la tarde o, en otras palabras, en la mitad de su vida, anda sobre dos piernas. Pero más adelante suele utilizar un bastón, que viene a ser la tercera pierna.

El dragón lanzó un gruñido.

—¿Es correcto, señor?

El dragón asintió.

—Sí, maldición... Debería haber escogido uno más difícil. ¡Sólo era la primera ronda! Tenemos que empezar otra vez. Esto no es justo.

El mayordomo carraspeó.

—Voy a preguntarlo de nuevo. ¿Tiene usted, señor dragón, una respuesta al acertijo de la señorita Euphemia Truelove?

—No.

—Entonces ¡declaramos vencedora a la señorita Euphemia Truelove!

—¡Un momento! —interrumpió el dragón—. Primero debemos oír la solución. A esa pelota que se lanza y vuelve sin golpear nada —dijo, y le lanzó la bola de críquet a Effie—. Demuéstranos cómo se hace.

—Muy bien.

Effie lanzó la pelota al aire y volvió a cogerla.

—Así. La he lanzado a cierta distancia y la pelota ha vuelto a mí sin golpear ningún objeto y sin estar atada a nada. Y no he utilizado la magia. Es sólo por la gravedad. ¿Lo ves?

Y la lanzó de nuevo al aire.

—Vaya, bravo... —la felicitó el mayordomo. Y luego añadió—: Lo siento, señor.

El dragón se quedó callado un rato. Effie pensó que tal vez acabaría devorándola de todas formas, o que la achicharraría con las llamas que no dejaban de salirle de la nariz. Pero la criatura ladeó la cabeza y el fuego cesó. Dio un paso hacia ella. Luego otro.

Y le tendió una garra.

—Muy inteligente —dijo—. Has ganado. Es lo que se dice de los auténticos héroes, que siempre encuentran la forma de derrotar al dragón.

—Entonces ¿prometes que ya no te comerás a más gente?

—Si insistes...

El mayordomo se puso a aplaudir, y la sirvienta también, incluso el cocinero, que se había acercado a mirar. Y de repente se oyeron los aplausos de otra persona. Era Crescentia.

—¡Cielos! —exclamó—. ¡No me lo puedo creer!

—Crescentia... —susurró el dragón—. Más bella incluso que en tu retrato.

—Ahora que sé que no vas a devorarme, he querido venir a saludar. Y a anotar en la agenda que tenemos una cita para cenar digamos... ¿dentro de tres años? Vaya, si todavía estás interesado.

El dragón se mostró encantado, pero también sorprendido.

—Ya me lo ha contado todo la sirvienta —explicó la niña.

23

El sonido de los aplausos se fue apagando, cada vez más lejano, y de repente a Effie le pareció que el cielo se llenaba de estrellas fugaces. ¿Se estaría desmayando de la emoción? No. Seguía de pie y derecha, pero todo daba vueltas lentamente a su alrededor. Pronto no hubo más que oscuridad y luego, por un momento, sólo luz. Una palabra cobraba forma sobre su cabeza, como si se tratara de unos tenues fuegos artificiales.

FIN

La palabra se perfilaba en nubecitas de luz y humo. «Fin.» ¿Qué significaba eso? Era como si acabara de terminar un libro. Quizá la situación debería haberle dado miedo, pero no fue así. Se sentía cómoda y satisfecha. De hecho, se sentía exactamente como cuando terminaba un buen libro.

Cuando todo volvió a la normalidad, Effie se encontraba delante de las puertas ornamentadas de la Casa Truelove con una tarjeta de citación en la mano: «Clothilde y Rollo Truelove estarán encantados de recibir a la señorita Euphemia Truelove cuando le sea posible.» No había señales del dragón, ni de Crescentia, ni de ninguna de las personas a las que había conocido durante los últimos días. Era como si estuviera en un mundo distinto. Y puede que fuera así. Todo parecía diferente, aunque no habría sabido explicar en qué sentido. Pero lo cierto era que la hierba a su alrededor era de un tono verde más brillante, más vívido. Reinaban la calma y el silencio, excepto por un mirlo que cantaba ruidosamente. Con un trino más claro y más real que cualquier otra cosa que Effie hubiera oído desde hacía días. Tal vez lo más real que había oído en su vida. Más allá del árbol, el paisaje había cambiado. No sólo el tono verde de la hierba, sino también la Escuela de Princesas, que ya no estaba en lo alto de la colina, y el pueblo, que también había desaparecido. Incluso el aire parecía diferente, como cuando la primavera da paso al verano, o como cuando se abre una flor.

—¿Puedo ayudarla, señorita? —preguntó uno de los centinelas.

Effie le tendió la tarjeta de citación. Él la miró, sonrió, asintió satisfecho y se la devolvió. Entonces abrió la verja.

—Todo recto por el camino, señorita Truelove —le indicó—. No tiene pérdida.

Justo al otro lado de las puertas se arremolinaba una extraña niebla fría y densa que desprendía un leve olor metálico. Effie se internó en ella. Los trinos del mirlo se fueron amortiguando hasta desaparecer por completo. Poco después salió al jardín más bonito que había visto jamás, con un sendero que lo atravesaba en dirección a la gran casa, con sus delicadas torretas y sus torres circulares. Era luminosa y acogedora. El sol brillaba alto en un cielo totalmente azul.

Había pájaros, abejas y mariposas por todas partes, y olía a lavanda, a jazmín y a rosas. Las libélulas revoloteaban aquí y allá, junto con otras criaturas que Effie no conocía, como una especie de bolitas brillantes que volaban disparadas hacia arriba y hacia abajo. ¿Serían luciérnagas? ¿Efímeras? Aunque parecían seres de otro universo. ¿Dónde estaba?

Junto a la puerta la aguardaba un joven. Poseía una belleza peculiar que Effie era incapaz de interpretar. El pelo le llegaba a la altura de los hombros y llevaba gafas, una camisa holgada y blanca de seda y unos pantalones cortos de lino de color beige.

—Bonito día —le dijo, con una sonrisa.

—¿Estoy soñando? —le preguntó ella.

Y entonces fue como si todo se le cayera encima a la vez: la muerte de su abuelo, aquel largo y espantoso día en el que apenas había comido, la discusión con su padre y Cait, el tónico de Lexy... Luego se había puesto a leer *El Valle del Dragón*, pero se quedó dormida en la cama, y al día siguiente la llevaron a la posada El Dragón Verde y se enteró de que la habían vendido a la Escuela de Princesas. Descubrió que era una auténtica heroína, y encontró la manera de derrotar al dragón y de llevar la paz a una aldea y de salvar a un montón de niñas que ya no serían devoradas. Había sido todo tan intenso... De hecho, ahora que estaba en aquel lugar tan relajante, con aquel chico que le transmitía tanta calma y la miraba con tanto cariño, a lo mejor podría... podría...

De pronto se despertó en un bonito sofá de terciopelo malva, en un salón grande y luminoso. Unas delicadas cortinas blancas ondeaban suavemente con la brisa cálida.

El joven la miraba preocupado, y a su lado había una chica con el pelo largo y rubio. Ambos tendrían alrededor de veinte años. La chica llevaba un vestido amarillo de seda y sostenía en una mano una taza de color turquesa con un platillo.

—Es infusión de cuatroflores —explicó, ofreciéndosela a Effie—. Te ayudará a recuperarte. Me han dicho que has hecho un largo viaje para llegar hasta nosotros. Mi hermano cree que has venido a través de un libro. —Se sentó al borde del sofá y le dedicó a Effie una sonrisa de lo más cálida y afectuosa—. Me llamo Clothilde, y éste es mi hermano, Rollo. Somos tus primos, más o menos. Ya te lo explicaremos. Pero, primero, cuéntanoslo todo.

Y eso hizo Effie, contárselo todo desde el principio. Le llevó un buen rato, porque sus guapos primos no hacían más que lanzar exclamaciones y pedirle que repitiera algunas partes. Ambos se mostraron muy tristes al enterarse de la muerte de Griffin, aunque dijeron algo rarísimo: «Tardará mucho tiempo en venir a nosotros.» Era evidente que lo conocían bien. Cuando Effie llegó al relato de los dos días en la Escuela de Princesas, los primos se animaron muchísimo. Se reían y daban palmas, y le pedían que repitiera lo que acababa de contarles una y otra vez.

—¡¿Te enfrentaste a un dragón de verdad tú sola?! —exclamó Clothilde—. Los Truelove son famosos por su valentía, pero ¿tienes idea de lo peligroso que es lo que has hecho?

Rollo negó con la cabeza, aunque no cabía en sí de admiración.

—Una locura —concluyó.

—Traerla a través de un libro ha sido muy arriesgado, si quieres saber mi opinión —dijo Clothilde a su hermano.

—Pero muy inteligente —añadió él—. Es imposible que hayan podido seguirla.

—Cierto. Pero si no hubiera decidido enfrentarse al dragón, podría haberse quedado atrapada en el libro para siempre. Podría haberse pasado años en la Escuela de Princesas.

—Griffin estaba seguro de que ella lo conseguiría. Le enseñó todo lo necesario para lograrlo. Y, por supuesto, sabía que sólo una auténtica heroína podría salir de esa historia en concreto. Desde luego, ha sido muy hábil. Al fin y al cabo, ¿cuántos auténticos héroes hay? Entre los diberi ninguno, desde luego.

—Pero Griffin no se lo enseñó todo. Effie también tuvo que confiar en sus propios conocimientos.

—Supongo que él no podía saber que iba a necesitar el libro tan pronto... Probablemente pensaba enseñarle otras cosas más adelante. Aun así, cualquier auténtico héroe hallaría el camino a través de ese libro, estoy seguro.

Effie ya se sentía bastante mejor, aunque tras escuchar la conversación entre Clothilde y Rollo, cada vez le parecía más probable que se encontrara en un sueño muy largo y complicado. Se pellizcó un par de veces, porque había leído historias en las que los personajes hacían eso para despertar. Clothilde había estado muy seria mientras hablaba con Rollo, pero de pronto se echó a reír.

—¿Qué haces? —le preguntó a Effie.

—Pues comprobar si estoy soñando.

—Y si fuera así, ¿querrías despertar?

Effie sonrió.

—Tal vez no. Si esto es un sueño, es el más interesante de mi vida. Pero si no lo es, ¿dónde estoy? ¿Y a qué os referís con eso de que he venido «a través de un libro»?

—Ah, sí... —dijo Rollo—. A ver, ¿por dónde empezamos?

—¿Sabes dónde estás? —preguntó Clothilde.

—¿Sigo todavía en el Valle del Dragón?

—Sí. Más o menos, aunque no es el mismo Valle del Dragón al que te llevaron. Pero ¿sabes que ahora estás en el Altermundo?

—¿El Altermundo? Pero ¡si no me dejaron pasar! No tenía los documentos necesarios.

—Viniste a través del libro.

—Sí, no dejáis de decir eso. ¿Qué significa?

Clothilde suspiró.

—Hay tanto que contarte que no sé por dónde empezar. Está claro que no sabes gran cosa de los diberi, ni de la encarnizada guerra contra los devoradores de libros, ni...

—¿Te acuerdas del momento en que empezaste a leer *El Valle del Dragón* y te quedaste dormida? —la interrumpió Rollo.

—Sí. Estaba en la cama. Me acababa de tomar el tónico que me preparó mi amiga.

—Ese tónico sin duda te ha ayudado muchísimo. Deberías agradecérselo cuando la veas.

—Pero ¡si se suponía que me iba a mantener despierta! ¡Y lo que pasó es que me quedé dormida!

—No te quedaste dormida —le dijo Clothilde.

—Caíste en el libro —apuntó Rollo—. Bueno, por así decirlo.

—No entiendo nada.

—Cuando eres la última persona que lee un libro... —comenzó Clothilde—. Ay, pero mejor que no empecemos por ahí, porque hay muchísimo que explicar sobre eso de ser el Último Lector. Desde luego, Griffin demostró mucho ingenio al pensar en ello y buscar la última edición de un libro que te traería tan cerca de aquí, y al que sólo alguien como tú podría sobrevivir...

—Por razones en las que ahora no vamos a entrar —terció Rollo, sonriéndole a su hermana—, cuando eres la Última Lectora de un libro ocurren un montón de cosas mágicas especiales. La principal es que entras en ese libro. Si es uno de ficción, lo vives como un personaje, en lugar de leerlo como lo harías normalmente. Entras en el libro y lo vives desde dentro.

—Vives en el libro —repitió Clothilde.

—Y al llegar al final, sueles aparecer en algún sitio interesante del Altermundo. Ya he oído lo difícil que es pasar de tu mundo a éste, aunque todavía es más difícil ir en la otra dirección. Si eres un Último Lector, llegas aquí directamente. Y también ocurren otras cosas. Pero tienes que acabar el libro y salir al otro lado.

—Y cuando dices «Último Lector», ¿te refieres a...?

—A la última persona que leerá el libro en todo el universo. La mayoría de los libros no tendrán su Último Lector hasta dentro de siglos, o incluso milenios. Nadie puede saber quién será la última persona en leer *Hamlet* o la Biblia. Pero al final, sucederá —dijo Rollo, que se ajustó las gafas sobre la nariz y prosiguió—: Leer una última edición es algo tan extraño y singular que despierta cualquier habilidad mágica que pueda tener una persona. Y también le proporciona adminículos muy valiosos cuando completa la aventura y...

—O es una estafa de los diberi —repuso Clothilde—, que se inventaron todo esto del Último Lector para sus propios fines, para adquirir un poder ilimitado.

—No confundamos a nuestra prima pequeña —protestó Rollo—. Si ocurrió así, sería hace siglos. Ahora todo este asunto forma parte de la sabiduría popular.

—¿Me estáis diciendo que cuando leí *El Valle del Dragón* —preguntó Effie— entré en este mundo no se sabe cómo? ¿Que lo de quedarme dormida no fue real, sino sólo parte de la trama? ¿Y cuando me desperté y Cait y mi padre se mostraron tan amables conmigo, eso también formaba parte de la historia? ¿Y cuando me llevaron al Valle del Dragón en aquel coche, fue porque así sucedía al principio del libro...?

—Exacto.

—Pero ¿cómo pudo saber un libro que estaba escondido debajo del suelo en casa de mi abuelo que yo iba a pelearme con mi padre y con Cait? ¿Cómo pudo llegar eso a formar parte del argumento si ya estaba escrito? Quiero decir, ¿cómo...?

—Los lectores y los libros se fusionan de distintas formas —explicó Rollo—. Por ejemplo, cuando lees una novela que transcurre en una casa grande y te describe la casa, a pesar de la descripción, tú te la imaginas a tu manera. Si te paras a pensarlo, la casa que te imaginas es en realidad algún sitio en el que estuviste cuando tenías cinco años, o la de tus vecinos o algo por el estilo, ¿no? Los libros están acostumbrados a que sus lectores den forma a los contenidos. De hecho, los títulos más poderosos encuentran mil modos de ajustarse a ti. Y cuanto más de ti misma pongas en un libro, no sólo con tu imaginación, sino también con emociones, sentimientos como la rabia, la tristeza, el amor..., más añadirás a su carga mágica, a lo que vosotros llamáis «capital M». Es una de las pocas cosas que han permanecido igual en ambos mundos desde la Gran Escisión... Ay, vaya... Claro, seguro que tampoco sabes nada de la Gran Escisión. En fin, que si diez mil personas leen un libro y les encanta, y añaden sus propias imágenes, localizaciones y sentimientos y todo eso, el volumen absorbe toda esa energía y adquiere un poder enorme. El Último Lector de ese libro viviría en él una experiencia muy intensa y al final absorberá todo ese poder...

—Y eso es justo lo que los diberi explotan en su propio beneficio —apuntó Clothilde.

—Pero ahí ya llegaremos más tarde —señaló Rollo con énfasis—. El caso es que los libros se amoldan a ti igual que tú les das forma en tu mente. Si vas a convertirte en el protagonista, entonces el libro barajará algunos detalles y contenidos de una manera u otra para adaptarse a ti. Es fácil meterse en un personaje cuando lees una novela. Te ha tenido que pasar alguna vez, incluso antes de convertirte en Última Lectora.

—Sí, supongo que sí.

Effie se acordó de cuando leyó aquella obra de la profesora Beathag Hide, la que la había ayudado con el acertijo del dragón. Se había imaginado a sí misma como Edipo, el joven aspirante a rey, delante de la esfinge, enfrentado a lo que parecía un enigma imposible de resolver. En realidad, sólo con imaginarse en la piel del pobre héroe trágico había podido sentir la historia... y acordarse de la respuesta al enigma.

—¿Qué tal está la infusión? —preguntó Clothilde.

—Deliciosa. Gracias.

—Más tarde merendaremos como es debido en el jardín, con bizcochos y bocadillitos y todo eso. Vendrá Pelham Longfellow. Le hemos dicho que estás aquí. Pero ¿te apetece tomar otra infusión o comer algo ahora?

—No, gracias. Todavía estoy intentando asimilar todo esto. ¿Dónde estoy? Ya sé que no es un sueño y que esto es el Altermundo, pero ¿sigo de alguna manera en la cama, en mi casa?

—No. Estás aquí de verdad. Más tarde Pelham te enseñará cómo volver a tu casa.

—Pero ya llevo aquí varios días, ¿no me estarán buscando?

Lo cierto es que a Effie no le desagradaba del todo la idea, por mucho que significara meterse aún en más líos.

—O, bueno... —tragó saliva— una vez me contaron que un hombre viajó a una tierra mágica y cuando volvió a su mundo habían pasado cientos de años.

Clothilde se echó a reír.

—No te preocupes. La verdad es que a los veromundis les resulta muy conveniente venir al Altermundo. Un día aquí, que nosotros llamamos «lunas», por cierto, es equivalente a unos diecinueve minutos con un segundo de vuestro tiempo. Una hora en el Veromundo te da unos tres días aquí, o tres con catorce, para ser exactos. Un fin de semana largo.

—¿Y el tiempo que he pasado en el libro?

—Los libros y cualquier espacio liminar transcurren en el tiempo del continente, perdona, del Altermundo. De manera que, por lo que cuentas, llevas aquí en torno a tres lunas de momento. Poco menos de una hora.

—Escucha —terció Rollo—, ya sé que tendrás miles de preguntas, y a nosotros nos queda mucho que contarte, pero ya hemos charlado bastante por ahora. Será mejor que te acompañemos a tu habitación para que descanses un poco antes de la merienda.

—Ah, y llévate unos bombones de cuatroflores.

Clothilde sacó de un armarito que había en un rincón una caja turquesa atada con una cinta rosa, y se la ofreció a Effie.

—Con uno de éstos yo siempre me siento mejor —añadió.

24

La llave giró en la cerradura y Maximilian se incorporó despacio en la penumbra de la cámara. El hechizo de inconsciencia de Leonard Levar no había funcionado con él. Wolf estaba durmiendo como un tronco, pero el organismo de Maximilian sencillamente había rechazado la magia del librero. Lo más extraño era que había sentido cómo el hechizo se le acercaba. ¿Sería eso normal? No parecía probable. Cuando era pequeño, su madre lo había llevado de visita a Londres, y cada vez que alzaba la vista hacia alguno de los altos monumentos, le daba la sensación de que se le caía encima, que caía, caía y caía hasta que, plaf, lo aplastaba y lo mataba. Aunque, claro, sólo habían sido imaginaciones suyas, una especie de efecto óptico. Resultaba que aquella sensación de los monumentos derrumbándose encima de él era muy parecida a la que le había provocado el hechizo al acercársele. Iba hacia él, estaba cada vez más cerca hasta que, bum, lo dejaba inconsciente. Sólo que no lo había dejado inconsciente. Estaba bien despierto.

No tenía ni idea de dónde se había metido Levar ni de lo que estaba haciendo. Se había llevado las gafas, sus preciadas y magníficas gafas, sin las cuales el mundo todavía resultaba más incomprensible. Maximilian suspiró. Por lo menos la oscuridad no era total. En el techo había una especie de tragaluz y la luna estaba casi llena. ¿Sería capaz de trepar hasta el tragaluz para escapar? No. ¿Podría salir por la puerta? No. ¿Y despertar a Wolf sacudiéndolo con ganas? Tampoco era muy probable. Pero su amigo tenía en el bolsillo un móvil viejo y destartalado que podía usarse como una linterna, y estaba seguro de que a Wolf no le importaría que lo tomara prestado. Así podría explorar y leer. Pues allí había material de lectura de sobra: cajas y cajas de libros que habían pertenecido a Griffin Truelove, el famoso maestro erudito.

Lo más habitual habría sido que un niño al que un mago oscuro con una misión malvada hubiera encerrado en una cámara subterránea estuviera llorando, gritando y dando puñetazos contra la gruesa puerta de madera. Pero Maximilian no era un niño cualquiera. ¡Ay, si la profesora Beathag Hide pudiera verlo ahora, a él, a quien siempre nombraba «el último de la clase»! Mantuvo la calma mientras se alumbraba con la linterna para abrir una de las cajas. Mantuvo la calma mientras escogía un libro, un volumen de tapa dura con encuadernación en tela azul oscura con el título en letras plateadas: *Más allá del gran bosque*. Y luego, manteniendo también la calma, se sentó con la linterna para leerlo. Si iba a morir, moriría haciendo lo que más le gustaba. Moriría leyendo. Y no un libro cualquiera, por supuesto que no. Maximilian sabía que aquellos títulos tenían cierto poder, aunque desconocía cuál.

«Había una vez...», comenzaba el libro, y Maximilian empezó a sentirse extrañamente somnoliento. Tenía mucho más sueño del que solía entrarle cuando leía. «Había una vez un niño encerrado en una cámara subterránea de la que no podía escapar.» Vaya, qué casualidad. «Había una vez...»

Cuando despertó, en el sótano hacía más frío que antes. Aún no había señales de Levar, y Wolf seguía inconsciente en el suelo. Respiraba, pero no conseguía despertarlo por más que lo intentara. Miró el reloj. Apenas había dormido;

no más de cinco minutos. Y, sin embargo, las cosas habían cambiado. Además de hacer más frío, la cámara también estaba un poco más oscura. Un poco... en fin, un poco más verde. Y de pronto olía a hojas y a tierra mojada.

Maximilian miró en torno a él y enseguida descubrió la causa: un árbol enorme crecía en el suelo irregular de la gruta y salía por el tragaluz del techo. El tronco, gigantesco y envejecido, ocupaba casi todo el lado opuesto de la cámara. ¿Cómo era posible que no lo hubiera visto hasta entonces? Pues porque a veces pasamos por alto las cosas más grandes, densas y retorcidas de nuestro alrededor. Las gruesas raíces del árbol sobresalían del suelo, y en la parte inferior del tronco había una especie de hueco que parecía una entrada.

El tronco en torno al agujero era tan grueso y estaba tan retorcido que casi parecía una talla antigua. Maximilian creyó incluso distinguir unas palabras grabadas en la vieja corteza marrón, pero no entendía la lengua en la que estaban escritas. Una de ellas parecía decir algo como *bitteren*; otra, *dirre*. Ojalá tuviera sus gafas para poderlas traducir, aunque tampoco estaba muy seguro de que fuesen a funcionar con aquel idioma.

Se metió por el agujero y, después de atravesar una bruma gris extraña, se encontró en un pasadizo largo apenas iluminado con unas velas. El suelo era blando, como de tierra, lo que le pareció muy agradable. Pero la oscuridad era más densa que nunca. Sin aquellas velas habría estado totalmente perdido.

De pronto oyó un cántico que procedía de algún punto por delante de él. Era un canto profundo, sombrío y misterioso: a veces triste, luego furioso, como de alguien a quien hubieran traicionado. Pero seguía siendo muy hermoso, a diferencia del guirigay que producía el desafinado coro del colegio y las ancianas de aquella iglesia a la que su madre lo había obligado a ir en una ocasión.

El pasadizo lo condujo hasta un bosque sumido en la noche, iluminado por unas velitas titilantes. Maximilian tenía la extraña sensación de que otros niños se sentirían aterrados en aquel lugar, pero él no. Le daba la impresión de que allí lo esperaba algo, aunque no tenía ni idea de qué podía ser. Algo había ocurrido antes —más o menos cuando había cogido la Pluma de Prescripciones— que lo había hecho sentirse distinto, casi como si hubiera vuelto a epifanizar. Y esta nueva sensación estaba en cierto modo relacionada con aquella otra.

Siguió caminando y no tardó en llegar a una casita de cuya chimenea salía una columna de humo que formaba espirales. Se encontraba en el meandro de un río estrecho y sinuoso. Un poco más allá, en la ribera, había un bote de remos amarrado a un embarcadero pequeño. Si quería seguir avanzando, tendría que cruzar aquel río. ¿Habría alguien en la casa que pudiera ayudarlo? Él no había remado en su vida, y no tenía sentido robar una barca si no sabía usarla.

De modo que decidió llamar a la puerta, pero no obtuvo respuesta. Probó de nuevo. Nada. Tal vez había llegado el momento de ir a buscar a Wolf. Era probable que él sí supiera remar y conducir el bote. Aunque primero tendría que despertarlo, y quién sabía lo que podía pasar. Maximilian llamó a la puerta otra vez, y otra, pero en la casita no parecía haber nadie, de manera que por primera vez volvió la vista hacia el camino por el que había llegado.

Todo había desaparecido.

No había camino, ni velas, ni nada visible en la oscuridad impenetrable. Maximilian llamó de nuevo, ahora desesperado.

—¡Vale, vale! —dijo una voz al otro lado—. Para el carro.

Cuando abrieron apareció un joven delgado de unos veinte años, vestido todo de negro, con unos tirantes negros sobre un jersey de cuello alto negro. También fumaba un cigarrillo fino y negro.

—«Solemne, el rollizo Buck Mulligan...» —dijo muy serio el joven. Y luego se echó a reír—. ¡Ja, ja, ja, ja!

Después fingió que iba a desmayarse.

—«Creo que murió por mí...»

Maximilian no entendía nada.

—Más vale que entres. Me llamo Yorick, como en «¡Ay, pobre Yorick!», etcétera, etcétera. Aunque me alegra decir que no tenemos relación alguna.

—¿William? —oyó que llamaba una voz de mujer en el interior de la casa—. ¿Es William? ¿Ha traído una piña?

Más allá de la puerta se veía un pasillo estrecho, más propio de un piso de ciudad. En la pared había un montón de pósteres y folletos que anunciaban bicicletas en venta, clubs de lectura de poesía, exposiciones de arte, así como a un grupo de apoyo existencialista —fuera lo que fuese eso—, e incluso a un hombre que prometía pegarse un tiro el 9 de septiembre si conseguía tener un público de nueve personas o más. También había un cartel de «SE BUSCA» de alguien llamado Woland.

Maximilian siguió a Yorick hacia el interior, pasó junto a un cochecito de niño y llegó al salón, en el que había siete personas —todas tan flacas como Yorick, todas vestidas de negro, todas fumando los mismos cigarrillos que él— y un gato persa azul.

El fuego ardía en una chimenea pequeña de ladrillo, y uno de los hombres arrojaba a las llamas, hoja por hoja, un manuscrito mientras mascullaba algo sobre el hecho de cumplir los treinta y que iba a ir a un triste hangar a quemar todo lo que quedara de su obra, que por lo visto no iba a ser mucho.

De pie, otros dos jóvenes se miraban con gesto serio. Uno le leía al otro:

—«Y para ambos estaba claro que hasta el final faltaba mucho, mucho, y que lo más complicado y difícil no había hecho más que empezar.»

Una de las mujeres escribía en un cuaderno y se puso a leer lo que en apariencia acababa de redactar:

—«Como de costumbre, no había en ella ni papel ni sobres. Sólo una hoja de papel secante increíblemente blanda y flácida, casi húmeda, como la lengua de un gatito muerto, cosa que desde luego nunca he tocado.»

Para Maximilian, aquello no tenía ni pies ni cabeza. Era como uno de esos chistes que a veces contaban los adultos y que se hacían demasiado largos.

Encima de la mesa, en el centro de la sala, había platos y ensaladeras con aceitunas, pepinillos, huevos duros, anchoas, *mousse* de pescado, bombones de café, pan de centeno, un queso apestoso, salchichas de hígado, riñones de cordero, caviar, ensalada de cilantro y una especie de flan blanco enorme y trémulo. A Maximilian se le revolvió el estómago con sólo ver todo aquello.

—¿Café? —le ofreció Yorick, sacando de pronto una tacita con un platillo.

—No me gusta mucho...

—... nada de esto —terminó la frase el joven—. Pues claro que no. ¿A qué niño le gustan las aceitunas y el café? ¿Hay algún chico que tolere las salchichas de hígado? Pero tienes que comértelo todo si quieres que Isabel te lleve al otro lado del río. Son las reglas, a mí no me mires.

—¿Tengo que comérmelo todo?

—Sí.

—¿Dónde estoy exactamente? —preguntó Maximilian, mareado ante la mera idea de comerse una sola cosa de aquella mesa.

—Estamos condenados a ser libres —declaró el hombre que había junto al fuego.

—Tómate el café —lo instó Yorick—. Antes de que oscurezca todavía más.

—Date prisa, querido William —dijo la mujer que debía de ser la tal Isabel—. Odio remar en la oscuridad. Aunque, claro, aquí siempre está oscuro.

—¿Por qué cree que me llamo William?

—Tómate el café y a lo mejor te lo cuenta mientras te ayuda a cruzar el río en el bote.

Maximilian cogió la tacita. El olor le resultaba un tanto desagradable, pero a los adultos les gustaba el café, ¿no? Y aquél parecía ser, de alguna manera, el café más cafetero del mundo. El niño cayó en la cuenta de que para un adulto al que le gustara el café, ése debía de ser una delicia. Era denso y negro, con una especie de crema pálida en la superficie de lo fuerte que era. La tacita también era negra, con una delicada asa de plata. Lo olfateó. Desprendía un olor adulto, oscuro y complicado, como el lugar al que por lo visto se dirigía. Lo olió una vez más y se lo bebió de golpe. Luego resultó que las aceitunas estaban bastante buenas. Eran negras, arrugadas y estaban muy muy saladas. Sin embargo, le dio la impresión de que pegaban después de aquel café. Casi le gustaron. Bueno, por lo menos no le parecieron asquerosas del todo y no vomitó. Maximilian miró el resto de los platos que había encima de la mesa. El truco, pensó, consistía en comérselos en el orden correcto. Equilibrar lo salado con algo dulce. Ahora que casi le gustaba el café, los bombones de café igual no estaban tan mal. Debería reservárselos para el final, para eliminar el sabor de todo lo demás. Así que volvió a acercarse a la mesa. Queso maloliente con pan de centeno. Sí, no era una mala combinación: lo amargo del pan mezclado con el sabor penetrante y acre del queso. Después de eso, la salchicha de hígado no resultó tan terrible. Y las anchoas habrían estado bien, de no ser por todas las espinitas que se vio obligado a masticar.

—¿Puedo tomar otro café? —le pidió a Yorick.

—Vaya, es la primera vez que alguien pide otra taza —contestó el joven, sirviéndole de nuevo—. De hecho, casi nadie ha logrado completar esta tarea. Claro que tampoco es que lo hayan intentado muchos, por... En fin, por razones obvias.

25

Aunque Maximilian no entendía lo que estaba haciendo, siguió comiendo de todos modos. El café hacía que el resto supiera mejor, de manera que continuó pidiendo tazas. Lo único que debía hacer era fingir que era un adulto —sí, tal vez como Henri, el amigo francés de su madre, con esa barba que olía a coles— e imaginar que le gustaban aquellos alimentos extraños. Caviar... Vale, eran huevas de pescado, pero algunos mayores pagaban mucho por ellas. Se lo comió a cucharadas e intentó disfrutar de los huevecillos negros que le explotaban en la boca como si fueran pequeños globos salados. Luego los riñones de cordero, que resultaban bastante dulces y cremosos si conseguías olvidarte de lo que eran.

Después de comerse todo lo salado, aún tenía por delante el enorme flan, pálido y viscoso, como la lengua del gatito muerto sobre la que la mujer del sofá no paraba de hablar (aunque la lengua era rosa y el flan era de un blanco como un fantasma). Después de todo aquello, los bombones de café le parecieron una auténtica delicia. Maximilian se los comió despacio.

—Bien, ¿puedo cruzar ya el río? —preguntó cuando hubo terminado.

La mujer que lo llamaba William se levantó de la silla y se desperezó.

—Dale el regalo al pobre Yorick —respondió—. Y podremos irnos.

—Sí, ya puedes darnos tu regalo —le dijo Yorick.

—¿Regalo? —saltó el niño—. ¡Venga ya! No habéis dicho nada de un regalo en ningún momento. He hecho lo que me habéis pedido, me he comido todo lo que había en la mesa. Ahora, por favor, ¿puede llevarme alguien al otro lado del río?

—No hasta que nos des el regalo.

—Pero ¡si no llevo nada! —exclamó Maximilian, cada vez más irritado.

—Sí que llevas. Llevas miles de regalos encima y nosotros sólo queremos uno.

El chico frunció el ceño. Tal vez no debería sorprenderlo que en un lugar como aquél las reglas cambiaran constantemente. Pero ¿a qué se referían? ¿Qué era lo que llevaba en tanta cantidad? ¿Bacterias? ¿Átomos? ¿Acaso querían que se sacudiera algunas células de piel o algo? ¿Que se arrancara pelos? Repasó mentalmente todo lo que habían dicho desde que había llegado. Aquella gente parloteaba como hacían los adultos cuando citaban las grandes obras de la literatura. Sí, igual que la profesora Beathag Hide, cuando había dicho «oh, Maximilian, Maximilian» antes de castigarlo. Así que tal vez eso era lo que podía darles: el verso de una gran obra o un poema o algo así. Tenía que ser peculiar o perturbador de alguna manera, pensó. Sin duda querrían el equivalente literario a los alimentos que le habían hecho comer. Y lo sabía, porque...

De pronto se dio cuenta de que parte de su mente, de la que no había sido consciente hasta ese momento, se estiraba y se metía en la de Yorick para explorarla, del mismo modo que uno rebuscaría algo en un cajón si acabara de allanar una casa ajena. Y entonces supo qué era lo que querían Yorick y los demás: algo como lo que había leído en aquel libro de su madre, el que leía todos los años cuando empezaba a acercarse su cumpleaños, aquel viejo volumen de tapa dura que parecía fuera de lugar entre todos

211

los títulos de medicina y las ediciones baratas de bolsillo que se llevaba cuando se iban de vacaciones.

Él había curioseado a menudo entre los libros de su madre y había memorizado fragmentos de casi todos ellos. No era quisquilloso; todos le resultaban interesantes. Aprendía cosas sobre enfermedades de lo más asquerosas o sobre los crueles rituales de cortejo de los famosos. Pero aquel volumen en concreto siempre le había resultado más difícil de entender. A pesar de todo, Maximilian se sabía varios fragmentos. Y algo de toda aquella situación le había recordado justo aquel libro, aunque no sabía qué.

Decidió seguir hurgando en la mente de Yorick. No tenía ni idea de cómo lo estaba haciendo, pero allí, en las profundidades de aquel bosque, dondequiera que estuviera, parecía tener más energía mágica que antes, cuando había intentado dominar la mente de Carl. Aunque, por supuesto, ahora no trataba de controlar la mente de Yorick, sino sólo de leerla. Maximilian recordó más fragmentos del libro de su madre. Había un gato que hablaba, y estaba el diablo, pero el diablo no era del todo malo y al final todos eran felices y comían perdices. Bueno, en cierto modo.

De pronto se encontró citando una parte del final de la historia que ni siquiera sabía que recordaba, pero que por lo visto le había gustado mucho.

—«¿No dirá que no le gustaría pasear con su amada bajo los cerezos en flor y por la tarde escuchar música de Schubert? ¿No le apetecería escribir con una pluma de ganso a la luz de las velas?»

Mientras Maximilian recitaba, una serenidad profunda se apoderó del rostro de Yorick.

—Has encontrado algo alegre —dijo, y sus labios empezaron a esbozar una leve sonrisa—. Has encontrado algo alegre que todos podemos aceptar. Un regalo especial, desde luego. Por eso te daremos mucho...

En ese momento, alguien empezó a aporrear la puerta. ¡Pompompom! Como aquello no cesaba, Yorick se apresuró a ir a abrir. Unos segundos más tarde, Leonard Levar irrumpía en el salón, con la barbilla temblorosa y los ojos echando chispas. Con el índice y el pulgar estiró de una oreja a Maximilian y se lo llevó a rastras por el pasillo y lo sacó de la casita de campo, que desapareció en un abrir y cerrar de ojos. Levar y Maximilian estaban ahora rodeados de una oscuridad casi absoluta.

—¡Ay! —protestó el niño—. Suélteme.

—Mira que eres estúpido.

Levar llevaba en la otra mano una vela en un candelabro de cristal.

—¿Qué demonios te crees que estás haciendo?

—Lo que yo esté haciendo no es asunto suyo.

Maximilian no podía zafarse de él.

—Claro que es asunto mío, puesto que has robado uno de mis libros y has entrado en él.

—Yo no he robado nada.

—Eres como yo, me di cuenta nada más verte, aunque también eres estúpido. Y ésa es una combinación terrible. No pienso permitir...

—Yo no me parezco a usted en nada.

—¿Ah, no? Pues entonces sí que es curioso que ahora te encuentres en el trillado camino hacia el País de las Hadas, un lugar al que por lo general sólo pueden ir los magos oscuros.

El chico logró por fin sacarse a Levar de encima y alejarse un paso. Luego dos. ¿Un mago oscuro? ¿Él, Maximilian Underwood? No. No podía ser cierto.

—O el Inframundo —prosiguió Levar—, o como quieras llamarlo. El lugar es el mismo.

—Yo soy erudito —declaró Maximilian.

—Ah, sí. Erudito. Es tu habilidad secundaria, como la mía. Lo llaman tu «arte», pero es como un pasatiempo. Tu auténtica naturaleza, tu *kharakter*, está grabada a fuego en tu alma. Y tú eres un mago, niño, tal vez incluso uno poderoso. —Levar permaneció en silencio un momento—. Ahora mismo puedo oler en ti la magia oscura. Sí... —Olfateó el aire—. Manzanas caramelizadas, óxido y humo... Peculiar, pero inconfundible. Nunca he aceptado a un aprendiz —prosiguió—, pero tal vez haya llegado la hora. Vuelve conmigo. Puedo hacerte muy poderoso.

—Jamás iría a ninguna parte con usted.

—Vaya, ¿en serio?

Maximilian notó una punzada extraña y, por un instante, se imaginó como aprendiz de Levar. Vio una casa de ciudad, oscura pero cómoda, llena de artefactos hermosos y reliquias antiguas. Oyó una complicada melodía de piano que salía de un tocadiscos viejo. Visualizó una sala llena de tarros de cristal con polvos y líquidos interesantes, porque no tenía ni idea de que los magos, en realidad, no utilizan esas cosas. Luego vio una habitación tras otra abarrotada de libros raros que podría estudiar siempre que quisiera. Vio a la profesora Beathag Hide, al entrenador Bruce y al señor Peters, y a otras tantas personas que últimamente se habían portado mal con él, todas encerradas en su propia cámara privada de tortura. El entrenador Bruce estaba atado a una especie de potro medieval. Maximilian se le acercó muy despacio y giró la palanca de madera que...

—¡Pare! —le dijo a Levar—. Lo que quiera que me esté haciendo en la mente, ¡pare!

Tuvo la misma sensación que había experimentado hacía un rato: el monumento se le caía encima, aunque en realidad se trataba sólo de su imaginación. La fantasía desapareció. De alguna forma, había sabido resistirse a la magia de Levar.

—No tengo ni idea de cómo te las apañas para bloquearme, niño —dijo el librero—, pero con eso sólo consigues parecerme más interesante. Únete a mí. Sé lo mucho que deseas lo que sólo yo puedo darte.

—¿Por qué pretende que me una a usted? —preguntó Maximilian con suspicacia—. ¿Y por qué iba a ayudarme, cuando lo único que quiere son los libros? No tiene sentido. Hace nada su intención era matarme, ¿por qué iba a querer rescatarme ahora? Y si este Inframundo es tan peligroso, ¿por qué no me deja aquí? Estaban a punto de ayudarme a cruzar el río, ¿por qué no me ha dejado ir?

Levar no dijo nada.

—Es algo que tiene que ver con los libros —adivinó Maximilian—. Pero ¿de qué se trata?

—Lo sabes perfectamente. No puedes ser tan necio como para no comprender el poder del libro en el que te has metido y lo que significa leerlo por última vez. Aunque, por otra parte, tal vez sí seas tan necio como pensaba... ¿Qué crees que le pasaría a un neófito que intentara controlar el Inframundo? Cruzarías ese río y entrarías en una telaraña de oscuridad de la que jamás regresarías. Te pasarías perdido y confundido toda la eternidad. De hecho, te estoy salvando.

—Usted no me está salvando de nada. De todas formas, prefiero estar perdido en el Inframundo antes que muerto. No. Creo que sí lo entiendo... —susurró Maximilian—. Es usted el que quiere controlar el Inframundo, y lo que yo estoy haciendo, sea lo que sea, le está desbaratando los planes.

—Sabes muy bien que te encuentras dentro del libro —contestó Levar—. Y que al otro lado del río está el personaje al que liberarás para ocupar su lugar. Hace ya mucho tiempo, muchísimo, que ando detrás de ese título, y seré yo, no tú, su Último Lector. Está claro que el universo todavía no se ha decidido. Por eso estamos aquí los dos, en el mismo camino, en suspenso, como el gato de Schrödinger... —Levar comenzó entonces a hablar en un lenguaje científico incomprensible que provocó a Maximilian cierto sopor.

—Ven conmigo, jovencito. Te daré las gafas. Y tu propio y hermoso athame. Te formaré como aprendiz, tal como te he dicho. Te enseñaré a ser un devorador de libros auténtico y sibarita. Pero tendrás que empezar con volúmenes más sencillos. Con una buena historia policíaca. O con algo romántico. ¿Te gustaría volar, chico? Hay libros que te permitirán volar. ¿Te gustaría gobernar extensos territorios? Harías magia mucho más poderosa de lo que ahora puedes imaginar. Sólo tienes que venir conmigo. Verás maravillas, serás rico, conocerás mucha belleza...

Maximilian no se había percatado de que, mientras el librero hablaba, lo iba conduciendo poco a poco hacia el pasadizo por el que había entrado en aquel mundo. Y de repente, casi sin darse cuenta, se vio de nuevo en la cámara subterránea y a Levar con el libro encuadernado en tela azul que él había elegido: *Más allá del gran bosque.* El muchacho anhelaba volver a entrar en el libro. Estaba desesperado por saber qué había al otro lado del río. Por muy oscuro y desconcertante que fuera, tenía la impresión de que sería importante y valdría la pena. Pero ahora el anticuario le había arrebatado el volumen y él se sentía perdido y triste, como si hubiera fracasado de la forma más espantosa.

Esta vez, el librero duplicó el hechizo de inconsciencia y el monumento se le derrumbó encima de verdad. Maximilian cayó dormido junto a Wolf, y soñó con un río muy largo y ancho que no podía atravesar por más que lo intentara. Al otro lado, aguardando con paciencia su oportunidad para regresar al Veromundo, había un hombre al que Maximilian estaba seguro de que conocía.

26

La habitación de Effie en la Casa Truelove olía a ropa limpia y a madera añeja. La cama era grande, estaba vestida con sábanas de rayas azules y blancas, y el papel de las paredes era azul claro, con dibujos de pájaros y estrellas plateadas. No había señal alguna de que contaran con electricidad. La lámpara que había encima de la mesa de madera clara era preciosa: una vela blanca recién estrenada en un candelero de bronce muy decorado con una cúpula de cristal. Al lado, una jarrita de cerámica llena de plumas, un tintero y un fajo de papel de escribir azul claro. El silencio que reinaba en la estancia era muy peculiar, muy distinto de la quietud escalofriante de los Toques de Sombra de su mundo. Aquel nuevo silencio parecía amortiguar el resto de los sonidos: el trino de los pájaros, el zumbido de los insectos de verano y, no muy lejos, los chasquidos de los mazos de cróquet al golpear las bolas y el tintineo de los cubitos de hielo en los vasos. En el Veromundo se oía un zumbido constante de máquinas y coches por debajo de cualquier otro sonido. Ahí no se oía nada.

Effie se fijó en la caja cuadrada y turquesa que Clothilde le había dado. «BOMBONES DE CUATROFLORES», rezaba, con letras de pan de oro sobre papel metalizado de color rosa. Desató la cinta y al retirar la tapa vio tres capas de papel de seda en tono malva. En el fondo había seis bombones, todos redondos y negros, con un pétalo de azúcar de color turquesa encima. Effie cogió uno. Era curioso lo mucho que pesaba. Dio un mordisco al denso chocolate negro, que produjo un chasquido. Estaba relleno de una crema blanca que sabía a flores dulces; unas flores que no existían en el Veromundo. Estaba delicioso.

A continuación, se quitó los botines de tachuelas y se tumbó en la cama, pero no tenía nada de sueño, de modo que se puso a dar vueltas al anillo en el pulgar. ¿Sería ahora también una auténtica heroína en la vida real, o sólo dentro de aquella historia? Rollo le había dicho que de no haber sido una auténtica heroína, no habría llegado hasta el final, pero... ¿Qué significaba eso? Effie se estremeció al pensar en los otros finales que podría haber tenido aquella historia. Podría haberse quedado atrapada en el libro para siempre, o peor aún, podría habérsela comido el dragón.

Se incorporó y se levantó de la cama. Se sentía inquieta. A lo mejor a sus primos no les importaba que explorase un poco la casa, tal vez incluso podría bajar a por un vaso de agua. Todavía hacía bastante calor, y el tintineo de los cubitos de hielo en los vasos le estaba dando sed.

Su habitación era una de las que rodeaban una especie de galería desde la que se veía la escalinata que bajaba hasta la entrada. El salón estaba a la derecha, pero Effie no tenía ni idea de si había otras habitaciones allí ni de cómo serían. ¿Cuántas plantas tenía aquella casa? Había más escaleras al fondo de la galería, a la izquierda del cuarto de Effie, que llevaban a un rellano más pequeño, y allí empezaba una más estrecha y de caracol con una alfombra morada gastada y flanqueada por paredes empapeladas con un diseño de lunas doradas ya desvaídas.

La escalera de caracol parecía no tener fin. Subía y subía, dando vueltas y más vueltas... Effie cayó en la cuenta de que probablemente estaba en una de las torres circulares que había visto desde el jardín. Al final de la escalera encontró una puerta de madera en arco con elaboradas tallas de plantas y animales. Algo la impulsó a llamar. Y al ver que no le contestaban, insistió con más fuerza.

—Bueno, bueno —respondió una voz huraña al otro lado—. Ya voy.

La puerta se abrió y allí, ante ella, apareció —Effie ahogó una exclamación— ¡su abuelo!

—Abuelo... —comenzó, con un nudo en la garganta.

—Calla, chiquilla...

Effie se arrojó a sus brazos, y el hombre le acarició la cabeza para calmarla.

—Bueno, bueno, tranquila. Aquí estás a salvo. El anciano sacó de sus largos ropajes púrpura un pañuelo muy blanco, como si esperase que ella fuera a echarse a llorar. Pero Effie se contuvo.

—¿Abuelo? —repitió.

—No, chiquilla, no. Soy su primo. Me llamo Cosmo Truelove. Y supongo que tú eres la famosa Euphemia. Me han dicho que has vivido toda una aventura para llegar hasta aquí. Clothilde me lo ha contado todo. Pasa, pasa y siéntate.

Cosmo Truelove se parecía mucho al abuelo de Effie, pero en versión aumentada, como suele decirse. De hecho, si Griffin Truelove se hubiera dejado la barba treinta centímetros más larga, sus cejas abultaran el doble, tuviera el triple de arrugas, un bigote cuatro veces más grande, y se hubiese pintado las uñas de color plata y luego se hubiera puesto ropa de mago, habrían sido como dos gotas de agua. A aquel anciano los ropajes le quedaban un poco grandes, o igual es que llevaba demasiados, porque en él parecía haber un sesenta por ciento de envoltura de tela y un cuarenta por ciento de hombre. Usaba un gorro gris puntiagudo que, como todos los gorros de mago, tenía un estampado de estrellas plateadas y medias lunas doradas. Sus ojos eran del verde más brillante que Effie hubiera visto, y relucían en su rostro como dos esmeraldas a la luz de la luna.

—Bueno, pasa —repitió—. Siéntate.

La sala circular estaba forrada casi por completo de estanterías, que sólo interrumpía una chimenea negra de hierro forjado, con dos butacas y una mecedora delante. En el centro había un escritorio y una silla de madera de aspecto muy antiguo, y sobre la mesa descansaba un libro abierto enorme que parecía una especie de atlas. Un gato negro dormía en la mecedora, de modo que Cosmo señaló a Effie una de las butacas, y él tomó asiento en la otra.

—Agua, querido universo —pidió en voz baja.

Y un vaso de agua apareció encima de la mesa junto a Effie.

—Has dicho que tenías sed —explicó Cosmo.

—Ah... Creo que sólo lo he pensado, pero, bueno, gracias...

—Ay, vaya. Perdóname por leerte el pensamiento. Ha sido una invasión de tu intimidad en toda regla.

Effie no sabía qué decir. Aquel hombre no sólo iba vestido como un mago, sino que por lo visto era uno de verdad. A pesar de haberse pasado tantos años pidiéndoselo a su abuelo, Effie nunca había visto nada de magia, y menos igual que ahora, justo delante de sus narices, como si nada. Alcanzó el vaso de agua y bebió un sorbo. Era, era...

—Gaseosa de limón —dijo—. Bueno, gaseosa sin gas. Gracias.

—Pero ¡si yo he pedido agua! Ay, vaya. Bueno, da igual. Son cosas que pasan, ya te acostumbrarás. He dicho «agua», aunque habré pensado «gaseosa de limón». Hoy hace un día como muy gaseoso, eso probablemente lo explica. Incluso es posible que, de hecho, me apetezca un refresco de limón, y por eso... Refresco de limón, querido universo —musitó.

De pronto apareció una jarra de loza con un líquido tan efervescente que incluso chisporroteaba.

Las burbujas brincaban y explotaban como si estuvieran locas de alegría y deseando hacer ejercicio.

—Huy, pues sí que estaba pensando en gaseosa —dijo Cosmo—. ¿Quieres un poco? Me temo que lo que te he pedido a ti no es ni chicha ni limonada.

Cosmo hizo un gesto rápido con la mano, y el vaso de limonada de Effie desapareció. En su lugar, le sirvió uno de la gaseosa más burbujeante, refrescante y deliciosa que la niña había probado en su vida.

—Así está mejor —concluyó Cosmo—. A ver. Has llamado a mi puerta, lo que significa que debes de tener algunas preguntas. La gente que no se pregunta nada no anda por ahí llamando a las puertas de los extraños. Effie no sabía por dónde empezar. Acudieron a su mente miles de cosas que quería saber, tanto sobre su abuelo como sobre sus aventuras recientes o sobre lo de ser una auténtica heroína. Sin embargo, una pregunta fue apartando calladamente a las demás, hasta situarse justo en el centro de su mente.

—¿Qué le pasó a mi madre?

Se le saltaron las lágrimas al acordarse de ella bailando en la cocina con su padre, o charlando feliz con su abuelo. Effie imaginaba que su madre habría ido también al Altermundo y que, sin duda, había sido mágica, pero ¿qué había salido mal?

Cosmo no dijo nada.

—¿Vino aquí la noche del Gran Temblor? —insistió Effie—. ¿Es que se perdió? Mi padre dice ahora que está muerta, pero al principio decía que se había fugado. Luego oí que se lo contaba a mi abuelo. Yo sólo quiero saber la verdad. ¿Sigue viva? Y si no es así... ¿qué le pasó?

Se produjo un largo silencio. Cosmo parpadeó y frunció el ceño.

—Bueno, debería haberme imaginado que plantearías primero la pregunta más difícil. —El viejo archimago juntó las yemas de los dedos, mientras los presionaba, formando una especie de triángulo con las manos, y suspiró—. Por desgracia, es a lo único que no puedo contestar. Y tampoco puedo explicarte por qué. No de momento. Con el tiempo tal vez.

Effie se enjugó una lágrima que le surcaba la mejilla.

—Venga, venga, chiquilla. —Cosmo volvió a ofrecerle el pañuelo—. Ten fe. Sabrás todo cuanto necesites saber, pero en su momento. Ahora mismo hay asuntos más urgentes. Tenemos que buscar a Griffin, que anda por ahí, en alguna parte. Los diberi seguro que se han fortalecido después del ataque que llevaron a cabo contra él. Y me han contado que también tienen sus libros. Si no lo impedimos, podrían extraer de ellos un gran poder, incluso podrían ser capaces de lanzar una ofensiva aquí, contra nuestra casa. Tal vez ya lo sepas, pero los miembros de la Casa Truelove somos los guardianes de una gran biblioteca que debe ser protegida a toda costa. Los Truelove siempre hemos protegido y mantenido esta biblioteca, y con el tiempo aprenderás a ayudarnos. Sin embargo, antes de eso tienes que volver y recuperar los libros de tu abuelo. No son tan importantes como los que hay aquí, por supuesto, pero constituyen una fuente potencial de poder para los diberi. Ojalá no fuera así. Eres demasiado pequeña para involucrarte en todo esto... Aunque, cuando los libros estén a salvo, quedarás fuera de peligro. Al menos por un tiempo.

—¿Mi abuelo sigue vivo? —preguntó Effie.

—No lo sabemos con seguridad —contestó Cosmo—. Según lo que les has contado a los otros, parece ser que encontró a un cirujano mágico que se prestó a ayudarlo a pasar al otro lado para siempre. Pero tememos que, aunque tal vez haya logrado llegar hasta aquí, pueda estar a miles de lunas de distancia.

—¿Lunas?

—Sí, días de viaje. Tu abuelo podría estar por las llanuras, a salvo quizá, pero sólo es posible que tarde cientos de años en presentarse ante nosotros. El mundo es muy grande, y resulta muy difícil llegar hasta aquí. Es algo deliberado, porque debemos mantener oculta la Gran Biblioteca.

—Pero, para entonces, ¿no estará todo el mundo...? Vaya, que dentro de cien años...

—Ah, ¿si estaremos todos muertos, quieres decir? No, chiquilla. Aquí intentamos no morirnos.

—Entonces... sois... —Effie no recordaba siquiera la palabra.

—¿Inmortales? No, no del todo. Pero sí que vivimos mucho tiempo. Lo peor que puede pasar si morimos aquí es que tengamos que empezar de nuevo en tu mundo. Aunque tratamos de evitarlo, porque significa volver a ser bebés, aprenderlo todo de cero e intentar acordarnos de que nuestro mundo es éste. El camino de vuelta es muy largo.

—¿Y yo he vuelto? —quiso saber Effie.

Cosmo frunció el ceño.

—¿A qué te refieres?

—Pues a lo que acabas de decir... A lo mejor empecé aquí y acabé en el Veromundo por accidente. Es que siento que mi lugar es éste, mucho más que el otro lado.

El anciano negó con la cabeza.

—Tu espíritu no se originó aquí. Pero eres una viajera, lo que significa que puedes pasar tiempo en ambos mundos. Y el tuyo es un *kharakter* muy especial. Sería de lo más interesante averiguar tu arte y tu matiz, y descubrir cómo interpretarlos. Pero tu verdadero hogar es el Veromundo. Por lo menos de momento.

—Pues ojalá no lo fuera —se lamentó Effie—. Yo quiero ser de aquí.

Sólo llevaba en aquella casa unas cuantas horas, pero se moría por quedarse. Quería permanecer allí, aprender a hacer magia y ayudar a sus primos y a Cosmo. Quería sentarse al sol y sentir que la gente que la rodeaba la quería de verdad.

Cosmo asintió con una expresión inteligente y suspiró.

—Lo entiendo, pero la mayoría de los viajeros de tu mundo sencillamente no tienen suficiente fuerza vital almacenada para quedarse aquí mucho tiempo. Vuestro problema, el problema de los isleños, es que no acumuláis fuerza vital con tanta facilidad como nosotros. Aunque es algo que podéis mejorar, claro. Y con el Anillo del Auténtico Héroe...

—¿Mi anillo? —dijo Effie, mirándolo.

—Tu abuelo se dio cuenta de que eras una auténtica heroína. Hacía mucho tiempo que no teníamos ninguna. Y también supo encontrar el anillo... Creo que te ayudará a generar y almacenar fuerza vital, pero tendrás que averiguar cómo. Las complejidades de un adminículo sólo se aprenden utilizándolo.

—Si consigo suficiente fuerza vital, ¿podré quedarme aquí para siempre?

Cosmo sonrió.

—Nadie se queda en ningún sitio para siempre. Aun así, en cuanto consigas poner a buen recaudo los libros de tu abuelo, podrás encontrar la forma de generar bastante fuerza vital para visitarnos con regularidad.

De pronto se oyó un fuerte maullido que procedía de la mecedora. El gato negro se levantó, se desperezó, se sacudió, maulló de nuevo, bajó al suelo de un brinco y, con otro pequeño salto, se subió al regazo de Effie. Tras dar unas cinco vueltas hacia un lado y cinco más hacia el otro, se acomodó sobre ella ronroneando como un tractor. Claro que probablemente allí no tenían tractores. Lo más seguro es que arasen los campos e hiciesen todo lo demás a base de magia, como había dicho Lexy.

—*Cara de Luna* está de acuerdo —dijo Cosmo—. Desde que supimos que habías nacido y que mostrabas... en fin, los signos correctos, todos hemos estado muy ilusionados contigo. Sin embargo, Griffin no hacía más que repetirnos que tuviéramos paciencia, que todavía no estabas lista. Y luego... Bueno, aquí estás. Seguro que tienes más dudas, pero debemos ir con cuidado para no saturarte. Puedes preguntarme una cosa más, y luego es importante que descanses un poco antes de la merienda.

Effie acarició al gato. Las preguntas se le acumulaban en la mente.

—¿Qué es la Gran Escisión? —se decidió por fin.

—Ajá. Buena elección.

Cosmo bebió de la gaseosa de limón. Algunas burbujas se le pegaron a la barba, y allí se quedaron chispeando y explotando un ratito.

—Pues, verás, hace mucho tiempo, nuestros dos mundos eran uno solo. Las criaturas mágicas poblaban la Tierra, que por aquel entonces era bastante plana. La Tierra era plana porque era infinita... Bueno, casi infinita, pero ahora no vamos a entrar en eso. El caso es que había magia y aventuras y, en fin, supongo que todo era muy parecido a como es ahora este mundo, aunque con la semilla del tuyo en su interior. Nunca es fácil comprender bien la historia, en primer lugar porque normalmente la escriben los vencedores... Y en segundo lugar porque los que están en el poder mienten con frecuencia. Y luego están los diberi, que deben de haber ocultado volúmenes enteros de sabiduría popular...

—¿Quiénes son los diberi?

—Un grupo muy poderoso de magos oscuros, eruditos y alquimistas. Son muy muy peligrosos. Están en contra de todo lo que nosotros defendemos. Bueno, excepto de la magia, claro. La magia sí la quieren, por el poder que les otorga. Algunos creen incluso que los diberi fueron los responsables de la Gran Escisión, aunque cuesta imaginarlo. Ningún mortal habría tenido el poder suficiente para provocar una cosa así.

—¿Qué fue lo que pasó?

—Pues que la Tierra, la Tierra original, se escindió en dos mundos. No se sabe exactamente cuándo, pero, por lo visto, las grietas llevaban mucho tiempo formándose. La ciencia contra la magia, la tecnología contra las religiones antiguas, el dinero contra la bondad. Cuando un mundo contiene dos puntos de vista tan férreos y contrapuestos, al final se crea demasiada tensión y se divide en dos dimensiones. Eso es lo que pasó. Uno de los mundos, el tuyo, se enroscó hasta hacerse una bola, como si se tratara de una cochinilla galáctica. El nuestro se mantuvo plano. Bueno, más o menos plano... Hay quien opina que esto sucedió hace tan sólo unos cientos de años, mientras que otros piensan que fue hace milenios. Sea como sea, el resultado es que ahora tenemos lo que llamamos «la isla», o sea, vuestro mundo, y «el continente», que es donde estamos nosotros. Lo que llamáis el Veromundo y el Altermundo. Uno es un mundo de realidad y hechos puros y duros; el otro es todo magia y aventura.

—Yo quiero quedarme en este mundo —insistió Effie.

—Espera a ver un poco más —le aconsejó Cosmo—. A mí me gusta, aunque tiene sus defectos.

—Pero aquí se puede hacer magia. Magia de verdad.

Cosmo soltó una risita.

—En tu mundo también se puede hacer magia. Te concedo que es un poco distinta y que la energía mágica tiende a ser atraída hacia nuestro mundo, pero según tengo entendido, en el Veromundo todavía hay mucha gente capaz de comunicarse con los animales, por ejemplo. Y los deportistas utilizan la magia a todas horas, por lo que me han dicho. Los escritores y otros bardos emplean una magia muy antigua. Y creo que también tenéis cierta clase de maestros sanadores que curan a gente muy enferma sólo con palabras. Si eso no es magia, no sé qué lo es —dijo Cosmo, antes de terminarse el refresco—. Y ahora debes ir a descansar antes de merendar.

—Pero...

—Por favor, chiquilla.

—Pero cuando has dicho que los diberi...

—Ya hablaremos de eso más tarde. Ve a descansar.

27

De vuelta en su habitación, Effie se tumbó en la cama y empezó a pensar en todo lo que había averiguado hasta el momento. Tenía que regresar y recuperar los libros de su abuelo, eso estaba claro. Pero la mera idea de abandonar aquel mundo tan mágico y hermoso le parecía odiosa. Por suerte, allí las horas y los días transcurrían mucho más deprisa que en el Veromundo, lo cual significaba que, cuando volviera, apenas habría perdido tiempo.

Poco después, sonó una campanilla que anunciaba la merienda. Effie bajó y se dirigió a un gran invernadero lleno de estatuas de piedra y plantas muy verdes y frondosas. Sus puertas abiertas daban a un jardín rodeado por una tapia. En el césped había varias mesas montadas sobre unos caballetes de madera llenas de tartas espléndidas y teteras de aspecto delicado, platos de porcelana, tazas y platillos.

Clothilde estaba sentada al sol, y sus ojos brillaban rebosantes de bondad e inteligencia. A Rollo se lo veía algo más serio; al parecer, estaba diciendo algo de gran importancia, pero Clothilde apenas le prestaba atención. Con ellos había otra persona a la que Effie aún no conocía: un hombre de piernas largas, con unos zapatos negros de punta que parecían a un tiempo muy viejos y muy nuevos, quizá debido a las numerosas veces que les habría sacado brillo. Lucía una barbita pelirroja muy bien arreglada, que brotaba con delicadeza en la parte inferior de la cara, como si educadamente hiciera caso omiso del desastre de greñas rubias rojizas que tenía por pelo. Llevaba unas gafas de carey, de aspecto bastante normal, y un traje de un vistoso color cereza, que resultaba muy peculiar.

—Ah, Effie —dijo Clothilde—. Ven, acércate. Él es Pelham Longfellow.

El hombre del traje cereza se levantó e hizo una reverencia.

—Un placer —dijo, y estrechó con mucha solemnidad la mano de la niña—. He oído hablar mucho de ti. Y tengo entendido que has vivido toda una aventura para venir hasta esta casa. Según me han dicho, has llegado hasta nosotros a través de un libro.

—Sí. *El Valle del Dragón*. Era...

—Pero ¿ya no tienes el codicilo?

—Pues no. Bueno, la verdad es que no llegué a...

—Es una lástima. Era deseo de tu abuelo que heredaras todas sus posesiones mágicas, la mayoría de las cuales parece ser que ya se te han entregado, aunque los libros hayan caído temporalmente en manos de los diberi. Debemos hacer algo al respecto. Pero no me imagino qué diablos pretendía al añadir un codicilo. Lamento profundamente —continuó Pelham Longfellow subiéndose las gafas— no haber intuido que estaba tan malherido... Ni siquiera debía de quedarle bastante fuerza vital como para llamarme, pobre Griffin. No logro imaginar qué sucedió esos últimos días, y tampoco qué es lo que quería dejarte. A menos...

—¿A menos qué? —preguntó Effie.

—Allí en la isla... es decir, en el Veromundo, hay algo reservado para ti, para cuando cumplas la mayoría de edad. No sé si...

—¿Si qué?

Pelham Longfellow frunció el ceño.

—Sí —dijo con voz queda, en parte para sus adentros, pero también dirigiéndose a Rollo—. A lo mejor quería que la niña lo tuviera ahora, si debía venir aquí y ocupar su lugar en la familia antes de tiempo...

—¿De qué se trata? —preguntó Effie.

—De un gran adminículo. No puedo decir más sin el codicilo. Sea como sea, ya posees varios adminículos, según tengo entendido. Las Gafas del Conocimiento, por ejemplo. El Anillo del Auténtico Héroe.

—Sí.

—La tarjeta de citación que conseguiste al terminar *El Valle del Dragón* también es un adminículo, uno muy raro y especial. Asegúrate de no perderla. Es lo que te permitirá volver aquí siempre que quieras.

A Effie le dio un vuelco el corazón.

—¿Y cómo funciona?

—Ah, es muy fácil, sólo tienes que sacarla cuando quieras venir. La tarjeta abrirá un portal allí donde estés, y deberías ser transportada sin más. Aunque tienes que asegurarte de que no te vea nadie, si no quieres buscarte problemas con el Gremio. Y procura también darte bastante tiempo y reservar energía para salir de nuevo. —Pelham Longfellow se rascó la cabeza—. Después de merendar, te enseñaré cómo regresar al Veromundo. Y te aconsejo encarecidamente que nunca entres en el Altermundo por una vía distinta a la de la tarjeta de citación. Sólo debes venir aquí, al Valle del Dragón, para ayudar con la biblioteca y esas cosas. No intentes irte de aventura por las llanuras. Si lo haces, y luego todo acaba espantosamente mal, no me vengas con lloriqueos.

—Vale —contestó Effie.

—A menos que se trate de una emergencia —añadió Pelham—. Yo siempre ayudaré a un Truelove.

Mientras mantenían esta conversación, Clothilde y Rollo habían dispuesto los dulces en varios platos: una tarta Victoria en miniatura, rellena de nata y de una mermelada roja oscura, pasteles de chocolate cubiertos de glaseado de chocolate y unos bizcochos diminutos de limón rellenos de nata con una capa gruesa de glaseado también de limón.

—Y, por supuesto —se oyó otra voz—, tienes que destruir el libro.

—Tío Cosmo... —dijo Clothilde—. Qué bien que vengas a merendar con nosotros.

—Cosmo —saludó Pelham Longfellow, y le tendió la mano—. Bendiciones.

—Bendiciones para ti, joven Pelham. ¿Qué tal la nueva vida en el extranjero?

—Lo que más me disgusta es el aire —contestó el abogado—. La comida es rara, aunque también una manera conveniente de obtener energía, supongo. La gente se vuelve loca cuando haces magia, y entonces tienes que hacer más magia para que no llamen a la policía o, lo que es peor, al Gremio. Pero es que resulta muy difícil mantener la fuerza vital al ralentí, por así decirlo. Aunque me las apaño.

Clothilde le pasó a Effie un plato en el que había puesto un pastel de cada clase, junto con una preciosa taza de té.

—Pelham ha aceptado un trabajo en la isla —explicó—. En tu mundo.

A Effie no le gustaba oír que el Veromundo era su mundo. Deseaba con todas sus fuerzas vivir para siempre en el lugar en el que se encontraba en ese momento, quería que ése fuera su mundo. Y ojalá dejaran de traducirle las cosas continuamente. En su mente ya pensaba en el Veromundo como la isla, justo como lo haría un auténtico altermundi o continental.

—La mayoría de los altermundi no pueden viajar entre los mundos —comentó Cosmo—. No tenemos manera de convertir la fuerza vital en el tipo de energía que utilizáis vosotros. Pero, por lo visto, Pelham sí tiene esa capacidad. De modo que ahora es un abogado itinerante. Gestiona propiedades que están a caballo entre un mundo y otro, y además realiza algunas investigaciones, según creo...

—Trato sobre todo con adminículos que han sido introducidos de contrabando en la isla —explicó Pelham—, reclamaciones de propiedades, testamentos y esas cosas. Y también con algún que otro caso aislado de asesinato, cuando alguien decide que no puede vivir sin la Espada de Agua Clara de su vecino, por ejemplo. El Gremio me tolera sólo porque he prometido intentar traer de vuelta al continente todos los adminículos y ayudar a cerrar los portales. Hay un caos considerable desde que se produjo el Gran Temblor.

—Aun así, en lo de cerrar los portales no se esfuerza demasiado —apuntó Clothilde.

—Bueno, supongo que es cierto —admitió Pelham—. Aunque, para ser sincero, si pudiéramos cerrar por completo este mundo, los diberi ya no podrían echarle el guante a la Gran Biblioteca.

—Seguro que acabarían encontrando la forma de hacerlo —afirmó Clothilde.

—¿Para qué quieren la Gran Biblioteca? —preguntó Effie.

—Huy, es una historia muy larga, chiquilla —contestó Cosmo—. Ya te lo contaremos todo cuando vuelvas. Pero baste decir que, cuanto más raro es un libro, más lo desean los diberi, y la biblioteca que tenemos aquí alberga los libros más raros del universo. Nuestra labor es protegerlos. Como ya te he dicho antes, los Truelove siempre han sido los Guardianes de la Gran Biblioteca.

Cosmo se levantó y alargó el brazo hacia una gran tetera amarilla. Por unos instantes, todo el mundo se quedó callado, y Effie volvió a oír aquel silencio extraño y hermoso que flotaba con suavidad por el jardín y el bosque de más allá.

—Bueno —dijo el anciano—, hemos sabido que Griffin dejó una especie de codicilo que, al parecer, fue destruido. Es una lástima. Con todos los diberi en su mundo, la chiquilla puede que necesite...

—El testamento original nos prohíbe decirle cuál es el adminículo —lo interrumpió Pelham.

—Claro. Sin embargo, si el codicilo ha sido efectivamente destruido, entonces...

Pelham olfateó el aire.

—El original sí. Pero puedo oler una copia.

Cosmo se echó a reír.

—¿Desde aquí? Eres todo un genio, no hay duda. Estabas muy desaprovechado en el continente.

Pelham esbozó una sonrisa burlona.

—Eso pensé yo siempre.

—Entonces la chiquilla debe encontrar la copia del codicilo —prosiguió Cosmo, mirando a Effie—. ¿Podemos ayudarla de alguna manera?

Pelham negó con la cabeza.

—Creo que no —respondió—. Bueno, tengo que tomar mucha más tarta antes de volver. Me temo que el restaurante de Londres donde suelo cenar no abre esta noche.

Clothilde puso tres trozos más de tarta en el plato de Pelham. Effie advirtió que la mano le temblaba un poco mientras le servía otra taza de té. No se miraron a los ojos ni una sola vez, pero sus dedos se rozaron levemente cuando ella le pasó la taza por encima del platillo. Clothilde se sonrojó y se retiró para llenar de nuevo la tetera grande.

—Bien —dijo Pelham de pronto, una vez que se terminó todos los dulces y la última taza de té—. Ya podéis empezar a despediros. Debemos irnos cuanto antes.

Effie no quería marcharse. Quería preguntarles muchas cosas y, después de preguntarlas todas, tumbarse en la hierba y mirar aquel cielo azul infinito. Le encantaría quedarse allí para siempre. El aire olía a flores, y se percibía el zumbido suave de los abejorros tomando néctar. Al otro lado del jardín estaba todo dispuesto para quien quisiera jugar al cróquet. Y hacía un rato, desde la ventana de su habitación, había visto una piscina de un nítido color azul. Lo que daría por bañarse en ese momento, echar una partida de cróquet (no es que supiera jugar, pero estaba segura de que aprendería rápido), y luego...

—¿Effie? —dijo Clothilde—. ¿Has oído a Cosmo?

—Huy, no. Creo que estaba soñando despierta.

—Tienes que destruir el libro —repitió Cosmo.

—¿Qué libro?

—*El Valle del Dragón.*

—Pero ¿por qué?

De pronto, a Effie le entraron ganas de llorar, aunque no sabía muy bien el motivo. La idea de volver a su mundo y tener que destruir el libro que la había llevado hasta allí le parecía horrible. Adoraba los libros, y su abuelo le había enseñado que había que tenerles siempre el máximo respeto. No podía imaginarse destruyendo algo tan preciado.

—Es para asegurarnos de que sigues siendo su Última Lectora —explicó Clothilde—. Tal vez te hayas preguntado cómo es que tu abuelo sabía que serías la última persona que leería *El Valle del Dragón*. Pues bien, lo sabía porque confiaba en que terminarías el libro y llegarías hasta aquí, y en que nosotros te explicaríamos lo que debías hacer. Si destruyes el libro después de leerlo, te aseguras de que eres su Última Lectora, y de que entonces recibirás cualquiera de los adminículos, honores o recompensas que encierre en su interior.

—En este caso, una tarjeta de citación muy especial —comentó Pelham.

—Pero si ya la tengo —objetó Effie, un poco confusa.

—Eso es porque el tiempo es muy sabio —explicó Cosmo—. Sabe que en el futuro ya debes de haber destruido el libro. Sea como sea, es mejor no pensar demasiado en estos asuntos del tiempo. Claro que si no destruyeras el libro y alguien más lo leyera, entonces ese alguien se haría con la tarjeta. Bueno, sucedería eso, por supuesto, si consiguiera terminar el libro. Pero, en todo caso, cualquier recuerdo de tu visita aquí se borraría de tu memoria.

—Pues yo sigo pensando... —comenzó Rollo, con el ceño fruncido.

—Chist —lo interrumpió Clothilde—. Ha funcionado. Da igual.

Rollo no parecía muy contento.

—O sea, que no está bien que los diberi destruyan libros, pero sí está bien que nosotros lo hagamos...

—Es sólo por esta vez —insistió Clothilde—. Se trata de una emergencia.

—Eso es lo que pensarán también los diberi —replicó Rollo, cada vez más malhumorado.

Habían llegado a un punto en el que, en un mundo distinto de aquél, entre la gente normal, habría podido estallar una discusión violenta, pero Rollo respiró hondo y sonrió a su hermana.

—Respeto tu punto de vista —dijo—. Bendiciones para ti.

—Y yo respeto el tuyo. Bendiciones para ti también.

—Bueno, chiquilla, ¿lo entiendes? —le preguntó Cosmo a Effie.

Lo cierto es que no entendía gran cosa de lo que habían estado diciendo, pero no se le había escapado el asunto central.

—Tengo que destruir el libro —contestó.

—En cuanto vuelvas. No puedes vacilar, ni dejarlo para más tarde. No importa cómo lo hagas, siempre que después de ti nadie más consiga leerlo.

—Vale.

—¿Y luego volverás pronto a vernos? —dijo Clothilde, cogiéndola de la mano.

—Pues claro. Ojalá no tuviera que marcharme.

—Además de destruir el libro lo antes posible, deberás restaurar tu energía —apuntó Rollo—, algo que no puedes hacer aquí. En este momento, el mero hecho de estar aquí está mermando tu fuerza vital, o tu capital M, o comoquiera que lo llaméis allí. Y necesitas bastante para regresar. Puede que sea necesario que busques a alguien en tu mundo que te ayude a gestionar todo esto. Es una pena que Griffin ya no esté para echarte una mano.

—Podrías buscar a uno de mis compañeros, el profesor Quinn —terció Pelham Longfellow—. Es un buen tipo. Y a lo mejor puede ayudarte a recuperar los libros. Lo llamaré al mensáfono cuando regrese. Te ayudaría yo, pero es que debo estar en Londres esta tarde para un asunto muy urgente. En fin —añadió, dirigiéndose al resto—, creo que es hora de que acompañe a la señorita Truelove al portal. Sobre todo porque la oscuridad pronto caerá sobre nosotros...

Aquél no parecía un sitio en el que oscureciera.

—Y deberíamos tratar de que apareciera una oficina de correos —añadió Pelham misteriosamente.

Un instante después, todos se habían levantado para despedirse. Longfellow le estrechó la mano a todo el mundo; Clothilde le dio dos besos a Effie en las mejillas, Rollo, unos golpecitos en el brazo, y Cosmo le acariciaba la cabeza mientras murmuraba algo que sonaba como: «Va, niña, va», aunque tal vez se tratara de un hechizo murmurado con discreción para mantenerla a salvo durante el viaje. Y entonces echaron a andar por el largo sendero que conducía a la verja. Pelham Longfellow daba unas zancadas tremendas con aquellas piernas tan y tan largas, con lo que Effie casi tenía que correr para no quedarse atrás.

28

Fuera de los muros de la Casa Truelove, el paisaje había vuelto a cambiar. La primera vez que Effie había visto la casa, todavía se encontraba dentro del libro *El Valle del Dragón* y no había podido acceder a ella porque la mansión quedaba más allá del final de la historia. En aquel entonces, se hallaban allí la Escuela de Princesas, la aldea de campesinos y los otros lugares que aparecían en el libro. Una vez que Effie acabó de leerlo, surgió el paisaje desierto y la bruma fría y metálica, y a continuación la serena atmósfera veraniega de la Casa Truelove.

Ahora, cuando salieron y los centinelas cerraron la cancela de hierro forjado tras ellos, se vieron en una avenida amplia y polvorienta en la que había otras cinco mansiones, cada una con sus propios centinelas y su propia verja. Pelham echó a andar por la avenida con el mismo paso rápido de antes, y Effie empezó a trotar para no quedarse atrás. Aún hacía calor, todo estaba tranquilo y aquel silencio maravilloso seguía subyaciendo bajo los trinos de los pájaros y el continuo zumbido de los insectos de verano.

—¿Quiénes viven en estas casas? —quiso saber.

—Los Guardianes del Valle del Dragón —contestó Longfellow—. Cada una de las casas realiza una labor importantísima y absolutamente secreta.

—¿Como qué?

—Bueno, pues como cuidar de la Gran Biblioteca.

—Pero ¿qué hacen los otros guardianes?

—Si te lo dijera, ya no sería un secreto —repuso el abogado—. De todos modos, tampoco lo sé. Forma parte de la seguridad del lugar. En el pueblo hay un coro y un equipo de críquet, y todos los años se celebra un festival de flores, un torneo de tenis, una fiesta en el campo y muchas otras cosas, y aun así nadie habla de lo que hace. Todos contribuyen al alto nivel de confidencialidad de este lugar, pero aparte de eso... Ajá.

Habían llegado a una callecita en la linde de un gran parque, donde había una hilera de tres casas cuadradas e independientes de ladrillo. Una estaba cubierta de hiedra, otra de clemátides azules y la tercera de rosas amarillas. Había también una parada de autobús, algo que a Effie le pareció rarísimo, pues nunca se habría imaginado que en el Altermundo hubiera mucha demanda de autobuses. Aunque, ahora que lo pensaba, incluso la gente mágica tendría que desplazarse de alguna manera, ¿no?

—Aquí —dijo Longfellow—. O en algún punto de por aquí, tal vez...

Masculló algo en una lengua que Effie estaba segura de que era rosiano. Y luego pronunció otras palabras que no entendió. El abogado se volvió una vez, dos, tres, y tocó el aire en varios puntos distintos.

Entonces, poco a poco, empezó a cobrar forma una oficina de correos de ladrillo amarillo y aspecto muy antiguo, con un buzón integrado en el muro central. La construcción tenía el tejado de paja cubierto de flores de color rosa, además de otras plantas bonitas que crecían por toda la fachada. Quedaba que ni pintada en aquella calle. Justo encima de la puerta, un cartel rezaba: «OFICINA DE CORREOS.» Aunque otro letrero grande indicaba: «CERRADO.»

Cuando Pelham Longfellow abrió la puerta, se oyó un tintineo. Effie entró detrás de él. La oficina olía a polvo y a viejo, aunque todo parecía muy limpio y reluciente. El olor era una mezcla de papel, virutas de lápiz, orejas de gato, gomas de borrar, cuerda y pegamento para sobres. También se percibía un vago tufillo a capirotes, que, como es bien sabido, huelen a moho y a ratones muertos. En esencia, el olor era de lo más parecido al del Colegio Tusitala para Dotados, Problemáticos y Raros.

—¡Está cerrado! —gruñó un viejo cascarrabias detrás del mostrador de madera—. No sé cómo se le ocurre invocarnos cuando estamos cerrados. Es una abominación, ya se lo digo. Pienso escribir al concejo municipal y al Gremio de Artífices por triplicado y...

—Saludos y bendiciones —lo interrumpió Longfellow.

—Saludos y bendiciones —contestó el hombre—. Aunque repito que estamos cerrados. *Fermé. Shoot. Closed*. ¿En cuántos idiomas lo quiere? Justo me disponía a leer el periódico y a tomarme una taza de chocolate. ¿Sabe qué hora es? ¡Maldición! Ah, y bendiciones también, por supuesto. Dobles bendiciones y otra maldición. Ay, demonios...

—Esta joven viene a por los documentos y la marca.

—¿Documentos y marca? —repitió el viejo con unos ojos como platos—. ¡Hombre, cómo no lo ha dicho antes! Eso ya es otra cosa. Por lo menos es interesante. Para eso ya vale la pena ser invocado. Aunque... —Entonces clavó una larga e intensa mirada en Effie—. Es muy joven, ¿no?

—Es mayor de edad —aseguró Longfellow—. ¿Puede hacerlo aquí o tenemos que ir a una oficina de correos más grande? Podría llevarla a un pueblo más importante, supongo, tal vez a Villarrana o a Villa Esposas Viejas, pero preferiría no cruzar el bosque y las llanuras en la oscuridad. Aunque, claro, si el papeleo es demasiado complicado para usted...

El hombre suspiró y lanzó otra combinación extraña de maldiciones y bendiciones. Luego frunció el ceño y, sin dejar de maldecir y bendecir, se puso a sacar papeles y formularios de las casillas que había detrás del mostrador.

—Éste es para el pasaporte y este otro para el impuesto del portal, y otro para las vacunas, y uno en caso de que en realidad sea menor de edad... Luego está la hoja para la solicitud de la tinta de la marca, la de la plantilla y...

Pelham Longfellow cogió el grueso fajo de papeles y se fue a sentar a una mesita para rellenarlos.

—Tú quédate aquí, y que te ponga la marca —le indicó a Effie—. No tardará mucho.

—¿Duele? —preguntó la niña.

Pero el abogado no contestó.

—La manga —ordenó el empleado de la estafeta—. Deprisa, antes de que cerremos. ¿He mencionado que se supone que estamos cerrados?

—Sí, y siento mucho causarle tantas molestias —dijo Effie.

—Una niña educada. Vaya, qué novedad. Lo cual me recuerda... ¿Eres mayor de edad?

—Sí —contestó Effie, aunque no tenía ni idea de lo que eso conllevaba.

—Bien. ¡La manga!

—Ay, perdone.

Effie se subió la manga derecha.

—Acércate más... Más... Ajá. Bien.

El viejo masculló entre dientes mientras le frotaba la zona con una bola de algodón impregnada en un líquido frío. La niña pensó que igual sería como hacerse un tatuaje o algo así. Cait tenía uno en el hombro, pero juraba que nunca más se haría otro porque dolía muchísimo. Effie se mordió el labio. Claro que en un sitio como aquél utilizarían la magia, ¿no?, en lugar de...

—¡Ay! —exclamó, cuando notó el pinchazo de una aguja.

—Ésas eran las vacunas. No ha sido para tanto, ¿verdad? Bien...

—¡Ay!

Otra aguja, pero ésta, más que pinchar, arañaba.

Si por ella fuera, habría seguido chillando, pero en lugar de eso volvió a morderse el labio. Sabía que aquélla sería la marca que le permitiría viajar libremente entre los dos mundos. La convertiría en una auténtica viajera, como debió de serlo su abuelo. Hubo un par de ocasiones en que casi se le escapó un grito, pero poco después aquella pequeña tortura había terminado. Cuando bajó la vista, tenía una «M» perfecta en el brazo, en un color plata lechoso y un poco brillante. Era lo más bonito que había visto en su vida.

—Gracias —dijo—. Y... eh... bendiciones.

—Por lo menos eres una niña agradable y educada.
Bueno, de nada. Y ahora...

El viejo tosió una vez y luego otra, hasta que Pelham
Longfellow alzó la mirada.

—¡¿He mencionado que estamos cerrados?!

—Tranquilo, hombre —contestó Longfellow—. Casi
he terminado. No tenía ni idea de que hubiera que re-
llenar tantos impresos. La última vez que hice esto sólo
había uno.

—Es que cuando el Gremio se pone con algo... —comenzó el empleado—. Pero no hay tiempo de cháchara.
Venga, deprisa, deprisa.

Pelham rellenó los últimos papeles a toda velocidad y
se los pasó a Effie para que los firmara. Mientras ella es-
tampaba su firma, el empleado de la oficina de correos empezó a tamborilear con los dedos sobre el mostrador para
mostrar impaciencia. Cuando Effie acabó, Pelham le tendió
los documentos y el viejo los selló sin mirarlos siquiera, antes de guardar con cuidado el duplicado de cada uno de ellos
en una casilla distinta. A continuación, sacó una carteri-
ta de piel y puso dentro un papel verde muy doblado.

—Éste es tu pasaporte —le dijo a Effie—. Y esto —añadió, dándole una tarjeta pequeña y plastificada de color dorado— es tu tarjeta M para el otro lado.

—Gracias.

—Bueno, no tenéis por qué permanecer más tiempo
aquí. Sobre todo porque estamos ¡cerrados!

—Un momento —dijo Pelham Longfellow—. ¿Tiene usted algo para guardar todo esto? No ha traído mochila y...

El empleado chasqueó la lengua y se acercó despacio
a un armario. Cuando lo abrió apareció un enorme alijo
de mochilas de terciopelo con cuerdas, bandoleras de cuero, maletines y portadocumentos. Había una bolsa marrón
suave con un cierre de metal que podía ponerse en bandolera y permitía tener las manos libres. A Effie le pareció
bastante vieja, pero también cómoda, como todas sus cosas
favoritas.

—¿Podría quedarme con ésa? —preguntó.

El empleado suspiró, lanzó un gruñido y tiró un montón de cosas al coger la bolsa, pero cuando finalmente se la dio a Effie, a ella le pareció que había sido suya toda la vida.

—¡Adiós! —dijo el viejo con retintín, una vez que ella lo hubo guardado todo en la bandolera.

Effie se dio cuenta de que allí nadie había pagado nada, pero pensó que era mejor no decir ni mu.

La puerta tintineó de nuevo cuando salieron, y la oficina de correos desapareció.

—¿De dónde ha salido? —preguntó Effie—. La oficina de correos, quiero decir.

—De tu mundo —contestó Longfellow—. Bueno, más o menos. Es un puesto liminar. Creo que ya has estado en una bollería.

—Sí. La de la señora Bottle.

—Bueno, pues ése es un puesto liminar por el que se puede pasar de un mundo a otro. Un portal. Aunque no es que yo recomiende utilizar los portales, como ya te he mencionado. Pero ahora que tienes la marca y los papeles, puedes viajar a donde gustes, por supuesto.

—¿Y le hemos pagado con créditos M?

—¿Mmm? —de pronto, Longfellow parecía distraído.

—Que cómo hemos pagado. En la Bollería de la señora Bottle se pagaba con créditos M, aunque entonces no sabía lo que era.

—Ah, no, aquí nadie paga por nada —contestó el abogado—. En el continente uno adquiere fuerza vital cuando hace cosas por los demás, así que todo es gratis. Ahora presta atención, tienes que concentrarte un momento.

Se acercaban a un bosque cerrado.

—Antes de entrar debo darte esto —la advirtió Longfellow.

Y se sacó del maletín una daga pequeña de doble filo con el mango de hueso.

—Es un athame —dijo, pronunciando lentamente cada sílaba—. No es tu auténtica arma, pero te la presto hasta que consigas la que te corresponda. Como auténtica heroína, puedes utilizar la mayoría de las armas blancas, y ésta es la mejor que tengo. En el bosque y en las llanuras al otro lado hay criaturas. Las raíces de algunos árboles son tan profundas que llegan al Inframundo, y eso significa que de ellos pueden salir cosas oscuras. El portal no queda lejos, pero debemos ir con cuidado.

—Gracias.

Effie cogió el athame. Nunca había tenido en las manos ninguna arma, y se le hacía extraña y pesada.

El bosque era oscuro y cerrado, pero el camino que lo atravesaba era bastante ancho. Mientras lo recorrían, Effie empezó a tener mucho miedo por primera vez desde que había entrado en el libro. Se acordó de lo que le había contado Cosmo sobre morir en el Altermundo. Si moría allí, ¿lo haría de verdad o tendría que nacer otra vez en el Veromundo? En cualquiera de los dos casos, olvidaría todas sus aventuras, olvidaría a sus primos y a Cosmo, y también que su abuelo andaba perdido por las llanuras... dondequiera que estuvieran esas llanuras. ¿Sería dolorosa su muerte? Era probable. ¿Y si había criaturas agazapadas para llevarla a ese Inframundo, para hacerla prisionera y...?

Justo en el momento en que estaba pensando eso, algo oscuro y escamoso saltó delante de ella. Tenía las piernas y los brazos enjutos y nervudos, y unas garras muy afiladas. Estaba claro que había salido de alguna madriguera oscura. Siseó y la miró con unos ojos de color rojo fuego, y entonces subió revoloteando hasta la rama de un árbol. A continuación apareció otra criatura, y otra más.

—¡Oh, no! —exclamó Longfellow—. Demonios...

—¿Demonios?

—No te harán daño siempre y cuando no empieces a hablar con ellos. Tienes que matarlos en cuanto se acerquen y seguir andando sin más.

Effie estaba temblando.

—Pero... ¡yo nunca he matado una mosca!

—Si te sirve de ayuda, no son reales. Bueno, sí son reales, pero no seres vivos por derecho propio. Son...

Otra criatura oscura y escamosa apareció de la nada dando un salto y se puso a corretear alrededor de Pelham Longfellow. El abogado sacó su arma, una pistola pequeña de plata, de las que se ven en las películas en blanco y negro de los años treinta, y empezó a disparar, pero el demonio sencillamente se esfumaba para luego aparecer de nuevo en otro sitio, siseando. Effie no entendía del todo lo que decían, pero sí captó algo sobre Clothilde y después la frase: «No te quiere; nunca lo ha hecho.» Entonces otro demonio apareció ante ellos y se puso a reírse del pelo de Longfellow, mientras otro no dejaba de repetir: «Mataste a tu propio padre.»

El abogado logró dar a una de las bestias, pero las otras se mantenían fuera de su alcance. Y, de pronto, Effie tuvo que empezar a ocuparse de sus propios demonios, porque tres de ellos aparecieron a un par de metros y comenzaron a burlarse de los episodios más dolorosos de su vida. «Ven bajo tierra conmigo», decía uno. «Vamos. Puedes vivir aquí para siempre y llorar por tu abuelo, porque ahora que no está, nadie te quiere. Total, más vale que te rindas.»

«No tienes amigos de verdad», decía otro.

«Todo el mundo te odia», aseguraba el tercero.

De nuevo se oyó un chasquido procedente de la pistola del abogado: Longfellow había acabado con otro de sus demonios. Y luego con otro. Ya sólo le quedaba uno, y entonces tal vez podría ayudar a Effie. Pero su última criatura esquivaba las balas con mucha facilidad.

Effie sostenía el athame delante de ella. Longfellow le había dicho que no hablara con los demonios, que se limitara a matarlos, pero es que la estaban poniendo furiosa, y cuando Effie se enfadaba, siempre discutía.

De manera que miró al primero.

—¿Y por qué iba a querer ir a ninguna parte contigo? —le preguntó—. No tiene lógica. No voy a llorar por mi abuelo, voy a encontrarlo. Y aunque no lo encontrara, voy a vivir el destino que él planeaba para mí. Nunca, nunca me rendiré. En cuanto a ti —le espetó al segundo demonio—, tú no sabes nada. Sí que tengo amigos de verdad. Tengo a

Maximilian, y a Lexy, así que ya puedes decir lo que te dé la gana, que no por eso va a ser cierto. ¿Y tú? —dijo, mirando al tercero—. No he oído disparates más grandes en toda mi vida. Si pretendes disgustarme, vas a tener que esforzarte más. Eres ridículo, patético. Me da que no tienes ningún poder aparte de esas palabras. Y, como todos sabemos, las palabras no pueden herir a nadie. Eres una criatura impotente e insignificante.

Uno a uno, los demonios fueron desapareciendo.

—¡Bravo! —la felicitó Pelham Longfellow—. ¿Quién te ha enseñado a hacer eso?

—¿A hacer qué?

El abogado se echó a reír, admirado.

—¿Cuántos años tienes? ¿Once? Acabas de enfrentarte a tus demonios. Ahora entiendo lo que decía Griffin acerca de ti.

Pero Effie no tuvo ocasión de preguntarle qué era lo que decía su abuelo sobre ella, porque sin darse cuenta habían llegado a la linde del bosque, que daba paso a las llanuras, y Longfellow se llevó un dedo a los labios.

—Chist. Tenemos que estar atentos por si hubiera bestias.

—¿Bestias?

—Sí. Y éstas son reales, no partes oscuras de uno mismo, como esos demonios. No intentes discutir con ellas, o te devorarán. Si no hacemos ruido, podremos llegar corriendo al portal. Este portal conduce justo al lado de tu colegio, según creo. Es el que solía utilizar Griffin. Yo, por lo general, tomo el que hay en la otra punta del pueblo, que es el que lleva a Londres, pero hoy iré contigo. Ahora bien, tendremos que separarnos en cuanto salgamos. Suelo estar casi siempre en Londres o en París, pero podrás ponerte en contacto conmigo gracias a esto.

Le entregó a Effie una tarjeta de visita en la que en lugar de un número de mensáfono había tres palabras: *Barre, Attempren, Fairnesse*.

—Si las pronuncias, acudiré a ti lo antes posible. Funciona con magia, pero supongo que, después de enfrentarte a tus demonios y terminar el libro, tendrás mucha fuerza vital acumulada.

—Gracias.

—Y que no se te olvide: cuando salgas, tienes que ir directamente a casa y destruir el libro.

Effie asintió.

—Lo sé.

Longfellow le estrechó una mano.

—¿Lista?

—Sí.

—¿Ves ese sauce llorón? A la de tres, salimos corriendo hacia él. Las bestias no podrán verte si eres lo bastante rápida. El portal está escondido bajo la copa del árbol. Sólo tienes que hacer lo mismo que yo y atravesar la cortina de hojas. Uno, dos...

29

Odile Underwood se había esforzado mucho en mantener a su hijo alejado de la magia. Para empezar, lo había llamado Maximilian, que sin duda era un nombre muy poco mágico. También se cuidó de vivir en el lugar menos mágico imaginable: un bungaló junto al mar, pero sin vistas al mar. ¿Qué podía ser menos mágico que eso? Tal vez una casa semiadosada en alguna urbanización nueva, pero el bungaló por lo menos le salió barato. Idony, la hermana de Odile, una druida sanadora de nivel adepto, no lo había enfocado de la misma forma, y mira lo que le había pasado. Vivía en una casa sostenible en un árbol, en una arboleda sagrada en el País de Poniente. Sus hijos iban siempre llenos de barro, a veces comían gusanos, no se adaptaban al colegio, sacaban malas notas y los de servicios sociales no hacían más que ir por allí para intentar realojarlos en otro sitio.

Odile no había querido que su familia pasara por eso. Y, por supuesto, procuraba mantener en secreto lo más interesante de su trabajo en el hospital. Con su hija, Kate, la estrategia había sido todo un éxito: vivía feliz sin saber nada acerca de la magia, el capital M, los liminares y el Altermundo. El padre de Kate —ahora ex marido de Odile— no tenía absolutamente nada de mágico, lo cual también ayudaba. Kate se había criado de la manera más normal y era contable en Ciudad Nueva. Tenía un marido atento y un hijo, y se iba de vacaciones tres veces al año.

En ocasiones acudía a ver a Odile los domingos por la tarde y charlaban sobre su próximo viaje, o sobre el anterior, o sobre el colegio al que a lo mejor iría su hijo cuando creciera.

Pero entonces Odile Underwood se había enamorado de un maestro de magia oscura que había aparecido por el hospital doce años atrás en una tormentosa tarde de primavera. Ay, si Maximilian no tuviera unos genes tan mágicos... Si esos genes no fueran tan... tan... Odile no quería ni pensar en lo que podrían llegar a dar de sí esos genes, teniendo en cuenta que la genética de su propia familia había producido neutrales de sobra, y el mago no había resultado ser precisamente una buena persona. Era divertido, aunque de una manera algo cruel, pero no era un buen tipo. La había abandonado poco después, por supuesto, y había vuelto —o volado— a cualquier rincón remoto del Altermundo del que hubiera salido. Ni siquiera sabía que tenía un hijo. A diferencia del ex marido de Odile, que en cuanto se enteró de que estaba embarazada, no tardó nada en sumar dos y dos.

Tras el divorcio, Odile compró el bungaló y rezó para que Maximilian no se metiera en líos y se criara de una forma tan normal como su hermana. Le compró un ordenador con la esperanza de que se convirtiera en uno de esos empollones que sacan buenas notas y a los que les gusta jugar a videojuegos antiguos y ver fotos de chicas a las que en su vida conocerán. Incluso pensaba que algún día podría ser un buen dentista.

Pero entonces dejó que se presentara al examen de ingreso del Colegio Tusitala para Dotados, Problemáticos y Raros, y allí fue probablemente donde todo se torció. Ahora, Maximilian se había hecho amigo de la nieta de Griffin Truelove, cuyos poderes sin duda habrían despertado después de recibir el Anillo del Auténtico Héroe aquella mañana. Y el niño que había ido a su casa, ese tal Wolf, acababa de epifanizar también, saltaba a la vista. A Odile, sin embargo, le había caído simpático, había percibido su bondad al instante.

El problema era que su hijo y su nuevo amigo habían desaparecido.

Odile no era tonta. Desde el momento en que se había presentado Wolf, había percibido que su hijo estaba a punto de embarcarse en su primera aventura mágica. Estaba claro que sus esfuerzos por impedirlo habían fracasado. Bueno, así era la vida, pensó. Ahora sólo le quedaba intentar ayudarlo en todo lo posible.

Igual que otros en el Veromundo, Odile conseguía sus créditos M despacio y con diligencia. Una pequeña oración por aquí, una vela por allá... Todo iba sumando. De manera que cuando abrió su vieja caja mágica y sacó su bola de cristal polvorienta para lavarla en el estanque del jardín (no tenía a mano ningún manantial cristalino, ni había luz de luna) y después enjuagarla debajo del grifo para quitarle los pegotes verdes de lodo, resultó que había acumulado los suficientes para averiguar adónde había ido su hijo.

Estaba metido en un lío, eso se veía a la legua. Y también lo oía, puesto que le llegaban varios chillidos penetrantes y una palabra: «arañas». Maximilian odiaba las arañas. Tenía que salvarlo. Pero ¿dónde estaba? La bola de cristal mostraba salas oscuras y adoquines. Tal vez en el casco antiguo...

Odile subió al coche —un cinco puertas pequeño, discreto y nada mágico— y se encaminó hacia allí. Pero ¿adónde iba y qué era lo que estaba buscando? No lo sabía. Lo único que podía hacer era confiar en la combinación de su sexto sentido y su intuición de madre. Pasó por delante del hospital, que tenía las luces atenuadas porque era de noche, y del Colegio Tusitala para Dotados, Problemáticos y Raros. Luego dejó atrás la tienda de animales exóticos, la librería anticuaria, el campus de la universidad... Pero no se le ocurría nada. No percibía nada.

Entonces vio a un joven inconsciente en el suelo, cerca del Salón Recreativo Arcadia. Casi todo el mundo ignoraría a un chico que estuviera tirado en medio de la calle, porque casi todo el mundo se imaginaría que el chico en cuestión estaría borracho, o cabreado, o sería un infeliz, o que querría contarte la historia de su vida o, peor aún, pensarían que el joven fingía estar inconsciente para atacar a cualquiera que se acercase a ayudarlo. Pero Odile Underwood era sanadora y no podía pasar por alto algo así. De manera que aparcó el coche al final de la calle adoquinada y se acercó al chico para ver qué le pasaba.

—Uh —dijo Carl, cuando la enfermera lo sacudió—. Uh...

—¿Qué te ha ocurrido?

—Un tío raro me ha lanzado una especie de hechizo...

—¡Oh, no! —exclamó Odile.

Era peor de lo que pensaba. En ningún momento se le pasó por la cabeza que su propio hijo pudiera ser el responsable del espantoso dolor de cabeza de Carl y su ligero aturdimiento; sencillamente dio por sentado que había por allí alguna otra magia oscura y peligrosa. Y, de hecho, así era.

En ese momento, Leonard Levar, después de volver de su viaje improvisado al Inframundo, estaba en la librería preparándose para un viaje improvisado al Altermundo. Se preguntaba dónde podría vender las gafas. ¿Obtendría mejor precio por ellas en ese lado o en el otro? Andaba investigando un poco por la red gris, mientras se tomaba un café y un bocadillo de jamón que necesitaba como agua de mayo. Los niños no le causarían más problemas. Los había trasladado a la cámara más pequeña y había soltado a las arañas. Había lanzado también un hechizo menor de ocultamiento sobre toda la zona, para que nadie los oyera gritar. Al día siguiente ya le pagaría a madame Valentin, que era la propietaria de la tienda de animales y estaba bastante acostumbrada a que Levar «tomara prestados» sus ejemplares. Y, además, siempre mantenía la boca cerrada.

—¿Puedes incorporarte? —preguntó Odile a Carl.

Se puso a rebuscar en el bolso. En alguna parte llevaba ibuprofeno, algo de Remedio Rescate, un caramelo para la tos y árnica homeopática. Se lo dio todo al chico, sabiendo, como sabe cualquier sanador experto, que uno de los grandes secretos de la medicina no es el remedio en sí, sino la intención con que se da. Al fin y al cabo, la mayoría de los medicamentos sencillamente hacen lo que los pacientes esperan que hagan. Carl no tenía pinta de ser un chico que reflexionara mucho sobre lo que se tomaba, de manera que Odile sólo tuvo que murmurar que, con lo que le estaba dando, se sentiría muchísimo mejor, y que aquella pastillita blanca era muy potente y que sólo podía tomarse una o, como mucho, dos. El caramelo para la tos, le dijo, era tan fuerte que estaba prohibido en quince países.

Carl se incorporó hasta sentarse.

—¿Es usted enfermera?

—Sí. Soy la enfermera Underwood.

—¿Underwood?

¿Dónde había oído aquel nombre? Había sido hacía poco... Carl meneó la cabeza. No le sirvió de nada. ¿Dónde estaba? ¿Qué hacía allí?

La enfermera Underwood le había preguntado si había visto a su hijo y ahora se lo estaba describiendo: once años, un poco gordito, gafas... ¡Un momento! ¿No sería el empollón? Pero ¿debía contarle lo sucedido sin más? A lo mejor podía sacarle algo de dinero por la información. Aunque... Carl se sentía tan débil que le pareció más sencillo contarle la verdad a aquella mujer bondadosa, con la esperanza de que le diera otro de sus caramelos ilegales y lo ayudara a llegar hasta el coche. ¡El coche! Sí, allí seguía, al pie de la cuesta. Carl se levantó despacio. Le explicó que su hermano le había pedido que lo ayudara, a él y a un amigo, a recuperar unos libros. Y sí, resultaba que el amigo estaba rechoncho y tenía pinta de empollón y...

En ese momento apareció Effie tras una esquina, vestida con los vaqueros y las botas que había encontrado en el castillo subterráneo del dragón, y con la bolsa que le habían dado en el Altermundo colgada en bandolera. Dentro llevaba su pasaporte nuevo y su tarjeta de capital M. Todo había sido real. Había emergido debajo de un sicomoro, cerca del patio del colegio, sólo un instante después de entrar en el portal con Pelham Longfellow. Cuando el abogado se aseguró de que Effie sabía dónde estaba y de que podía volver sola a casa, sacó del maltrecho maletín lo que parecían dos palitos y un plumero, aunque resultó que, cuando los colocó juntos de la manera correcta y pronunció un breve hechizo, se convirtieron en una escoba grande.

—Sigue siendo el medio de transporte más fiable —comentó—. Llámame si me necesitas.

Y sin añadir nada más, se marchó. Ahora Effie iba camino de casa con una sola idea en la cabeza: destruir el libro. *El Valle del Dragón*. El ejemplar que le había proporcionado la experiencia más importante de su vida hasta el momento. Su título favorito. La mera idea de deshacerse de él le dolía, pero debía hacerlo. Justo antes de marcharse, Longfellow había vuelto a insistir en que tenía que ir directamente a casa y cumplir con aquel cometido.

—Si no, el tiempo podría cambiarlo todo —le recordó— y mañana te despertarías sin pasaporte y sin acordarte de tu visita al continente.

Y eso sería, como le había dicho, un destino peor que la muerte.

Pero ahora iba recorriendo aquella calle adoquinada, y justo delante de ella...

—¿Effie Truelove? —la llamó Odile.

«Effie», pensó Carl. Aquélla era la niña a la que intentaban ayudar su hermano y su amigo el cerebrito. Bueno, a lo mejor, ahora que estaba allí, podía encargarse ella de sus propios libros. Pero... ¿dónde estaban los ejemplares? ¿Dónde estaban su hermano y el empollón? Habían estado allí, de eso sí se acordaba, pero luego habían desaparecido. Lo sucedido entre una cosa y otra seguía borroso. Mientras Carl pensaba en aquello con mucha, mucha calma, Odile se apresuraba a contarle a Effie lo que sabía: que Maximilian y Wolf habían desaparecido, al parecer, mientras intentaban recuperar unos libros que le pertenecían.

—¡Los libros de mi abuelo! —exclamó Effie—. Leonard Levar los compró. Y estamos al lado de su librería. Wolf y Maximilian deben de estar ahí dentro.

—¿Están ahí dentro? —le preguntó la enfermera a Carl.

—El sótano —asintió él—. La rejilla.

Effie corrió a mirar por el agujero.

—Están ahí —confirmó—. Pero... ¡Oh, no!

—¿Qué? —preguntó Odile.

—¿Maximilian? —lo llamó Effie.

El sótano estaba muy oscuro, pero a la tenue luz de las velas, Effie se dio cuenta enseguida de cuál era el problema. O los problemas. Lo primero que advirtió fue que su amigo parecía estar colgando de un antiguo aplique de luz en el centro del techo irregular de piedra, al que se agarraba con fuerza. Eso no era exactamente un problema en sí mismo, pero implicaba que no podía ayudar a Wolf, que yacía bocabajo en el suelo.

—Maximilian —repitió Effie—. ¿Qué le ha pasado a Wolf?

—Arañas —contestó el niño—. Levar nos ha encerrado aquí con tres tarántulas chilenas de seis ojos. Por lo visto son mortales, a diferencia de las tarántulas comunes, que sólo son peludas y horrorosas y tienen dos ojos y...

—¿Han picado a Wolf?

—No sé si le han picado, pero lleva inconsciente desde hace un siglo. Levar nos lanzó un hechizo a los dos, aunque conmigo no funcionó del todo.

—Vale. Déjame pensar. ¿Tienes las gafas?

—Se las llevó Levar. Y a mí no me quedan créditos M. Los créditos M son...

—Sé lo que son —lo cortó Effie—. Tenemos que sacaros de ahí. Tenemos que...

—No podré aguantar aquí colgado mucho más.

—¿Y si te haces el muerto? —sugirió ella—. No creo que te piquen si tú no las molestas. ¿Podrías...?

—¿Qué?

Maximilian se estaba poniendo morado por el esfuerzo de mantenerse agarrado de la lámpara.

—No sé. —Effie se mordió el labio—. Os sacaremos de ahí como sea. Sólo tengo que pensar un poco...

—¿Y la espada de Wolf? —preguntó Maximilian.

—Está en mi casa, podría ir a por ella...

—Pues ve. Creo que Wolf se recuperará en cuanto la tenga. Con ella puede matar a las arañas y enfrentarse a Levar. Luego ya daremos con la forma de escapar.

Effie se apartó del agujero de la pared.

—¿Y el cristal? —preguntó Odile con voz queda, detrás de Effie—. Tu abuelo tenía un cristal de sanación, según dicen, y...

—Se lo di a una amiga —contestó Effie—. Es una sanadora neófita y...

—Ya, bueno, pues más nos vale que venga, y que traiga el cristal. No conocerás por casualidad a una auténtica bruja también, ¿no?

Odile enarcó las cejas mientras Effie negaba con la cabeza.

—Vale. ¿Puedes ponerte en contacto con esa sanadora? ¿Tienes su número?

Effie volvió a negar con la cabeza.

—No...

Pero entonces se acordó de los walkie-talkies.

—Aunque en realidad... Sí. Si voy a casa, puedo llamarla por radio.

—Bien. Pregúntale si conoce a alguna bruja.

Carl se dirigió trastabillando hacia su coche, y Effie y Odile corrieron hasta el vehículo de la enfermera. La niña se apresuraba a darle indicaciones, al tiempo que le explicaba que tenía un arma que sólo Wolf podía utilizar y que podría serle de ayuda si tenía que luchar para salir de allí. Claro que primero habría que sanarlo y... Se sentía mareada con tanta información.

Así que, al fin y al cabo, también Wolf era su amigo. Había intentado ayudarla. Pero ¿y si estaba muerto? Effie imaginó lo que contaría Levar. Que los niños —un par de alborotadores que habían estado castigados aquel mismo día— habían entrado por la fuerza en el almacén de su librería. ¿Qué culpa tenía él de que unas arañas se hubieran escapado de la tienda de animales de al lado y les hubieran picado? Effie presentía que Leonard Levar podía salir impune de todo aquello, no sólo después de haberle quitado los libros, sino también después de asesinar a sus amigos.

A menos que ella encontrara la manera de impedirlo.

30

Effie entró en su casa intentando no hacer ruido. Había visto en el reloj del coche de la enfermera Underwood que sólo había estado fuera algo más de una hora en tiempo del Veromundo. Si alguien le preguntaba, siempre podía decir que había salido un momento a... ¿a qué? ¿A qué se sale un momento una fría noche de lunes después de haber sido castigada a irse a la cama sin cenar?

¡A por comida, claro! Podía decir que le había entrado muchísima hambre y que había ido al puesto de las patatas fritas. Se llevaría una buena bronca, pero al menos era una explicación más creíble que la verdad. Effie no se atrevía ni a soñar con encontrarse de nuevo con la versión amable de Orwell y Cait del principio de *El Valle del Dragón*.

Sin embargo, por otra parte, tampoco es que aquellos padres ficticios hubieran sido modélicos, teniendo en cuenta que la habían enviado sin pestañear a la Escuela de Princesas, donde había un cincuenta por ciento de probabilidades de que se la comiera un dragón. Aun así, había sido muy agradable que su padre le preparase el desayuno. Effie siempre se acordaría de eso, aunque no hubiera sido real.

Por suerte, la casa estaba a oscuras. Todo el mundo se había ido a la cama. Orwell y Cait odiaban levantarse por la noche, así que siempre era Effie quien le daba el biberón a Luna, la tapaba con la manta o recogía del suelo su monstruo de peluche favorito. ¿Habría llorado la pequeña y alertado así a sus padres de la desaparición de Effie? Parecía que no. Cuando llegó a su cuarto, vio que Luna dormía profundamente.

Sacó el walkie-talkie y llamó a Lexy procurando que nadie la oyera. Luego cogió la espada de Wolf y los otros adminículos que le había dado el doctor Black —incluido el extraño palo que su abuelo había llamado «varula»—, y lo metió todo en su bandolera nueva. Se tomó otra cucharada de la mermelada de ciruela de su abuelo. Y entonces...

El libro. *El Valle del Dragón*. Sabía que debía destruirlo, pero ahora no tenía tiempo. Lo que tenía era a un amigo colgado de una lámpara en una cámara llena de arañas y a otro tirado en el suelo, tal vez muerto. Era cuestión de coger lo necesario para ayudarlos y salir disparada. Sin duda, el libro estaría allí a salvo un rato más. Aunque debía esconderlo, por si acaso. Pero ¿dónde? Lo meditó un momento. No se le ocurría ningún buen escondrijo, excepto... tal vez...

Tras ponerlo a buen recaudo, metió en la bolsa el tarro de mermelada de ciruela damascena y se marchó tan deprisa como había llegado.

—Vamos a por Lexy —le dijo a Odile en cuanto entró en el coche—. He quedado con ella en El Cerdo Negro, al lado de la parada de autobús. Es por ahí, todo recto, y luego a la izquierda.

Cuando llegaron, Lexy no estaba sola. La acompañaba otra niña con un abrigo negro largo y un gorro de lana algo puntiagudo.

—Has dicho que necesitabas a una bruja —explicó entonces Lexy—, así que...

—Hola —saludó Raven, con una sonrisa tímida.

—¿Eres bruja? —preguntó Effie.

—No es que tenga mucho poder, pero a lo mejor puedo echar una mano. He venido en bicicleta lo más deprisa que he podido.

Como de costumbre, nadie había notado siquiera que Raven había salido de casa. Lo más probable era que Torben siguiera intentando conquistar a su madre, o tal vez a la editora Skylurian Midzhar, y después de unas cuantas copas, Laurel Wilde no se habría dado cuenta de nada aunque su hija se hubiera montado en un cohete para irse a la Luna.

Aun así, Raven se preguntó qué diría la famosa escritora si supiera que su hija estaba en la calle en ese momento, con el camisón negro bajo el abrigo (no había tenido tiempo de cambiarse y, total, el camisón casi parecía un vestido de noche), haciendo magia de verdad con amigos de verdad. Pero, claro, Raven jamás le contaría a su madre nada de eso. Sólo esperaba que su magia funcionara. Había cogido su varita preferida —que se había comprado con el dinero de su penúltimo cumpleaños—, aunque lo cierto era que nunca le dio la impresión de que fuera muy mágica. Tal vez ahora sería distinto.

Entraron todas en el coche, y Odile aceleró hacia Ciudad Antigua. Sin embargo, cuando llegaron al final de la calle de adoquines que llevaba a la librería Odile, entre resoplidos y exclamaciones, las apremió a salir, aunque ella no se bajó del vehículo.

—¿No viene con nosotras? —le preguntó Effie.

La señora Underwood negó con la cabeza.

—Los neófitos se debilitan cuando sus padres andan cerca —explicó—. Les consume la energía. Y sigue estando prohibido que miembros de una misma familia utilicen la magia entre ellos. Obviamente, si no estuvierais vosotras, me saltaría todas esas reglas, pero por suerte aquí estáis. Utiliza el cristal —le dijo a Lexy—. Eres muy afortunada de tener algo así. Y tú —se dirigió a Raven—, tú estás aquí porque si de verdad eres bruja, aunque seas neófita, deberías poder hablar con las arañas. Pregúntales si les importaría volver a la tienda de animales. Si eres una auténtica bruja, harán lo que les digas.

Raven tragó saliva.

—Vale. Lo intentaré.

—Esfuérzate, cariño. Tal vez la vida de mi hijo dependa de ello.

—Pero ¿qué hacemos con el pobre Wolf? —preguntó Effie.

—Lexy sabrá qué hacer. Buena suerte.

Y, dicho esto, Odile se marchó. Las tres niñas se arremolinaron en torno al agujero de la pared. Maximilian seguía agarrado a la vieja lámpara. Wolf continuaba tirado en el suelo.

—Tenemos que darle los tónicos a Maximilian como sea —le dijo Effie a Lexy—. ¿Tienes algo para ayudar a Wolf?

—Sí.

Lexy llevaba una bolsa bordada de la que sacó un frasquito con un tapón de corcho.

—Esto es un tónico de resurrección. Aunque sólo funcionará si las heridas no son muy graves. Si le han picado las arañas, entonces... —Lexy tragó saliva antes de añadir—: Entonces no sé muy bien lo que vamos a hacer.

—Vale, eso ya lo veremos —zanjó Effie—. ¿Y las arañas, Raven?

A Raven le temblaban las manos. Aquél era el momento con el que había soñado toda su vida. Allí estaba, justo con las personas que había esperado que se convirtieran en sus verdaderas amigas. Y necesitaban su ayuda. Raven aún no entendía bien cómo funcionaba el poder mágico. Por ejemplo, no sabía que cada vez que daba de comer a los pájaros en su jardín o les llenaba la pileta de agua, y cada vez que encendía una vela por alguna alma necesitada o que ahorraba unas cuantas monedas y las daba de limosna, o cada vez que meditaba, su capital M aumentaba un poquito.

Sin embargo, sí tenía la sensación extraña de que la escasa energía mágica que pudiera haber poseído la había gastado en su hechizo de amistad. Más que nada porque, para su sorpresa, el hechizo parecía haber funcionado. Pero ¿de qué servía conseguir amigas que luego te necesitaban sobre todo por unas habilidades mágicas que ya no tenías?

Raven se acercó a mirar por el agujero de la pared. Sí, veía una araña grande correteando por el suelo. Y notaba la presencia de las otras dos. Estaban confundidas y asustadas, eso lo percibía con mucha fuerza. Tenían miedo de aquellas criaturas tan grandes —la que estaba colgada del techo, como a punto de atacar, y la que se hacía la muerta— y querían salir de allí. Entonces, el hecho de que Raven pudiera percibir todo aquello... ¿significaba que...?

Lo cierto es que ella nunca había reflexionado mucho sobre sus poderes. Nunca se había parado a pensar que sus breves conversaciones con el mirlo del jardín, el caballo y los otros animales que vivían en los alrededores de la torre fueran mágicas en realidad. No tenía ni idea de que eso significara que era una auténtica bruja. Acababa de darse cuenta de que podía hacer algo alucinante, algo de lo que los demás no eran capaces. Claro que, en cuanto fue consciente de ello, su habilidad se esfumó. Es una desventaja muy conocida y extremadamente irritante de las habilidades poco comunes.

En cuanto Raven pensó: «¡Soy una auténtica bruja! ¡Mirad, puedo comunicarme con las arañas!», la capacidad desapareció y volvió a ser una niña normal y corriente. Las arañas guardaron silencio, el mundo se hizo más gris y desvaído. Por favor, no... Y encima le ocurría delante de sus nuevas amigas, que esperaban mucho de ella. Tenía que intentar relajarse. Respirar. Dejar de esforzarse tanto.

Pero ¡había vidas en peligro! ¡Ay, no! ¡Eso no ayudaba! Si quieres relajarte, no hay nada peor que pensar en las vidas que corren peligro si no te relajas. Hay que... ¿Qué? Raven trató de sumirse de nuevo en esa serenidad desde la que, en otras ocasiones, se había comunicado con los animales. Pero le resultaba muy difícil con Effie allí, respirando tan deprisa a su espalda, y Lexy soltando grititos cada vez que la araña se movía.

¡Le hacía falta la varita, claro! Con eso se concentraría mejor. Se la sacó del bolsillo del abrigo: un palo grueso y negro que, supuestamente, era una vara de madera procedente de un árbol sagrado, tallada a mano. Aunque en realidad la había comprado después de verla en un catálogo de venta por correo que había encontrado en una tienda de comida orgánica, con lo que no podía estar segura de dónde procedía en verdad. Uno de sus libros de hechizos recomendaba ir a un bosque y elegir un árbol, y luego utilizar un cuchillo afilado para cortar y tallar la varita. Pero Raven no soportaba la idea de dañar a un ser vivo.

—¿Qué es eso? —le preguntó Effie de pronto.

—¿Esto? —Raven alzó la varita—. Pues mi varita. Varita. Varula. A lo mejor...

—Podrías probar con ésta, si quieres —le dijo, sacando de la bolsa la fina vara que su abuelo le había pedido que recuperase—. Vaya, sólo si quieres, ¿eh?

En cuanto Raven vio la auténtica varula, que había sido tallada de un avellano místico varios siglos atrás y utilizada para hechizos tan poderosos que era imposible comprenderlos, la baratija que había comprado por catálogo se le cayó al suelo. La varula le saltó a las manos. Parecía saber que Raven era una auténtica bruja y quería ir con ella, sentir su piel de bruja alrededor de la madera antigua y pulida, ayudarla a conseguir lo que quisiera, que en ese momento era...

Es imposible escribir el lenguaje de las arañas; sus palabras no están compuestas por letras, como las nuestras. Aun así, de pronto Raven era capaz de hablar su idioma con fluidez. Por lo general, cuando estaba relajada y a solas, podía comunicarse a través de una especie de telepatía muy básica con los animales, como les pasa a todas las auténticas brujas. Pero aquello era distinto. Ahora, con la fuerza vital extra que le confería su comunión con la varita, más los poderes de la propia varula, Raven era capaz de hablar directamente con las arañas como nunca lo habría soñado.

Ya había percibido su miedo y confusión. Ahora podían hablarle de su vida en la tienda de animales y de la fuerte sacudida que habían experimentado cuando un hombre rodeado de un aura de magia muy oscura volcó su terrario y las soltó en aquel suelo frío, sin comida, sin un nido, sin nada. Raven les explicó por qué había sucedido eso y las arañas se molestaron muchísimo al enterarse de que Levar pretendía usarlas como si fueran un arma.

No hay ninguna palabra para «arma» en araño, ni en ningún otro idioma animal, porque los animales no las tienen ni las empuñan. Lo máximo que pudo hacer Raven fue contarles que un ser humano intentaba envenenar a otros seres humanos utilizándolas a ellas. Pero incluso eso les resultaba desconcertante, porque entonces las arañas pensaron que el otro humano quería comerse a esos humanos, y no entendían por qué no los había envenenado él mismo. Lo que sí estaba claro es que no querían formar parte de los planes de un humano malvado.

—¿Puedes entrar y ayudarnos a salir? —preguntó la araña más grande.

—No. La puerta está cerrada —contestó Raven—. Pero ahí, con vosotras, hay un niño que os ayudará. Os cogerá y os entregará a mí. No debéis picarle. ¿Lo entendéis? El niño no quiere haceros daño. Percibiréis el miedo que emana, pero no es ninguna amenaza. Es sólo que algunas personas tienen miedo de las arañas.

La más grande habló con las otras. Discutió un poco con la más pequeña, que decía que ya estaba harta de que la manosearan los seres humanos y que ella sólo quería volver con su familia, a Chile. La más grande le aseguró que, en cuanto estuvieran fuera, podrían negociar con la bruja la forma de regresar al bosque, y al final la pequeña cedió.

—Muy bien —le dijo la grande a Raven—. Vamos a esperar aquí las tres juntas.

Y las tres arañas se dirigieron al centro de la cámara y se quedaron allí, esperando pacientemente a que Maximilian...

—¡Arrrgh! —gritó él—. ¡Vienen a por mí! ¡Matadlas! ¡Matadlas!

—Maximilian, escúchame —comenzó Raven—. Tienes que bajar con cuidado, coger las arañas y dármelas. Hazlo con mucha delicadeza. Creo que quieren que las cojas a las tres juntas, pero si lo prefieres puedes pasármelas de una en una. Han prometido no picarte.

El niño, que tenía la cara morada debido al esfuerzo de tener que mantenerse agarrado a la lámpara, se puso completamente blanco.

—No. Haré cualquier cosa menos eso. Por favor. Las arañas me dan terror. Les tengo fobia. Por favor. Que alguien las mate.

Raven suspiró.

—¿Y si ellas pensaran lo mismo de ti?

—Tienes que hacerlo, Maximilian —terció Effie—. Sé valiente, y confía en Raven. Es una auténtica bruja. Ha hablado con las arañas y le han prometido que no te harán daño.

—¿Y si han mentido?

—Las criaturas de la naturaleza no mienten —le aseguró Raven—. No pueden.

—¿Por qué no?

Raven puso los ojos en blanco.

—Por favor, Maximilian, no me obligues a explicártelo ahora. Confía en mí. Pon la mano cerca de una de ellas y espera a que se te suba. Luego, con mucho cuidado, la alzas hasta aquí, y yo la cogeré.

—Y si no saliera bien, tengo un tónico que cura las picaduras —añadió Lexy, con jovialidad—. Así que no tienes de qué preocuparte.

Aquello sí que era mentira, pero dio resultado. Bueno, casi. Más o menos. Maximilian tuvo que armarse de valor para dejarse caer de la lámpara y aterrizar en el suelo junto a las arañas. Recordó su experiencia en el Inframundo, que había sido real, estaba convencido, y no un sueño. Allí había sido valiente. Sólo tenía que seguir ahí el mismo planteamiento, es decir, fingir que las arañas eran tan inofensivas como los bombones de café.

Pero ahí estaban. Grandes, peludas, de color negro y naranja chillón, con aquellos seis ojos brillantes que... En realidad, cuando Maximilian miró los ojos de la más grande, casi creyó ver en ellos esperanza. Entonces el miedo estuvo a punto de apoderarse de él y le entraron unas ganas tremendas de pisotearlas a las tres. Matar, matar,

matar... Aunque estaba seguro de que, si lo hacía, sus amigos no volverían a dirigirle la palabra. Y nunca recuperaría las gafas. Y aquella araña lo miraba de una forma que... Bueno, su carita peluda transmitía paz y confianza. Y es imposible matar a una criatura que te mira así, por mucho que sea una araña letal.

Maximilian respiró lo más hondo que pudo y alargó la mano.

31

Para cuando dejó la tercera araña sana y salva en manos de Raven, a Maximilian casi había empezado a gustarle el roce de aquellas suaves y peludas patas en la piel. Por segunda vez aquel día, se sintió un poco como si acabara de bajarse de una atracción de feria de lo más extraña y aterradora, y hubiera sobrevivido. Quería hacerlo otra vez. Todo. Quería comer riñones de cordero, tener en la mano arañas venenosas, poder entrar en la mente de otras personas y...

Raven se puso con mucho cuidado una araña en el hombro derecho y otra en el izquierdo. La más pequeña le preguntó si podía hacerse un nido provisional en su cabello y, para ayudarla, la niña se recogió los rizos negros en un moño flojo y el animalillo se metió dentro. Cuando las otras dos lo vieron, decidieron unirse a la araña pequeña, de manera que Raven acabó con un nido de tres tarántulas en la cabeza. Para la mayoría de las niñas no habría sido precisamente un sueño hecho realidad, pero Raven no era como las demás, y para ella era un honor que aquellas tres arañas quisieran acomodarse en su melena.

Y ahora Maximilian podía ayudar a Wolf. Lexy le pasó dos tónicos y un bálsamo amarillo oscuro que olía a limón y a vainilla. Siguiendo sus instrucciones, Maximilian masajeó suavemente las sienes de Wolf con el bálsamo, y luego lo ayudó a beberse los tónicos cuando vio que empezaba a despertar. Unos cinco minutos después, su compañero fue capaz de incorporarse y quedarse sentado. Effie le pasó entonces la Espada de Orphennyus a Maximilian, para que él pudiera dársela a Wolf en el momento oportuno.

—Cuando venga Levar... —comenzó a decir.

El anticuario, sin embargo, no tenía ninguna intención de volver al sótano hasta que estuviera muerta la última criatura viviente encerrada allí. Aún no había decidido qué haría entonces. Tal vez llamar a las autoridades y decirles lo mucho que sentía que aquellos dos vándalos que habían allanado su almacén no hubieran podido salir. Y qué lástima lo de las arañas, aunque... ¿No le parecería a la policía una coincidencia muy curiosa que tanto los niños como las arañas hubieran decidido explorar su almacén vacío justo en el mismo momento?

Era una pena que no conservara el capital M del que disponía hacía tan sólo una semana. Con eso podría haber convencido a las autoridades de cualquier cosa. Pero, claro, había empleado todos sus créditos para atacar a Griffin Truelove. Bueno, daba igual. Al menos ahora contaba con aquel adminículo inesperado, las Gafas del Conocimiento, que aumentarían un poco su poder.

Effie fue la primera en ver al librero saliendo de la tienda. El mago apareció por la esquina en la oscuridad y caminó cuesta abajo en dirección a las niñas. Llevaba en la mano una especie de bastón. ¿Las habría visto? No, parecía bastante distraído. Effie se llevó una mano a los labios y se agazapó con Raven y Lexy entre las sombras. Raven aún no era capaz de lanzar un hechizo de invisibilidad, ni siquiera con su varula nueva, pero descubrió que sí podía aumentar el poder de las sombras.

Las niñas contuvieron la respiración mientras veían cómo Levar avanzaba hacia ellas. Él no las vio y dobló a la derecha en dirección al Salón Recreativo Arcadia. Llevaba un abrigo gris largo, y Effie advirtió que la funda roja de las Gafas del Conocimiento asomaba de su bolsillo. ¡Las gafas de su abuelo! ¡Levar no debía salirse con la suya! En cuanto se alejó lo suficiente, la niña les pidió a sus compañeras que se quedaran para ayudar a escapar a Maximilian y a Wolf, y a continuación salió tras el mago.

El Salón Recreativo Arcadia, para cualquier observador normal, era un establecimiento viejo y deteriorado, al borde de la ruina, con un bar de poco valor, unas cuantas tragaperras antiguas y mesas de billar. Era un lugar sórdido, al que no apetecía entrar. Para Effie, sin embargo, recién epifanizada como estaba, aquello tenía un aspecto muy distinto. El rótulo del local destacaba en vistosas letras de neón rosa sobre la desvaída piedra gris del viejo edificio, y debajo parpadeaba una flecha de neón amarillo, junto con la indicación «CONTINENTALES Y VIAJEROS, PASEN, POR FAVOR, POR LA PUERTA TRASERA». Aun así, a simple vista no parecía que hubiera ninguna puerta trasera. ¿O sí? De pronto, Effie observó que, junto a la fachada, corría un pasadizo estrecho de piedra en el que no había reparado hasta ese momento. Lo recorrió a toda prisa, pero no encontró ni rastro de Levar. Dobló a la derecha y, efectivamente, allí estaba la puerta trasera. Era de madera oscura con una gran aldaba de bronce.

Effie llamó y esperó. Y justo cuando estaba a punto de llamar otra vez, la puerta se abrió y apareció un hombre enorme, casi gigante, que la miró desde su gran altura. A continuación la escaneó con una caja de plástico como la que había utilizado Octavia Bottle. Y una vez que hubo comprobado que Effie tenía bastante capital M para entrar, el gigantón se apartó lanzando un gruñido y dejó al descubierto un bar oscuro pero de aspecto acogedor, iluminado con unas lámparas con velas blancas iguales que las que había visto en la Casa Truelove. Teniendo en cuenta el silencio que solía imperar en las calles adoquinadas de Ciudad Antigua, a Effie la sorprendió ver lo animada que estaba la parte trasera del Salón Recreativo Arcadia. Sin embargo, no tardó en darse cuenta de la razón: muchos de los parroquianos procedían sin duda del Altermundo.

En una mesa, un anciano con gafas hablaba animadamente con una mujer de aspecto muy sabio. Ambos tenían el cabello largo, brillante y cano. La barba del viejo era de un tono algo distinto del blanco de su pelo, y la mujer tenía un gato —que era casi del mismo color— enroscado en torno al cuello. Los dos lucían varios anillos con gemas de diferentes colores, y junto a cada uno de ellos había un báculo de madera pulida. Él iba ataviado con ropajes blancos y amplios, y ella con un vestido holgado, también blanco, y un chal rojo.

En otra mesa, cuatro jóvenes contemplaban unos mapas enormes que habían desplegado delante de ellos. Uno llevaba una capa forrada de seda amarilla, y una de las chicas vestía un traje de noche y tenía una funda de violín junto a ella. La otra mujer llevaba un mono de seda turquesa y anillos de diamantes, y el cuarto miembro vestía como un explorador de tiempos antiguos, con un salacot y unos prismáticos grandes colgados al cuello.

La atmósfera del local era cálida y húmeda, y estaba impregnada de los olores de ambos mundos. Arracimados alrededor de la barra había otros tantos clientes: mujeres del Veromundo que olían a extrañas colonias de Londres y París, jóvenes guerreros del Altermundo que olían a sudor, grasa para espadas y peligro... En un extremo del local, sobre un escenario pequeño y oscuro, una banda tocaba en directo una música que no se parecía a nada que Effie hubiera oído. Un arpa acompañaba al piano y al xilofón de madera, mientras una chica pelirroja cantaba unas letras profundas y evocadoras acerca del amor y la pérdida y de largos viajes a través de bosques y montañas.

Pero ¿dónde se había metido Levar? Si aquello era un portal, ¿habría pasado al Altermundo? Y en ese caso, ¿cómo lo había hecho y por dónde? En la zona del bar había dos puertas. ¿Cuál debía escoger?

—¿Estás perdida, joven viajera? —le preguntó un hombre de barba blanca.

—Eh... ¿por dónde se va al continente?

—A través del Salón Recreativo Arcadia —contestó él, señalando con un gesto vago—. Pero no te detengas a jugar en ninguna de las máquinas.

—Vale. Gracias.

El hombre volvió a señalar en dirección a la puerta más lejana, o por lo menos eso le pareció a Effie. La niña vaciló.

—Puedes seguirme si quieres. Yo también voy al continente.

Effie siguió al hombre hasta el otro extremo del bar, donde una puerta de madera llevaba a un oscuro pasillo. Y el pasillo, a su vez, a una sala grande con máquinas recreativas a ambos lados. En muchas de ellas jugaban niños y niñas no mucho mayores que Effie, pero también algunos adultos. Todas las personas que había allí tenían el pelo muy largo y la ropa vieja y descolorida. Y todos los jugadores estaban completamente absortos en lo que hacían. Las máquinas emitían un leve tintineo metálico de música antigua de videojuegos. Se oían arpas eléctricas, flautas, campanas y el gemido lastimero de cosas digitales que morían en las pantallas.

El hombre meneó la cabeza con tristeza.

—Algunos jóvenes aventureros del continente a veces se pierden o toman una mala decisión y acaban aquí cuando intentan llegar a la isla porque han oído que está llena de riquezas. Pero, claro, los continentales no pueden deambular por la isla así sin más, algo que averiguan en cuanto llegan. Por eso, cuando encuentran las máquinas, con representaciones perfectas de las aventuras que deberían estar viviendo, se quedan hipnotizados. Algunos no se mueven de aquí hasta que se les agota la fuerza vital y se pasan el día apretando botones sin parar, creyéndose que están rescatando a una doncella de las garras de un dragón, aunque en realidad no hacen nada en absoluto. En cuanto se enganchan, ya no hay forma de sacarlos.

Effie lo siguió a través de la larga sala hasta que salieron al otro lado, a una zona oscura y susurrante. A un lado había algo parecido a un ring de boxeo, y al otro, varias cabinas. Al final de la hilera de cabinas se veía una puerta con un cartel que indicaba: «ALTERMUNDO.» Effie y su acompañante se pusieron a la cola. ¿Dónde estaba Levar? No se lo veía por allí. Debía de haber pasado ya al otro lado.

—Son cabinas de crédito —le explicó el hombre—. Utiliza éstas si lo necesitas, en lugar de las del otro lado. A menos que vayas a vender un adminículo, claro. Aunque nadie vendería un adminículo.

—¿Por qué no?

—Los adminículos sólo se venden cuando uno está muy desesperado. Ya debes de saber que el hecho de que se te otorgue uno es un gran honor. Nadie los vende por capricho.

—¿Y si alguien lo ha robado? —preguntó Effie—. ¿Qué haría entonces con él?

El hombre le clavó la mirada desde debajo de sus cejas pobladas.

—¿Acaso has robado...?

—No, no —se apresuró a contestar la niña—. Pero a mi amigo le han robado uno.

—Ah. Y tú andas detrás del ladrón, como haría una auténtica heroína.

—¿Cómo sabe...?

—Llevas el anillo.

—Ay, claro.

—Te ofrecerán dinero por él, y por cualquier otro adminículo o arma que tengas. Nunca lo aceptes.

—Vale, gracias. Por cierto, me llamo Effie.

—Euphemia Truelove. Sí, ya he imaginado que serías tú. Soy Festus Grimm. A tu servicio. Soy más simpático de lo que parezco, te lo prometo, aunque yo en tu lugar no me fiaría de nadie de por aquí, ni siquiera de mí. Conocía a tu abuelo y lo sentí mucho cuando me enteré de lo que le pasó.

—¿Es usted del continente?

—No. Soy como tú, un viajero. Nací en el Veromundo, pero vivo entre éste y aquél. Por *kharakter* soy sanador, y viví muchas aventuras antes de decidirme a trabajar en los Confines.

—¿Qué son los Confines?

—Los únicos lugares del Altermundo donde hay dinero. Aquí no sólo hay viajeros como nosotros, que vamos y venimos. Mucha gente se ha quedado atrapada y puede llegar a la desesperación. Yo trato de ayudar a los jóvenes que se han perdido, para que encuentren sus verdaderos caminos y completen las aventuras que emprendieron.

La cola para entrar en el Altermundo avanzó un poco. Effie y su acompañante estaban ya junto a las cabinas. Dentro de cada una había un hombre o una mujer que preguntaba por los distintos tipos de cambio de divisas. Se podían cambiar libras por krublos, krublos por francos, krublos por rublos y otro montón de monedas de las que Effie nunca había oído hablar.

—Krublos por tecnología M —decía un hombre con la cara muy roja—. Cualquier tecnología M.

—Krublos por cualquier efectivo —pidió una mujer en una cabina con cortinas azules.

—Krublos por oro de dragón —dijo el de la cara roja.

Cuando Effie pasó por delante de su cabina, el hombre olfateó el aire.

—Oro de dragón por tecnología M —añadió, bajando un poco la voz—. Oro de dragón por tus adminículos, jovencita.

—No, gracias —contestó Effie.

—Mucho oro de dragón por esos adminículos tan especiales, señorita —insistió él, inclinándose hacia delante.

—Ha dicho que no —terció Festus.

Avanzaron unos pasos.

—Gracias —dijo Effie—. ¿Qué es el oro de dragón?

—La única moneda material que se puede cambiar por créditos M. Los que están muy desesperados venden sus adminículos por oro de dragón y luego lo cambian para incrementar su fuerza vital. Sólo se puede hacer la conversión a créditos M aquí, o como mucho en otro par de oficinas de cambio. La gente vende sus adminículos en el mercado al otro lado porque los precios son mejores allí, pero luego regresan para hacer la conversión aquí. ¿Qué demonios llevas ahí? —preguntó Festus, mirando su bolsa—. Vaya, está claro que tu anillo es bastante valioso, pero ese tipo ni siquiera lo ha mirado.

—Es sólo...

Effie recordó entonces que el propio Festus le acababa de aconsejar que no se fiara de nadie, ni siquiera de él.

—Nada —dijo—. Seguro que se ha equivocado.

Festus sonrió.

—Ah, ya. Pues, oye, buena suerte.

Habían llegado al principio de la cola y era su turno para atravesar el portal.

—Gracias y adiós —se despidió Effie.

—Adiós —dijo Festus.

Luego, tras intercambiar unas cuantas palabras con el guardia fronterizo, desapareció.

32

Cuando Effie llegó al portal del Altermundo, tuvo que mostrar al guardia fronterizo la marca de su brazo, el pasaporte y la tarjeta M. Mientras hacía todo eso, una mujer la escaneó con una máquina como la del gigantón de la entrada.

—El capital M es de doce mil trescientos cuarenta —le indicó al hombre que estaba detrás de ella y que anotó el número con una pluma—. No lleva ninguna otra divisa, ni dinero. Pero sí varios adminículos. ¿Quieres saber su valor, guapa?

—No quiero venderlos —contestó Effie.

—Casi todo el mundo quiere conocer su precio, bonita.

—Vale.

—Muy bien. Percibo un Anillo del Auténtico Héroe. Es muy raro. Podrías venderlo por unas quinientas piezas de oro de dragón. Y, tal como está el cambio ahora, obtendrías cien mil créditos M por ese oro. También llevas un Athame de Sigilo. Es menos especial, pero bastante valioso. Cien piezas de oro de dragón, que podrías cambiar por veinte mil créditos M. Y... ¡Caramba! Mira, Bill, mira lo que lleva ahí. Percibo un adminículo encubierto que vale nada menos que cinco millones de piezas de oro de dragón. Eso no podrías venderlo aquí, bonita. No tenemos suficiente para comprártelo.

—De todas formas no voy a vender nada —insistió Effie.

¿Un adminículo encubierto? Debía de ser la tarjeta de citación, la que le permitía ir al Valle del Dragón siempre que quisiera. Effie estrechó la bolsa contra ella. ¿Estaba segura ahí? ¿Y si se la quitaban? Desde luego, estaba claro que sería una tentación para cualquiera.

Effie tragó saliva. Tendría que ir con muchísimo cuidado. Y debía acordarse de pedir consejo a Pelham Longfellow cuando volviera a verlo. Sólo que... había sido precisamente Pelham quien le había dicho que nunca cruzara al Altermundo si no era con la tarjeta de citación. Y allí estaba ella y... La puerta se abrió. Era demasiado tarde. Effie ya se encontraba en el Altermundo y estaba completamente sola.

Bueno, habría estado sola de no haber aparecido en mitad de un colorido y bullicioso mercado. En el Altermundo era de día y hacía un sol radiante. Aquí y allá había goblins vendiendo frutas —muchas de las cuales eran desconocidas para Effie— en bandejas pulidas. Todas parecían jugosas y exquisitas, y le entraron muchas ganas de probar alguna, aunque su intuición le decía que había algo peligroso en ellas. Por suerte no tenía dinero, aunque muchos goblins, curiosamente, le ofrecieron piezas a cambio de un mechón de pelo.

Había un montón de puestos en los que vendían de todo. En uno de ellos podías comprar sombreros panamá con vistosas plumas azules de ave fénix. En otro ofrecían preparados de hierbas e infusiones del Altermundo que los compradores se podían llevar al Veromundo. Había también un tenderete de libros raros, cuyos volúmenes solían despertar un gran interés entre coleccionistas del Veromundo como Leonard Levar. Aunque el mago seguía sin dar señales de vida. También había varios puestos de adminículos. En uno vendían todo tipo de báculos de madera y escobas, junto con algunas espadas de colores llamativos y una alfombra mágica que había vivido tiempos mejores. Effie vio una varula como la que le había dado a Raven. Costaba doscientas piezas de oro de dragón.

—Oro de dragón por sus adminículos, señorita —siseó un mercader a su paso.

Ella se aferró a la bolsa y siguió andando.

—Un bocado de nuestra fruta por un mechón de pelo, señorita —ofreció un goblin que babeaba.

Al final del mercado había un puesto de comida con dos calderos enormes. En uno hervía una sopa de color amarillo chillón, y en el otro, algo llamado «guiso de sirena». Effie volvió a tragar saliva. No era posible que fueran sirenas de verdad, ¿no? Pero entonces vio un letrero más pequeño que explicaba que el guiso se preparaba con algas, romero marino, camarones, pasta de marisco y salsa de pimienta esmeralda.

¿Dónde estaba Levar? ¿Habría vendido ya las Gafas del Conocimiento? Festus Grimm le había dicho que era mejor vender los adminículos allí que hacerlo en el Salón Recreativo Arcadia. ¿Para eso había ido el librero a ese mercado? ¿Estaría a tiempo de detenerlo?

De pronto cayó en la cuenta. ¡Pues claro, a eso se dedicaba Levar! En aquel instante lo entendió todo: por qué era tratante de libros y por qué quería a toda costa las últimas ediciones de los libros raros de su abuelo hasta el punto de estar dispuesto a asesinar a quien hiciera falta para conseguirlas. Levar sabía que no iba a poder echarles el guante mientras Griffin estuviera vivo, de manera que decidió matarlo.

Y ahora la razón le parecía evidente. Aquellos ejemplares eran tan especiales porque todos ellos eran últimas copias de títulos que quedaban en el mundo. Así pues, cuando Levar leyera uno de esos libros, lo único que debía hacer era destruirlo enseguida para asegurarse de ser su Último Lector. Effie sabía ahora que el Último Lector de cualquier libro recibe uno o más adminículos, porque así era como ella había recibido la tarjeta de citación al terminar *El Valle del Dragón*. Y puesto que se podían vender adminículos a cambio de oro de dragón, y luego convertir ese oro en fuerza vital o créditos M... y en algunos casos en un montón de créditos M...

De eso era de lo que hablaban Clothilde y Rollo. Estaba claro que los diberi consumían libros para hacerse poderosos. Eran devoradores de libros, estaban dispuestos a convertir el conocimiento en poder y luego a utilizar ese poder para lograr su verdadero propósito, fuera cual fuese.

De manera que todo hacía pensar que ahora Levar iba a incrementar su capital M vendiendo las Gafas del Conocimiento, un adminículo que había llegado a su poder sin que hubiera tenido siquiera que leer un libro o completar una aventura. Pues bien, ¡las gafas no eran suyas! ¡Así que iba a detenerlo!

Pero ¿dónde estaba? Effie se dio la vuelta y buscó el lugar por el que había entrado. El mercado se extendía ante ella en un batiburrillo caótico, como si cada puesto fuera un juguete sobre una alfombra que alguien hubiera sacudido un poco. No sabía por dónde ir, ni siquiera cómo regresar al Salón Recreativo Arcadia. Se le aceleró el corazón.

Giró a la izquierda y echó a andar hacia una hilera de tiendecitas poco iluminadas, apartadas de la luz y el calor del sol. Muchas estaban dentro de unas carpas hechas con telas gruesas y estampadas. Effie se asomó a una de ellas y vio que daba a un complejo laberinto de estancias, todas forradas de seda y con unas alfombras antiguas preciosas. Allí olía a piel de naranja, canela, clavo y toda clase de especias exóticas y desconocidas. En una de aquellas estancias había varias personas tumbadas en divanes de terciopelo negro, bebiendo en tazas de ébano o fumando en pipas de plata. Otra sala estaba atestada de liras y arpas. Una contenía sólo una liebre de oro.

Sin darse cuenta siquiera de que había entrado en una de aquellas carpas enormes, Effie se encontró totalmente perdida en aquel laberinto de cámaras y antecámaras, una especie de mercado dentro del mercado. Todo parecía de lo más interesante. Se exhibían frutas escarchadas, cajas de música, serpientes vivas, piedras preciosas e incluso había un puesto especializado en objetos fabricados con sangre de dragón. En otra pequeña cámara se podía comprar un collar hecho con lágrimas congeladas de dragón, que por lo visto te protegía del fuego. Al parecer, allí era donde se compraban y vendían adminículos y tesoros mucho más exclusivos que los del exterior. Algunos de ellos eran tan valiosos que se exponían en vitrinas cerradas con llave. En una de ellas, Effie vio una espada con la hoja de color azul turquesa y la empuñadura de madera pulida. En otra había un arco de plata precioso con varias flechas con punta de pluma. Cada una valía quinientas piezas de oro de dragón. Y, de pronto, Effie distinguió a Leonard Levar. Se estaba sacando las gafas del bolsillo junto a un mostrador de madera, detrás de una cortina roja. La niña se acercó sin hacer ruido. El librero hablaba con el mercader, seguramente le decía lo que creía que valían las lentes. El otro no parecía estar del todo de acuerdo. Escribió una cifra en un papel y se lo enseñó al mago, que soltó una risa desdeñosa y lo rompió en pedazos. El comerciante se retorció las manos y le ofreció a su cliente té de una tetera de plata. Levar negó con la cabeza y volvió a señalar las gafas.

—Devuélvemelas —le soltó Effie, apartando la cortina.

Los dos hombres se la quedaron mirando. Levar la observaba como lo haría un famoso increpado por su fan más feo y apestoso, un fan que hubiera traspasado el cordón de seguridad para decirle lo mucho que había degenerado su música desde su primer disco. El mago la estuvo contemplando así unos segundos y luego volvió a dirigirse al mercader.

Effie dio un paso más hacia él.

—He dicho que me las devuelvas —insistió—. No son tuyas. Se las robaste a mi amigo. —Entonces miró al comerciante—. Si le va a comprar esas gafas, tiene que saber que no son suyas.

—Vete, por favor —le respondió el otro—. Nos estás interrumpiendo.

—Sí. ¿Puede sacar a esta... esta cosa de su establecimiento? —pidió Levar.

—Me marcharé cuando recupere las gafas —insistió Effie—. Pertenecían a mi abuelo, Griffin Truelove, a quien intentaste matar la semana pasada. No vas a irte sin esfuerzo, ni por eso ni por haberte llevado sus libros, y desde luego tampoco por robar las gafas.

Cuanto más hablaba, más se enfadaba. El Anillo del Auténtico Héroe le ardía en el pulgar. Desenvainó el athame y apuntó con él al mago. Ojalá dejara de temblarle la mano, pensó. Se esforzó por dominar el temblor y casi lo consiguió.

—¡Devuélveme las gafas! —repitió.

Por lo menos ahora Leonard Levar le prestaba la atención que merecía. La miró de arriba abajo con desprecio, pero en su odio e irritación había ahora también un poco de respeto. No es que a Effie le importara lo que aquel tipo pensara de ella. Era un asesino, un ladrón de libros, un hombrecillo odioso que estaba decidido a negar el conocimiento a los demás y convertirlo en combustible mágico para sus propios fines egoístas. Era, era...

—Bueno —dijo Levar al cabo de un instante—, veo que has decidido unirte a nosotros.

Y sin hacer caso del athame que blandía ante él, Levar le alzó la manga y le rozó el brazo con sus dedos delgados y fríos.

—Sí, ahí está. Tu pequeña marca. De manera que has encontrado la forma de entrar, ¿eh? ¿Cómo lo has hecho? No, no contestes. Eres una mocosa ridícula y yo soy un erudito que tiene más de trescientos años, así que voy a decirte cómo has entrado: leíste el libro número quinientos. Por supuesto... Ya sabía yo que Truelove haría algo así. Nunca fue muy listo, tu abuelo. Yo siempre me anticipaba a él, presentía lo que iba a hacer. Y lo convertí en mi objetivo con toda la intención, porque sabía que era el eslabón débil que me facilitaría la tarea de infiltrarme en la Casa Truelove y la Gran Biblioteca... ¡Ah, muy bien! Veo por tu expresión que has estado allí. ¡Ja! Tengo razón, ¿eh? Y veo que eres tan estúpida como lo era él, así que leíste un libro que te llevó hasta allí, y luego supongo que te dijeron que volvieras para destruirlo y asegurarte de que eres su Última Lectora. Porque ya sabes lo que significa ser un Último Lector, ¿verdad? ¿Has destruido ya el libro? Ay, tu expresión inocente y mortificada me dice que no. Vaya, vaya, muy negligente por tu parte.

—Sí lo he destruido —mintió Effie—. Lo he quemado.

Levar soltó una carcajada cruel.

—Bueno, pues entonces sí que te has unido a nosotros, los ancestrales devoradores de libros. Los diberi. Crees que estás luchando contra nosotros, pero el único problema del estúpido plan de tu patético abuelo es que ahora estarás para siempre mancillada con la magia oscura del devorador de libros.

—¿Qué quieres decir? —preguntó Effie.

—Vosotros odiáis a los diberi porque utilizamos los libros para adquirir poder. Consumimos últimas ediciones, las destruimos y nos quedamos con la recompensa. Y por lo visto tú acabas de hacer justo lo mismo. Así que dime... —Levar acercó su rostro al de Effie. Su aliento frío olía a chimeneas viejas y pájaros muertos—. ¿Exactamente en qué eres distinta a mí?

—En que no soy una ladrona ni una asesina.

—Lo serás dentro de un momento —aseguró Levar, bajando la vista hacia el athame.

—Devuélveme lo que es mío. Es todo lo que te pido.

—Eres muy bravucona para ser una señorita tan guapa —dijo el mago—. Pero no sabes nada. Cualquiera de esos goblins de ahí fuera acabaría contigo en apenas unos minutos. Conmigo no durarías ni treinta segundos.

—Ya, bueno, y entonces ¿qué te detiene? —lo retó Effie—. Aquí estoy.

Levar apartó la vista un instante. El mercader retrocedió un paso.

—Ya veo, no te queda poder —adivinó la niña—. Lo gastaste todo con mi abuelo. Así que ahora he venido a vengarme y no puedes hacer nada.

Effie nunca le había hablado así a un adulto, pero cuanto más decía, menos nerviosa estaba. Sobre todo porque Levar no le contestaba.

—Aquí el único patético eres tú —prosiguió—. Y el único estúpido. Has cometido un gran error. Pensabas que nadie se enfrentaría a ti cuando mi abuelo ya no estuviera. Pero está claro que te equivocabas.

De pronto, el mago reconoció el inmenso poder de la niña que tenía ante él. Y vio que, además, ya no estaba asustada. No había en ella ni un ápice de miedo que el librero pudiera utilizar en su contra. Bueno, tal vez sólo un leve rastro. ¿Iba a atacarlo? Lo cierto es que ya no estaba seguro.

—Apártate de mí —dijo por fin. Y, dirigiéndose al comerciante, añadió—: Llama a seguridad.

Effie se le acercó un paso más.

—Devuélveme las gafas —le exigió.

Levar alzó el báculo de madera.

—Lucharé contra ti —la amenazó—. Y si eso no da resultado, sé cómo hacerte daño de verdad. ¿Dónde has escondido el libro, muchachita? Ah, ya veo que ni siquiera lo has escondido, ¿eh? No se te ocurrió que debías hacerlo. Puede que esté tirado sobre tu cama de princesita, en tu casa de princesita y en...

—¡No! —exclamó Effie, y alzó el athame.

De pronto, Levar tiró las gafas al suelo, salió disparado de la cámara y se metió en la siguiente. Effie recogió las lentes, las guardó en la bolsa y echó a correr tras él lo más deprisa que pudo. Lo que había dicho del libro... No era posible que...

Sin embargo, sabía que sí, que Levar se dirigía en ese momento a su casa, a buscar *El Valle del Dragón*, y que en cuanto lo abriera, ella ya no sería su Última Lectora. ¿Qué sucedería entonces? Todo lo que era ahora, todo lo que tenía ahora, todo desaparecería sin remedio. ¡Debía detenerlo!

33

—¿Y ahora qué hacemos? —preguntó Lexy.

Las arañas estaban a salvo en el pelo de Raven, y Maximilian y Wolf ya no corrían peligro. Pero no parecía que Levar fuera a volver para abrir la puerta de la cámara subterránea. Se había marchado sin perder un momento en dirección al Salón Recreativo Arcadia, y Effie había ido tras él. Lexy estaba preocupada y esperaba que su amiga estuviera bien, pero ahora debían enfrentarse al problema de cómo sacar a sus compañeros de aquella prisión.

Maximilian intentó una vez más abrir la puerta de madera, pero sus esfuerzos fueron inútiles.

—¿Y la espada? —sugirió Wolf—. Podría probar con ella.

—¿Qué espada? —quiso saber Raven.

Wolf tosió un poco y se puso en pie. Parecía que fuera a caerse en cualquier momento.

—Ésta —contestó—. ¿Max?

Cuando estaba tirado en el suelo a punto de morir, había decidido que, si sobrevivía, nunca volvería a pronunciar entero el nombre de Maximilian, porque con Max bastaba y sobraba.

Maximilian le pasó el abrecartas, y Raven y Lexy se quedaron pasmadas cuando vieron crecer el objeto hasta convertirse en la Espada de Orphennyus.

—¡Vaya! —exclamó Raven.

Wolf alzó la espada y golpeó la puerta... Pero lo único que ocurrió fue que la hoja rebotó contra la madera maciza. De pronto, tuvo la intensa sensación de que aquella espada no era para cortar ni para dañar nada físicamente, y sin embargo apartó la idea de su mente de inmediato. ¿Para qué, si no, iba a ser una espada? Aunque entonces... ¿por qué no funcionaba?

Decidió golpear de nuevo la madera.

—¡Ay! —se quejó, frotándose la muñeca.

—¡Oh, no, no, no! —exclamó Maximilian—. ¡Tenemos que salir de aquí!

Dio un par de patadas a la puerta, pero sólo consiguió hacerse daño en el pie.

—Debemos ayudar a Effie —dijo Wolf—. Ese tío es el demonio. ¿Qué ha pasado con Carl y sus herramientas?

—¿Carl? ¿Qué aspecto tiene Carl? —preguntó Raven.

Wolf intentó describir a su hermano de la forma más halagadora posible.

—Rubio y eeeh... un poco con pinta de tonto.

—Hay un chico rubio durmiendo en un coche ahí abajo —dijo Raven—. Lexy, ¿tienes algo para despertarlo?

Effie había perdido de vista a Leonard Levar, pero le daba igual. Sabía adónde iba. Se dirigía al Salón Recreativo Arcadia y al Veromundo con la intención de entrar en su casa y hacerse con *El Valle del Dragón*. Tenía que impedírselo. El problema era que no sabía muy bien cómo volver al Salón Recreativo Arcadia.

Comenzaba a oscurecer, y los goblins estaban recogiendo la fruta. Aun así, cada vez que pasaba junto a uno de ellos le siseaba algo, y todos tendían su afilada manita para intentar tocarla o pellizcarla.

—¿No quiere probar nuestra fruta, señorita? —le ofreció uno—. ¿Está segura?

—¡Eh, dejadlo ya! —les espetó Effie—. ¿Cómo se sale de aquí?

280

—¡Oooh, oooh, la muchacha ha hablado! Dadle una fruta, dadle una fruta.

—No quiero vuestra fruta. Quiero... Da igual.

Aún no había encontrado el portal y ahora estaba rodeada de goblins. Tenía que ponerse de puntillas para mirar por encima de sus cabezas y orientarse, aunque algunos eran bastante altos y...

—Ay, por favor, marchaos —les pidió.

—Oblíganos, bonita muchacha —contestó uno.

El anillo de plata comenzó a calentarse. La niña notó que la hacía más fuerte. Y de pronto se dio cuenta de que podía agarrar a aquel goblin irritante, ponerlo cabeza abajo y dejarlo caer al suelo.

—¡Oooh, oooh! ¡Ahora yo, ahora yo! —reclamó otro.

Le tendió una mano huesuda como una garra, y Effie le hizo una llave de kárate y lo lanzó por encima de su hombro. En un abrir y cerrar de ojos estaba apartando a otro goblin, y luego a otro. Las criaturas parecían casi disfrutar de aquello, aunque Effie estuviera venciendo. Ninguno de ellos volvía para atacarla de nuevo. Y aunque muchos se acercaban a ella, la niña los arrojaba a todos por los aires, hacia un lado y hacia otro. Era evidente que, en realidad, no querían hacerle ningún daño, de manera que no sacó el athame. Cuando el último de ellos aterrizó en el suelo, Effie siguió adelante. Esperaba no haber perdido demasiado tiempo.

—Vaya, eres tan valiente como decían —dijo una voz.

—¡Festus! —exclamó Effie—. ¿Cómo se sale de aquí?

—El portal está en aquella tienda de lámparas —contestó él, quitándose el sombrero ante la niña.

Debía de haber ido de compras, pensó Effie, puesto que era uno de los sombreros panamá con plumas que había visto cuando entró en el mercado.

—¡Gracias!

Entró corriendo en un establecimiento que era como un bazar gigantesco, lleno de lámparas antiguas y botellas de cristal insólitas. A la derecha había una pequeña zona en la que un hombre con un vistoso turbante azul servía té en un gran samovar de oro. Junto al mostrador, había una puerta con un cartel que rezaba sencillamente «ISLA».

Effie mostró la marca y los documentos a un guardia, cruzó el portal y recorrió un pasillo que, de alguna manera, se convirtió en el callejón del Salón Recreativo Arcadia. En cuanto salió, echó a correr y al doblar a la derecha, en dirección a la librería anticuaria, llegó justo a tiempo de ver a Leonard Levar, que se alejaba a toda prisa dejando a Wolf allí plantado con la espada en la mano, por lo visto incapaz de hacer nada.

—¿Qué ha pasado? —preguntó Effie.

—Es que no podía... —comenzó Wolf.

Effie le lanzó las gafas a Maximilian.

—Toma.

—¡Caramba! —exclamó el niño—. Pero ¿cómo...?

—Ha dicho que se las robaste a punta de cuchillo —explicó Lexy—. Ha dicho que...

—Que iba a llamar a la policía —continuó Raven—. Pero creo que era un farol. Aunque luego ha dicho no sé qué de los delitos con arma blanca y...

Wolf negaba con la cabeza.

—No sé qué me pasa. Sabía que estaba mintiendo. Sabía que nos había encerrado en una cámara con tres tarántulas vivas. Y, a pesar de todo, no he podido...

—No te preocupes por eso ahora —le dijo Effie—. Si no lo detenemos, creo que el tiempo podría cambiar y vosotros acabaríais de vuelta en el sótano con las tarántulas.

La verdad es que Effie no sabía qué podía llegar a pasar si Levar se apoderaba del libro e impedía que ella fuera la Última Lectora de *El Valle del Dragón*. ¿No debería haberse producido ya un cambio temporal? ¿No había dicho Cosmo que el tiempo era sabio? En cualquier caso, no tenía ningún sentido quedarse allí pensando.

—Tenemos que llegar a mi casa antes que Levar —apremió a sus amigos—. ¡Más nos vale correr!

Por suerte, cuando alcanzaron la siguiente esquina, Carl los estaba esperando con el coche.

—¿Tienes más refresco de ese rosa? —preguntó a Lexy.

—Si nos llevas a casa de Effie antes de que llegue Leonard Levar, te doy todo el refresco rosa que quieras —contestó ella.

Los niños se apretujaron en el coche de Carl, que pisó a fondo el acelerador.

—Ve lo más deprisa que puedas —le pidió Wolf—. Debemos detener a ese tipo.

Effie le indicó cómo llegar e intentó explicarle lo que estaba pasando mientras Maximilian, con las gafas, trataba de averiguar qué ocurría con la espada de Wolf, aunque sospechaba que el problema no era la espada, sino su amigo. Maximilian parecía haber generado —aunque no sabía cómo— una gran cantidad de capital M, el suficiente para poder utilizar las gafas durante mucho tiempo. Raven iba entonando despacio un hechizo sencillo para ralentizar a Levar, y Lexy añadió una baya lunar machacada a un tónico para que Effie se recuperase si tenía que luchar contra el mago.

Poco después, llegaron al parque de Ciudad Antigua, junto a la taberna abandonada al lado de la parada de autobús. Y allí, entre las sombras, avanzando con lentitud, de manera casi invisible, vieron al librero. Su anciano cuerpo se sacudía como si fuese un zombi enclenque.

—¡Ahí está! —exclamó Effie—. ¡Para el coche!

Effie, Wolf, Raven y Lexy salieron del vehículo.

—Yo sigo hacia tu casa con Carl —dijo Maximilian—. Me encargaré del libro. Supongo que debo destruirlo por completo, ¿no?

—¿Cómo sabes...? —comenzó Effie—. Bueno, da lo mismo. Gracias. Aquí tienes la llave. Es el número treinta y cinco.

—Ya lo sé.

—El libro está...

Effie no quería decir dónde había escondido el libro delante de Carl. Por si las moscas.

—Está... —Se devanaba los sesos buscando alguna pista que sólo Maximilian pudiera entender—. Está guardado al lado de la cosa que a Cronos le gusta comer.

Maximilian asintió.

—Vale. Y toma, la espada de Wolf.

—Gracias. Eres un verdadero amigo.

Maximilian suspiró.

—Ojalá lo hubiera sido siempre. Buena suerte.

Effie no tenía tiempo para plantearse qué demonios había querido decir Maximilian. Echó a correr hacia Levar, y Wolf hizo lo mismo. Lexy y Raven seguían practicando su magia, de manera que iban más despacio.

Effie le dio la espada a Wolf, y en cuanto él cogió el adminículo, éste se puso a sisear y chisporrotear al tiempo que crecía hasta alcanzar su tamaño completo.

—¡Alto! —le gritó Effie a Levar mientras corría hacia el librero y se colocaba delante de él.

—Ah, otra vez tú... —El mago se dio la vuelta y se encontró con Wolf—. Y ya veo que te has traído al cobarde.

—No soy ningún cobarde —contestó Wolf, alzando la espada.

—Ten cuidado con eso —le advirtió Levar—. No vayas a hacerte daño. Uno nunca sabe del todo cómo se va a comportar un adminículo. Y ahora, si me perdonáis, tengo que...

Levar intentó echar a correr por el parque. Iba tan deprisa como lo haría cualquier anciano de trescientos cincuenta años en baja forma, pero estaba decidido a escapar, de manera que siguió tambaleándose en dirección a la vieja taberna abandonada. Logró dar unos diez pasos antes de tropezar y caerse al suelo.

—¡Ladrones! —gritó, con debilidad—. ¡Atracadores! ¡Vándalos! —Rebuscaba algo en el bolsillo—. ¡Socorro! ¡Que alguien me salve de estos delincuentes violentos!

Al momento, Effie y Wolf estaban encima de él. Lexy y Raven casi los habían alcanzado. Wolf alzó la espada, y Effie tenía listo el athame. Sin embargo, a ninguno de los dos les parecía del todo correcto atacar a un anciano que parecía tan frágil y que además estaba ya en el suelo. ¿Quién debería hacerlo primero? Wolf pensaba que tenía que ser Effie. Al fin y al cabo todo aquello era por su abuelo... A Effie, en cambio, le pareció que la espada de Wolf era más grande que su athame, y que ahora le tocaba a él demostrar su valentía.

Ese instante de duda bastó para que Leonard Levar consiguiera sacarse del bolsillo lo que andaba buscando. Era una caracola rosácea y blanquecina.

—¡Malditos! —exclamó, y la arrojó a los pies de Effie y Wolf.

Al aterrizar, la caracola se convirtió en una granada que explotó con una fuerte detonación. Los dos niños cayeron al suelo, y luego todo empezó a temblar, primero despacio y después con más violencia. Era como si se estuviera repitiendo el Gran Temblor. La tierra bajo sus pies se estremecía, se desmenuzaba, se desgajaba, hasta que, fiuuu, empezó a soplar en torno a ellos como una tormenta de arena. O, para ser más precisos, una tormenta de tierra.

Cualquiera que la haya sufrido sabe que hay pocas cosas más horribles que una tormenta de tierra. En un abrir y cerrar de ojos, volaba por los aires todo lo que había sido arrancado del suelo: gusanos, raíces retorcidas, ratones, orugas, babosas, larvas, nidos de hormiga, los huesos de animales que habían muerto hacía mucho tiempo y otros seres extraños que acechan entre este mundo y el subterráneo. Todo eso quedó momentáneamente suspendido en el aire, mientras la tierra se descomponía primero en terrones y luego en pedacitos que se elevaban cada vez más. A continuación, todo se arremolinó en un torbellino, como si una fuerza asombrosa estuviera removiendo el mundo entero.

Wolf se levantó despacio. ¿Qué estaba ocurriendo? El aire olía a cobertizos húmedos y calcetines viejos, y las entrañas de la tierra giraban a su alrededor. Arañas e insectos, vivos y muertos, se le enredaban en el pelo, y criaturas más grandes le reptaban por debajo de las mangas y por dentro de los calcetines. Unas garras diminutas y afiladas le trepaban por el pecho y la espalda. Wolf notó la humedad blanda de las lombrices que intentaban metérsele en los oídos y la nariz. Algo le mordisqueaba el codo. Pequeños esqueletos de toda clase se recomponían y corrían hacia él, para luego volver a explotar y hacerse añicos. Justo delante del niño colgaba una raíz que parecía una cabeza hervida. Y luego otra que se semejaba mucho a su tío.

La oscuridad era cada vez mayor, y el chico se encontraba ahora completamente solo en una creciente nube de polvo y lodo seco y piel muerta, y bichos y tentáculos y todos los horrores subterráneos que uno pueda imaginar. Y entonces comenzó a desatarse en el alma de Wolf algo parecido a una tormenta de tierra.

De pronto, sus recuerdos más profundos y dolorosos salían a la superficie, y en torno a él se iban sucediendo escenas de su vida. Su padre pegaba a su madre y su madre se marchaba para siempre; luego su padre volvía a hacer exactamente lo mismo a otra mujer, y entonces era él quien desaparecía. Después, un pequeño borrón, y el tío de Wolf se le acercaba en silencio por detrás, Wolf recibía una paliza y se veía abandonado, aterrado, hambriento y helado, y luego lo encerraban en un armario. Y después estaba allí, como siempre, cuando sus supuestos amigos arrinconaban a uno de los niños «dotados», tiraban al río el contenido de la mochila del pobre desdichado y se reían de él.

Mientras Wolf se tambaleaba, perdido en aquel mundo de oscuridad, vergüenza y miedo, mientras los ciempiés intentaban metérsele en los ojos y los escarabajos le correteaban por el cuello, Effie seguía tirada en el suelo, sin responder a nada. La tormenta arreciaba, y del cielo le caían gruesos terrones.

—¡Esto es muy injusto! —le gritó Lexy a Levar—. Podrían haberte matado hace un momento, pero les has dado pena.

El mago no contestó. Mientras Lexy se sacudía la tierra del pelo y le daba un tónico a Effie, el librero siguió avanzando, tambaleándose, en dirección a la vieja taberna. ¿Para qué querría ir allí?

—Voy a por él —decidió Raven.

—Pero ¿qué vas a hacer? —quiso saber Lexy.

286

—No lo sé. Intentar detenerlo como sea. Tú tienes que romper el hechizo de la tormenta de tierra. Es tierra mágica, así que deberías poder apagarla con agua o fuego. El aire la empeoraría.

Sin embargo, no había agua por allí. Y Lexy no llevaba cerillas ni sabía otra manera de encender fuego. A lo mejor Raven podía lanzar un hechizo... Pero ésta ya se había ido.

—¡Socorro! —gritó Wolf—. ¡Haz que esto pare, por favor...!

Lexy se puso a pensar. ¡Pues claro! Le quedaba un tónico. Su función era incrementar el capital M, pero, como todos los tónicos, estaba hecho principalmente de agua. Quitó el tapón de corcho del frasco y se lo lanzó a Wolf. Apenas podía verlo ya, inmerso en la densa nube de tierra húmeda y criaturas. La reacción fue instantánea. De pronto se produjo un gran estallido de hojas secas de otoño y escarabajos negros. Y entonces... La tormenta de tierra se expandió hasta casi devorarlas a ella y a Effie. Lexy se maldijo. Qué tonta había sido. En ese tónico había capital M. Acababa de alimentar la tormenta con más magia.

Agua. Fuego. No había agua. No había fuego.

Una lombriz gorda y rosada empezó a reptarle por el brazo. La tormenta se acercaba y Effie seguía en el suelo, inconsciente e indefensa del todo. La única manera de impedir que aquello empeorase era... Agua. Fuego. ¿Dónde podía...?

Agua. ¡Lágrimas! Si consiguiera...

—¡Wolf! —gritó Lexy—. ¡Wolf!

Desde el interior de la tormenta, Wolf oyó muy a lo lejos que alguien lo llamaba por su nombre. En aquellos instantes estaba reviviendo un recuerdo especialmente doloroso, cuando en una feria ganó un pez de colores, se lo llevó a casa con mucho cuidado en una frágil bolsa de plástico y su tío, al verlo llegar, desgarró la bolsa y tiró el pez por el váter. Wolf se sintió... se sintió...

—¡Llora! —dijo una voz en su cabeza—. ¡Tienes que llorar!

¿Qué? Wolf no había llorado en toda su vida. Bueno, excepto quizá cuando era un bebé. Los niños no lloran. Y, además, no se podía llorar delante de alguien como su tío o como sus amigos. Alguna que otra vez se había planteado llorar a solas, pero por alguna razón las lágrimas nunca acudían a sus ojos. Al fin y al cabo, si nunca has llorado, no sabes lo que puede pasar si lo haces. ¿Y si luego no puedes parar? ¿Y si se convierte en una costumbre? ¿Y si te ve alguien?

—¡Llora! —repitió la voz—. ¡Sólo las lágrimas detendrán la tormenta de tierra! Tienes que intentar...

Las escenas dieron vueltas en su cabeza una vez más. Su madre. Su padre. Su tío. Y también la vaga imagen de una niña pequeña que se marchaba de casa al mismo tiempo que la madre de Wolf. ¿Su hermana? A Wolf casi se le había olvidado que tenía una hermana. ¿Por qué se la había llevado su madre a ella y no a él? ¿Seguiría viva? ¿Por qué nunca había intentado encontrarla? El entrenador Bruce siempre había dicho que Wolf era débil. Y tenía razón. Lo era. Era patético y débil, y se había olvidado de su hermana y ni siquiera podía proteger a sus amigos ahora que tenía la oportunidad. Le habían dado aquella espada formidable y era incapaz de utilizarla.

Era un auténtico y completo fracasado.

Entonces notó algo en el ojo izquierdo: una sola lágrima le resbaló lentamente. Cuando entró en contacto con el gusano que intentaba metérsele en la nariz, la criatura se desvaneció al instante. ¡Aquello daba resultado! Se le escapó otra lágrima. Y luego otra. Hasta que Wolf apoyó la cabeza entre las manos y por fin dejó salir el dolor que llevaba guardando todos aquellos años. Sollozó y sollozó, y conforme sollozaba, la tierra caía del cielo y todo volvía poco a poco a su lugar.

34

Para cuando Raven alcanzó a Leonard Levar, el mago casi había llegado a la antigua taberna. El exterior, pintado de blanco, tenía ahora un color ceniciento, y Raven vio que las palabras «EL CERDO NEGRO» se habían desvaído hasta adquirir casi el mismo tono gris. Era un lugar sombrío y deprimente, aunque...

Conforme se acercaba, la taberna comenzó a parecerle extrañamente hermosa. ¿Tal vez por ser tan antigua? Tenía el aspecto de una iglesia o abadía primitiva. En el aire se percibía un olor parecido al del incienso y las flores secas. ¿De dónde procedía? Hacía ya un buen rato que Levar no volvía la cabeza hacia ella; estaba muy concentrado en lo que quisiera que estuviera haciendo. Entonces el mago presionó con las manos la pared de ladrillo blanco y se quedó allí, temblando un poco y sonriendo. Raven lo vio con claridad

¿Qué hacía? Fuera lo que fuese, Raven sintió el impulso de imitarlo. El incienso, las flores secas... No eran olores que percibiera de manera normal, sino que los captaba con algo que trascendía sus cinco sentidos. Y tampoco era lo que suele llamarse «sexto sentido», que, como todo el mundo sabe, es cuando notas que hay un fantasma en la habitación o cuando sabes lo que va a decir tu amigo. No, era como un séptimo sentido, el que está más cerca del olfato que de otra cosa, pero aun así es muy distinto, porque consiste en detectar la magia, en saber que algo está lleno a rebosar de capital M o fuerza vital.

La fuerza vital acumulada suele percibirse como algo fresco y sereno, como una losa de mármol o un muro de piedra gastada. Suele oler vagamente a sándalo y rosas, a humo de turba y al fondo de los espejos. Huele también, aunque no es ésa la expresión adecuada, a lirio rosa y cera de abejas. La experiencia sensorial es, de hecho, muy parecida a la de estar en una iglesia muy antigua y evocadora (que es donde siempre se puede encontrar una pequeña cantidad de fuerza vital, si es que uno la necesita).

Lo normal es que la gente ande visitando las iglesias para tomar prestada un poco de esa fuerza —la que queda de los residuos de la oración—, sin embargo, nadie se había acercado a aquella taberna extraña en más de cincuenta años. Los sentidos de Raven estaban casi saturados con el efluvio embriagador de la magia pura atrapada en las paredes, la madera, los diminutos átomos de aquel edificio. Por eso, al igual que Levar, alargó el brazo y...

La sensación de tocar un edificio empapado de semejante cantidad de fuerza vital es tan potente que alguien receptivo podría caer inconsciente al instante. Y al ser una bruja recién epifanizada, Raven era extremadamente receptiva. Fuera como fuese, cuando la fuerza vital de aquella vieja taberna —que era luminosa, vivificante y libre— advirtió que Raven la deseaba, dejó de inmediato de fluir hacia el librero y empezó a verterse en la niña.

Raven tardó un momento en darse cuenta de cuáles eran las intenciones de Levar. El mago pretendía recargar su capital M en aquella fuente abandonada. Durante todos los años de alegría y consuelo que aquella taberna había proporcionado a sus parroquianos, la magia se había ido derramando por aquí y por allá, y poco a poco se había ido acumulando y...

—¿Qué crees que estás haciendo?

Leonard Levar renqueó hacia Raven, con los ojos negros llenos de ira. La niña no le hizo ni caso. Jamás se había sentido tan reconfortada y feliz como en ese instante, mientras la corriente caudalosa de fuerza vital fluía hacia ella. Durante unos segundos, tuvo la curiosa sensación de saber todo lo importante sobre la vida y el amor, sobre su condición de bruja y... Y entonces cayó al suelo inconsciente.

Maximilian entró en casa de Effie sin hacer ruido. No le resultó difícil dar con la habitación de su amiga. Había un bebé dormido en una cuna y un monstruo de peluche tirado en el suelo. Él no tenía hermanos pequeños. Cogió el muñeco y lo puso con delicadeza en la cuna. Luego se concentró en la tarea que tenía entre manos.

¿Dónde estaría el libro? Allí no había muchos escondrijos. ¿Y qué había dicho Effie? «La cosa que a Cronos le gusta comer...» «Cronuts», pensó Maximilian, las rosquillas fritas de hojaldre que vendían en un puesto de Ciudad Antigua. ¿Cronos comería cronuts o algo que no tenía nada que ver? Mientras pensaba en ello, empezó a buscar en la cama de Effie, miró encima y debajo, por si acaso. Luego abrió un baúl de madera que había al fondo de la habitación. ¿Estaría allí el libro? Desde luego, había un montón de cosas interesantes en ese baúl, entre ellas un cuaderno negro escrito en un idioma extraño con tinta azul por el que Maximilian sentía una atracción inexplicable. Pero ni rastro de *El Valle del Dragón*.

Cronos. ¿No era el dios griego que se comió a sus propios hijos?

A sus propios bebés en realidad...

Maximilian se acercó a la cuna de la pequeña Luna. Effie había sido muy lista, porque ningún intruso se habría arriesgado a despertar a la niña para encontrar el libro. Así pues, la cuestión era cómo evitar que se despertara. Maximilian no tenía ni idea de cómo coger a un bebé. ¿Y si se hacía pis? Y lo que era peor, ¿y si se ponía a llorar? Consultó con las gafas, que muy solícitas le propusieron un difusor de lavanda, nanas en distintas lenguas, un analgésico infantil que causaba somnolencia, un jarabe para la tos que tenía el mismo efecto, un mordedor rosa, un brebaje extraño a base de manzanilla y lechuga y, por último, un antiguo hechizo de sueño. Pero Maximilian no era ni un brujo ni un erudito de alto nivel, de manera que no podía lanzar hechizos. Y, de todas formas, según las gafas, el que proponían tampoco es que funcionara muy bien.

Él era un erudito y eso significaba que sabía cosas. Y si daba crédito a las palabras de Leonard Levar, también era mago, lo cual significaba que... ¿Qué significaba? Preguntó a las gafas qué podía hacer un mago para evitar que un bebé se despertara. «¿Matarlo?», sugirieron éstas. «Sin matarlo, idiotas», contestó Maximilian. Las gafas parecieron enfurruñadas durante unos segundos. Luego, desconcertadas. A Maximilian le costaba comprender lo que intentaban decirle. A pesar de todo, miró a Luna y pensó en sueños, en nanas, en la luz de la luna y en una cómoda cavidad en lo más remoto de un bosque muy muy oscuro, donde...

Entonces cogió a la pequeña. Nunca había tenido a un bebé en brazos. Para su sorpresa, pesaba mucho. Se dio cuenta de que con sus pensamientos la había introducido en una tierra lejana de sueño profundo, más reparador que peligroso, aunque con una alta probabilidad de que soñara cosas muy raras. La niña ni se inmutó. Maximilian encontró la forma de sostenerla con un brazo mientras con el otro registraba la cuna. Bajo el colchón había una especie de hueco. Y allí estaba *El Valle del Dragón*. El muchacho cogió el libro y volvió a poner a la niña en la cuna con cuidado. La tapó y colocó el monstruo de peluche a su lado.

El Valle del Dragón. Por fin. La mano de Maximilian tembló al pasar sobre la cubierta forrada de tela de color verde pálido. Por supuesto, cualquiera que encontrara el libro podía abrirlo, leerlo y... ¿Qué ocurriría entonces?

Si leía el libro no sólo crearía una distorsión en el tiempo, sino que además ahora, como nuevo lector, tendría acceso al Altermundo, con sus aventuras, misterios y adminículos. Bueno, siempre que se acordara de destruirlo inmediatamente después.

Por un momento, Maximilian sintió la tentación de hacerlo. Lo que más había querido en la vida era ir al Altermundo, averiguar cuanto pudiera sobre la magia y los misterios y la vida misma. Claro que eso era antes de que hubiera descubierto el Inframundo, que parecía mucho más interesante.

Y ahora algo lo hacía dudar. Si destruía el libro, por una vez en su vida sería un buen amigo. Salvaría a Effie, evitaría no sólo que se olvidara de sus recientes aventuras, sino también que se convirtiera en una devoradora de libros, porque así Effie no destruiría el libro después de haberlo leído, como hacían los diberi, sino que habría sido otra persona quien lo habría hecho. No era perfecto, pero significaba que técnicamente no se la podía considerar una diberi.

Maximilian se sacó del bolsillo dos hojas dobladas de papel, las alisó y las leyó una última vez. Ahora tenían mucho más sentido, después de todo lo que había pasado. ¿Debía dejarlas allí para Effie? Tal vez podría decir que se las había encontrado dentro del libro. No. Tenía que contarle la verdad. Su amiga se lo merecía. Había ayudado a salvarlo de las tarántulas de seis ojos. Y era la primera persona que había confiado en él de verdad.

De manera que volvió a guardarse los papeles en el bolsillo, se escondió el libro bajo la chaqueta y, procurando no hacer ruido, se dirigió a la pequeña y oscura cocina en busca de una caja de cerillas. Luego salió de la casa y, en un sombrío callejón, tras doblar una esquina, en una vieja papelera metálica que un vándalo de por allí había robado de su colegio, Maximilian quemó la última edición de *El Valle del Dragón*. En ese momento, la oscuridad llameó en su interior, pues al fin y al cabo quemar libros nunca ha sido algo asociado al bien. Sin embargo, de aquella oscuridad surgiría la luz. Estaba casi seguro.

Wolf, libre al fin de la tormenta de tierra, corrió por el césped y encontró a Leonard Levar maldiciendo y mascullando desesperado algún tipo de encantamiento, con las manos pegadas a la pared de El Cerdo Negro. Lo que quisiera que estuviera intentando hacer, no parecía estar funcionando. Raven yacía en el suelo, inconsciente.

—¡¿Qué le has hecho?! —gritó el niño, alzando la espada.

—Vaya, si el cobarde habla... —dijo Levar—. No has podido atacarme antes, pequeño miedica, y tampoco podrás hacerlo ahora. Aunque, de todas formas, yo en tu lugar no me molestaría en atacarme para defenderla a ella, porque es...

En ese momento, Raven parpadeó y se incorporó. No se había sentido tan poderosa en su vida. Claro que no podía atacar a Leonard Levar. Las brujas no pueden atacar. Sin embargo, con un solo movimiento de la varula, podía curar a Wolf de todas las heridas que había sufrido durante la tormenta de tierra. ¿Qué más podía hacer? Ajá. Podía elevarse un poco del suelo —no era lo que se dice volar, pero sí algo muy parecido— y llegar hasta Effie, al otro lado del parque. Con el enorme incremento de capital M de Raven y la habilidad de Lexy con los tónicos, su amiga no tardaría en volver en sí.

Leonard Levar empezó a alejarse de El Cerdo Negro, renqueando. No podría conseguir un poco de capital M extra de aquella vieja ruina. De acuerdo. Se lo había llevado todo aquella pequeña bruja. ¿Qué más daba? Lo único que tenía que hacer era encontrar *El Valle del Dragón*, borrar lo que había vivido la niña Truelove y conseguir el adminículo que le permitiría dar con la Gran Biblioteca. Entonces podría regresar con poderes renovados... y disfrutar del placer de matar a aquellos niñatos. A los chicos les cortaría el cuello, sin más, pero a la niña heroína la mataría despacio, muy despacio. En cuanto a la bruja que le había robado la fuerza vital...

—¡Claro que puedo! —dijo de pronto Wolf, que, al ver a Effie todavía en el suelo, dio unos pasos hacia Levar, alzó la reluciente Espada de Orphennyus, la descargó con todas sus fuerzas sobre él y le atravesó el frágil cuerpo al anciano.

—¡Arrrgh! —gritó Levar, que cayó de rodillas al césped. Físicamente no estaba herido. No en ese sentido. Wolf se había dado cuenta de que su espada no hendía ni cortaba, pero aquel golpe había erradicado casi todo el capital M que le quedaba a Levar. Y puesto que en realidad se mantenía vivo en ambos mundos gracias a dicho capital, aquello le hizo mucho daño.

—¡No! —gritó Levar—. ¡Déjame en paz! ¿Acaso te he hecho yo algo a ti? Te pagaré, ¿vale? ¿Qué te parece? Tengo millones de libras y billones de krublos. Baja esa espada y ven conmigo a la librería. Te haré rico, muchacho. Ya no te verás obligado a juntarte con estos niños estúpidos...

Wolf miró a Effie, que seguía al otro lado del parque, pero ahora empezaba a incorporarse despacio. Lexy le estaba dando mermelada de un tarro. La tormenta de tierra había veteado la oscuridad de tonos pálidos de rojo y naranja, alguna que otra lombriz aún permanecía suspendida en el aire y las hojas secas seguían cayendo poco a poco al suelo.

Sus compañeras se le acercaban ahora corriendo para ayudarlo. Y Wolf volvió a alzar la espada.

—Mis amigos valen mucho más que todo el dinero del mundo, así que...

Leonard Levar levantó una mano y utilizó casi todo el capital M que le quedaba para pinzar un pequeño nervio en la columna de Wolf y dejarlo totalmente paralizado. Luego, el librero se sacó del bolsillo una tarjeta de visita.

—Skylurian Midzhar —dijo desesperado, apenas con el último resto de créditos M—. Ayuda a tu compañero diberi. ¡Ya!

Las tarjetas de visita mágicas son, con mucho, el medio más eficiente de comunicación en el mundo moderno. Si tienes una, puedes llamar a su dueño en cualquier momento del día o de la noche, y la persona en cuestión tiene que acudir a ti en el acto. Si está lejos, debe emplear la magia para llegar. No obstante, Skylurian Midzhar estaba en ese momento a sólo tres calles de distancia, en un taxi de camino a su casa tras una cena bastante tediosa organizada por la autora de más éxito de su editorial. ¿Le pedía al taxista que cambiara de dirección? ¿Era correcto ir a salvar a su malvado cómplice en un taxi? Tal vez no.

Skylurian había bebido mucho champán y después un Chablis inesperadamente delicioso y vino dulce que le había ofrecido un poeta. Estaba un poquito achispada. Pero daba igual. Sacó su varula de marfil y, con un leve encantamiento, volvió a estar sobria. Se limpió una pequeña mancha de sopa del vestido negro, elevó sus tacones otros ocho centímetros, dejó al taxista inconsciente y...

De pronto, sobre Levar y los niños se produjo un destello de lo que podía haber sido un rayo, sólo que era de un vistoso color azul. El cielo rugió con un estruendo que resonó mucho más que el de cualquier trueno normal, y la tierra volvió a temblar durante unos segundos. Puede que Leonard Levar hubiera perdido casi toda su fuerza vital y en ese momento no fuera más que un guiñapo tembloroso en el descuidado parque de un pueblo, pero Skylurian Midzhar había llegado y parecía más poderosa, hermosa y devastadora que nunca. Tenía tanta fuerza vital que ya no sabía ni qué hacer con ella, pero lo que sí sabía y tenía claro era la importancia de hacer una entrada a lo grande.

¿Demasiado humo azul, tal vez? Sin embargo, cuando se despejó...

—¡Cielos! —exclamó Raven, tosiendo y frotándose los ojos a causa del humo.

Podía detectar una magia extremadamente oscura en aquella bruja que acababa de aparecer. Pero no sólo se trataba de magia oscura, sino de algo que iba más allá. Algo malvado, horrible y profundamente maligno. Cuando el humo azul se desvayó un poco más, Raven reconoció a la bruja. Era la mujer de la cena. La responsable de editar y luego —por mucho que pareciera algo inexplicable— destruir los libros de su madre. La propietaria de Ediciones Cerilla.

35

Mientras Leonard Levar tosía y parpadeaba —aquella mujer infernal había creado una exageración de humo—, Raven liberó de su parálisis a Wolf, que cayó al suelo y se frotó la espalda, justo por donde le había entrado la magia. Raven y Lexy empezaron de inmediato a curarlo. La pequeña bruja triplicaba el poder de los tónicos de la sanadora con tan sólo un ligero movimiento de varula.

—¿Qué está pasando aquí? —preguntó Skylurian Midzhar, una vez que estuvo segura de que todos la veían en su resplandeciente gloria—. ¿Leonard?

—Ayúdame... Estos niños... Estos brutos...

Effie miró a Levar.

—¡Mataste a mi abuelo! —le espetó—. Y has intentado matar a mis amigos, y después a mí. Me da igual a quién llames para que te ayude. Debería haber hecho esto hace mucho tiempo.

Y alzó el athame, dispuesta a clavárselo en el corazón.

Skylurian Midzhar contemplaba la escena con interés. Ralentizó un poco a la niña con un hechizo, a pesar de que éstos no es que afectaran del todo a quien llevara el Anillo del Auténtico Héroe. Skylurian sabía que no era buena idea incordiar a un auténtico héroe. Bueno, o no mucho, por lo menos. Y ésta parecía tener potencial para...

—¿Leonard? —dijo—. Me da que llego un poco tarde. ¿Hay algo que debería saber?

Desde luego que había muchas cosas que Levar debería haberle contado. Había perdido la oportunidad de salvar *El Valle del Dragón*, pero podría haberle indicado dónde estaban los otros cuatrocientos noventa y nueve libros para que, cuando él falleciera, Skylurian pudiera utilizarlos en su gran misión. Sin embargo, el mal no tiene fama de ser muy altruista. A Leonard Levar le importaba un pepino lo que pasara después de su muerte con Skylurian Midzhar, Ediciones Cerilla y todas sus otras absurdas empresas falsas o los demás diberi. Al fin y al cabo, la editora no había dejado de meterse con él en su última reunión. Y aunque ahora la había llamado pidiendo ayuda, apenas estaba haciendo nada. Levar esperaba que sufriera cuando le llegara el momento de...

La niña seguía con el athame alzado. Era demasiado tarde. Aunque...

—Pues sí —dijo Levar, en un tono que hizo dudar a Effie—. Sé dónde está tu madre, muchachita. Sé adónde fue la noche del Gran Temblor y sé dónde está ahora. Si accedes a trabajar conmigo, estoy seguro de que podría...

Effie no se movió.

—No sé por qué se ha molestado siquiera en llamarme —le comentó Skylurian a Raven—. Si posees información sobre la madre desaparecida de alguien, y ese alguien está a punto de matarte, siempre se puede negociar y...

—Tú no sabes nada de mi madre —saltó Effie por fin—. Estás mintiendo. Debería haber hecho esto antes, y evitar así que hicieras daño a mis amigos.

Y entonces le atravesó el corazón con el athame, o lo que le quedaba de corazón. De su pecho no manó ni una gota de sangre, pero la daga sí se llevó el último ápice de su fuerza vital, y al quedarse sin capital M, Leonard Levar se convirtió de nuevo en un hombre mortal. Por supuesto, los hombres mortales no viven trescientos cincuenta años, de modo que, en cuanto la naturaleza del Veromundo volvió a la normalidad, el cuerpo del librero se desmoronó sin más y quedó reducido a un montoncito de polvo. Un montoncito de polvo coronado por un traje raído y viejo, un abrigo de lana gris, unos calzoncillos grises, un tarrito de mostaza, una cuchara de plata y una llave de bronce ornamentada.

—¡Eso por mi abuelo! —dijo Effie con voz queda—. Y tú no sabes nada de mi madre. Nada.

Skylurian Midzhar miró a los otros niños y los valoró uno a uno, incluida a la bruja de pelo negro con la que acababa de hablar y que le sonaba de algo, aunque no sabía de qué. Luego observó de nuevo a la más fuerte. La viajera. La auténtica heroína. La que acababa de matar a Leonard Levar.

—Bueno, ¿y quién eres tú? —preguntó.

—Euphemia Truelove. Y si has tenido algo que ver con la muerte de mi abuelo... —contestó, y alzó de nuevo el athame.

Effie no quería que la cómplice de Levar viera la llave que había quedado encima de sus restos. Era mejor distraerla con la perspectiva de otra batalla.

—Ya veo. Eres un pequeño ángel vengador. Qué interesante. Y eso que percibo que eres casi uno de los nuestros. Casi, pero no del todo. Aquí tienes mi tarjeta.

Skylurian se acercó a Effie, evitando con magia que sus tacones se hundieran en la hierba, y le ofreció una tarjeta de visita azul y plateada.

—Por si decides unirte a nosotros de una forma más... permanente —añadió—, nos vendría bien alguien con tu poder.

Miró entonces a los amigos de Effie.

—Al final os traicionará —les dijo—. Yo en vuestro lugar me andaría con cuidado.

Y a continuación, envuelta en otra nube de humo azul, desapareció.

Effie se agachó a coger la llave. Por fin iba a rescatar los libros de su abuelo. Era lo que debía hacer, aunque eso significara no saber lo que le había ocurrido a su madre. Tenía que impedir que los diberi se volvieran aún más poderosos.

Al día siguiente por la mañana, los cinco amigos estaban cansados pero eufóricos. Se habían reunido una hora antes de que empezaran las clases, y Wolf les había abierto el pabellón de tenis con la llave que le pertenecía por ser el capitán del equipo de rugby. Se acomodaron en el oscuro y pequeño trastero lo mejor que pudieron, entre las pelotas de tenis viejas y las pelusas verdes, y se pusieron al día unos a otros acerca de aquellas partes de la historia que no conocían.

Maximilian les explicó que había quemado el libro en el callejón, y Wolf les contó cómo Max y él habían intentado recuperar los libros de Effie de las cámaras subterráneas de la librería y cómo se habían quedado encerrados allí. La historia de Effie fue algo más larga y, aunque no entró en todos los detalles de su visita al Altermundo, sus nuevos amigos pudieron hacerse una idea.

Después de que Maximilian destruyera el libro, Carl lo había llevado de vuelta al parque junto a la taberna, pero en cuanto el hermano de Wolf vio el panorama —aquellos tonos rojizos e inusuales en el cielo nocturno, las lombrices en suspensión, los extraños remolinos de hojas, la poderosa bruja y todo lo demás—, decidió salir de allí a toda velocidad, y dejó a Maximilian muy lejos de su casa. Él había regresado andando al bungaló y por la mañana le había prestado el mensáfono a Wolf, que aún estaba intentando convencer a su hermano de que volviera a ayudarlos a trasladar los libros aquella misma tarde. Si Carl se negaba, no sabían muy bien cómo iban a sacar aquel montón de cajas del almacén de Levar. Lo más probable es que los ejemplares estuvieran a salvo allí; aun así Effie quería llevárselos lo antes posible.

—¿Vosotros creéis que hablaba en serio? —preguntó Lexy—. Cuando esa bruja le propuso a Effie que se uniera a ella, quiero decir.

—Esa tal Skylurian sólo intentaba acabar con nuestro espíritu de grupo —aseguró Wolf—. Es algo que se da a menudo en algunos deportes. Pero somos más fuertes que eso. Somos un equipo.

Lexy asintió, muy seria.

—Somos un buen equipo —añadió.

Cuando Wolf había llegado a su casa la noche anterior, ya bastante tarde, se había encontrado a su tío esperándolo con la vara de abedul con la que llevaba pegándole desde que era pequeño. El niño se fue directo hacia él, se la arrebató y la partió en dos.

—Si vuelves a ponerme una mano encima... —comenzó.

Su tío, sin embargo, se mostró tan asustado que Wolf no tuvo ni que terminar la frase. El viejo incluso empezó a disculparse entre balbuceos y prometió ir más a menudo a las reuniones de Alcohólicos Anónimos. Wolf no dijo nada más. Se metió en su cuarto y cerró la puerta.

Por la mañana le dijo a su tío que el encargo que tenían de vaciar una casa había sido cancelado, y él ni siquiera se lo discutió. Se limitó a servirse otra taza de té y a asentir.

—El hecho de que Skylurian Midzhar sea editora es significativo —dijo Effie—. Todavía no sé muy bien por qué, pero todo esto tiene que ver con los libros, puedo notarlo. Estoy segura de que ella y otros seguirán intentando llegar hasta la Gran Biblioteca del Valle del Dragón.

—Seguro que nos la volvemos a encontrar —convino Raven—. Aunque podríamos derrotarla si fuera necesario, igual que a Leonard Levar.

—De todas formas, parecía mucho más fuerte que él —opinó Effie—. No sé por qué no quiso hacernos daño anoche. Está claro que tenemos que investigarla. Y también me he dado cuenta de algo acerca de la señorita Wright.

—¿La señorita Wright? ¿Nuestra antigua profesora?

—¿Os acordáis de que ganó un concurso literario y luego desapareció? Pues bien, a ver si adivináis de qué editorial era.

—Ediciones Cerilla —contestó Raven.

—Exacto.

Tenían mucho más de lo que hablar, pero tocaba clase de literatura con la profesora Beathag Hide, y ninguno quería llegar tarde. Incluso después de enfrentarse y derrotar al mal más intenso, ninguno de ellos se sentía todavía con la suficiente seguridad como para lidiar con aquella profesora. Y, por supuesto, Maximilian, Effie y Wolf se la iban a cargar por haberse escapado del trastero cuando estaban castigados. Todo aquello parecía haber sucedido en otra vida, pero lo cierto era que había ocurrido el día anterior. A pesar de todo, Maximilian sabía que debía encontrar la forma de contarle a Effie su secreto. Tenía que quitarse ese peso de encima.

Mientras los otros se encaminaban a toda velocidad hacia el edificio principal del colegio, Maximilian agarró a su amiga del brazo para detenerla y le tendió dos papeles doblados.

—¿Qué es esto?

—Una copia del codicilo y una carta que te escribió tu abuelo. Tendría que habértelas dado ayer. La verdad es que ni siquiera debería tenerlas —confesó, mirándose los pies—. Iba a decirte que las encontré en el libro, pero pensé que los amigos de verdad no se mienten y...

—Y, entonces, ¿qué hacen? —preguntó Effie con frialdad—. ¿Cómo has conseguido esto?

—Lo robé de la habitación de tu abuelo, en el hospital.

Maximilian se apresuró a contarle toda la historia. Aquel fin de semana había ido como voluntario al hospital para cuidar de los ancianos —leerles lo que quisieran, llevarles revistas de la tienda y esas cosas— y había oído una conversación entre el doctor Black y su madre. Hablaban de adminículos mágicos y de una operación de lo más compleja con la que, con un poco de suerte, podrían llevar al espíritu de Griffin Truelove al Altermundo antes de que su cuerpo muriera aquí. Maximilian se había quedado de piedra. ¡Lo habían criado de la manera más normal que uno podía imaginar y ahora, de pronto, descubría que su madre estaba hablando con un médico mágico! Se enteró de lo de los adminículos, el codicilo y todo lo demás. Y como nunca había visto un adminículo y deseaba con toda su alma adentrarse en el mundo de la magia, se metió a hurtadillas en la habitación de Griffin.

Cuando vio que el anciano estaba dormido, Maximilian empezó a rebuscar por todo el cuarto. Encontró el codicilo encima de la mesa y lo leyó. Pero primero cogió un sobre cerrado, que estaba dirigido a Effie, para poder hacerle una foto al codicilo... Y justo cuando acababa de pulsar el botón de su viejo móvil para sacar la instantánea, se abrió la puerta y se vio obligado a esconderse detrás de la cortina, todavía con el sobre en la mano. Alguien entró y se llevó el codicilo. Era el padre de Effie.

—Seguramente también se habría llevado la carta si no la hubiera tenido yo —concluyó Maximilian—. Ya sé que eso no justifica lo que hice, pero supongo que, en cierto modo, salvé los documentos para ti. Más o menos. He impreso una copia del codicilo y...

—Pero ¿por qué no me lo diste ayer?

Maximilian se encogió de hombros y bajó la vista.

—Lo siento —se disculpó—. Pensé que si fingía que las gafas me estaban contando cosas que te servían de ayuda, querrías ser amiga mía.

—Así que las gafas no te mostraron dónde estaba El Valle del Dragón, no te dijeron que estaba debajo del tablón del suelo, ¿no? Eso lo sabías por la carta. O sea, que la leíste en lugar de dármela. ¿Cómo has podido?

—Lo siento, lo siento muchísimo. —A Maximilian se le saltaron las lágrimas, pero parpadeó para evitar que le cayeran—. Después de la primera mentira, ya no sabía cómo parar. Pensé que me odiarías si te contaba la verdad. Y ahora que te la he contado, seguro que me odias, pero creo que es importante que lo sepas todo... —Maximilian se mordió el labio—. En serio, lo siento.

Effie no contestó. Debía ir a clase. Y tendría que llamar a Pelham Longfellow, claro, y... Iban a llegar muy tarde, así que echó a andar.

—¿Effie? —la llamó Maximilian, siguiéndola—. Por favor...

Pero no hubo tiempo de decir nada más, porque ya llegaban a clase. Y allí, mirándolos desde el otro lado de la ventanita, estaba la profesora Beathag Hide. La expresión de su rostro era la de alguien que acabara de tomarse quince limones para desayunar y luego hubiera leído algo desagradable en el periódico.

Effie abrió la puerta y dio un respingo cuando la oyó chirriar.

—Euphemia Truelove. ¡Vaya, vaya, qué amable por tu parte honrarnos con tu presencia dos días seguidos! —dijo la profesora—. Y tu trágico amiguito viene contigo... En fin, la buena noticia es que los dos estáis castigados otra vez. Hoy. A las cuatro. En el mismo sitio. El señor Reed ya ha accedido a unirse a vosotros. Seguiremos donde lo dejamos, pero con el placer añadido de la compañía de la señorita Wilde y la señorita Bottle, que no parecen muy capaces de permanecer despiertas esta mañana.

Era cierto. Lexy y Raven se habían quedado dormidas con la cabeza apoyada en el pupitre y la melena despeinada y derramada sobre el tablero. Por lo menos Raven ya no llevaba las arañas en la cabeza. Las criaturas habían accedido a vivir en el jardín de su amiga, siempre y cuando pudieran dormir en su pelo por la noche. Eran nocturnas, pero todavía se regían por la hora de Chile, de manera que todo cuadraba a la perfección.

Maximilian suspiró y se dirigió a su pupitre. Effie hizo lo mismo.

—Huy, no, no, tú no vas a ninguna parte —dijo la profesora Beathag Hide, apuntando a Effie con el puntero de madera con el que solía señalar las cosas en la pizarra.

De pronto, Effie cayó en la cuenta de que aquel puntero se parecía mucho a una... a una...

—Al despacho del director —le ordenó la profesora Beathag Hide—. ¡Ahora mismo!

36

Effie se sentía fatal mientras se dirigía al despacho del director. El día anterior había acabado de la manera más emocionante y, aun así, después de matar a Leonard Levar, se sintió extrañamente vacía. Sí, había vengado la muerte de su abuelo, pero aún no había recuperado su biblioteca. Y aunque tenía la llave del almacén del librero, aún no sabía dónde iba a guardar los libros cuando los sacara de allí. Por otro lado, tal vez era cierto que Leonard Levar sabía algo de su madre, y ella, ella... No, seguro que mentía. Y aunque no fuera mentira, Effie habría tenido que hacer lo que él quisiera a cambio de la información que el librero decía tener.

Y Skylurian Midzhar había asegurado que Effie era casi uno de ellos... ¿Qué había querido decir con eso? Rollo había insinuado algo parecido en el jardín, y también Leonard Levar cuando se había enfrentado a ella en el mercado. ¿Por qué estaba mal que los diberi utilizaran y destruyeran los libros para adquirir poder, pero bien que Effie hiciera lo mismo? Claro que, de no haber sido por Maximilian, todo habría acabado muchísimo peor. Gracias a él, Effie no había tenido que destruir el ejemplar, lo cual había eliminado en parte la fría mácula de los diberi, que se aferraba a ella como una bruma húmeda desde que se había enfrentado a Levar en el mercado.

Maximilian, el que supuestamente era su amigo. De hecho, se había portado como un amigo de verdad, ¿no? Más o menos. Bueno, excepto porque había robado la carta y el codicilo. Claro que, en realidad, al final eso había resultado beneficioso, aunque ésa no hubiera sido su intención. Él sólo buscaba conocimiento mágico y no le habría importado hacer daño a quien fuera para conseguirlo. Por otra parte, si no se hubiera llevado la carta, el padre de Effie la habría destruido, y probablemente ella nunca habría encontrado *El Valle del Dragón*. Pero ¿por qué había tenido que leer la carta Maximilian? Eso era lo que Effie no soportaba. Aunque él había utilizado la información de la carta para ayudarla. Bueno, más o menos. ¡Ay, todo aquello era un lío tremendo!

Queridísima Euphemia:
No pretendía dejarte tan pronto. No puedo escribir mucho. Encuentra la Casa Truelove. Está en un lugar remoto. Si no vuelvo a por ti de inmediato, puedes llegar a través del libro El Valle del Dragón, *que está escondido en una tabla debajo de mi escritorio. Utilízalo únicamente si no vuelvo a por ti, o si no viene a por ti nadie del Altermundo. Aguarda por lo menos una semana. Tus primos te estarán esperando y te lo explicarán todo. Por desgracia, no puedo ayudarte con la trama del libro. Y tampoco puedo decirte lo que debes hacer después. Te lo contarán tus primos. Asegúrate de que realizas la última tarea. Por otra parte, hay alguien que desea mis libros. Mantenlos a salvo de esa persona, si puedes. Los libros son para ti, pero esa persona es la que intentó matarme, así que ten mucho cuidado.*
Tu destino está en el Valle del Dragón.
Adiós, mi niña querida.
Tu abuelo, que te quiere,

Griffin Truelove

Cuando Effie llegó al despacho del director, le sorprendió oír risas al otro lado de la puerta. Una de las voces le era muy familiar.

—Saludos y bendiciones —dijo Pelham Longfellow cuando ella entró en la sala forrada de madera—. Bueno, me alegra ver que asistes al colegio más adecuado de la zona. Me han contado que incluso aprobaste la parte mágica del examen de ingreso.

El Colegio Tusitala para Dotados, Problemáticos y Raros tenía cierto número de plazas para niños dotados y cierto número para niños problemáticos. Oficialmente no se sabía a qué categoría pertenecía cada uno, aunque casi todo el mundo daba por sentado —y se equivocaba a menudo— que los de los moratones y los balones de fútbol eran los problemáticos, y los de gafas y violonchelos eran los dotados.

Las plazas mágicas, para los «raros», no eran más que un rumor, sobre todo porque la magia no existía de forma oficial. Pero lo cierto era que el colegio contaba con un sexto curso de lo más extraño dirigido por un hombre llamado Quinn que obligaba a los alumnos a llevar túnicas de seda, de manera que todo era posible. Algunos padres, preocupados por que sus hijos no fueran lo bastante inteligentes para obtener una plaza de dotados, los animaban a mostrarse problemáticos en extremo. Quién sabe lo que los padres habrían hecho de haber creído que existían plazas para los raros.

El viejo director saludó a Effie con un movimiento de la cabeza.

—Es hora de mi café matutino —comentó—. Me lo tomaré en la sala de profesores, para variar. Creo que este joven abogado tiene algo importante que decirte.

El director se marchó y cerró la puerta.

—Tengo entendido que has encontrado una copia del codicilo, ¿no es así? —comenzó Longfellow.

—¿Cómo lo sabes?

—Me llamaste. La llamada se produjo de forma automática cuando llegó el codicilo a tus manos. Además, soy

capaz de olerlo. Un buen abogado siempre huele un codicilo. Bueno, déjame que le eche un vistazo.

Effie sacó el papel que le había dado Maximilian y se
lo tendió a Pelham Longfellow.

—Es una copia —explicó—. El original...

—Sí, sí, ya lo sé. —Longfellow sacó una lupa—. No
pasa nada. Bien, vamos a ver. Ah, sí. Muy directo. Dice que
si a tu abuelo le sucediera algo en este mundo antes de
que tú alcanzaras la mayoría de edad, se te debería dar acceso a la Casa Truelove en el Valle del Dragón, aunque eso
ya lo has hecho tú solita... Luego añade que todos los años
deberías examinarte para comprobar si estás cualificada
para poder recibir tu adminículo definitivo y así desempe-
ñar tu papel principal en el continente como Guardiana de
la Gran Biblioteca. Muy interesante. Bien. Bueno, vamos a
hacer el examen ahora.

—¿Un examen?

—Eso es. ¡Bien! Vamos a ver...

Pelham Longfellow sacó una carpeta de su maletín.
Dentro había varias hojas de papel pautado amarillo y un
gran pergamino blanco.

—La primera pregunta dice... Será mejor que te sien-
tes, hay varias.

Effie se sentó. ¿Un examen? ¡Lo que necesitaba era
dormir unas horas, no hacer un examen! Pero el caso es
que estaba temblando de emoción. ¿Su adminículo definitivo? ¡Y convertirse en Guardiana de la Gran Biblioteca!
Aunque no entendía muy bien lo que significaba todo eso,
resultaba que nunca había deseado algo tanto como aprobar aquel examen.

—Bien. ¿Lista? Primera pregunta. ¿Cuál es la comida
favorita de un dragón?

—Muy fácil, las princesas.

—Bien. Siguiente pregunta. Huy, creo que ésta es más
difícil. ¿Qué venden los goblins?

—Fruta.

—Vale, no voy ni siquiera a preguntarme cómo sabes
eso, teniendo en cuenta que no debías ir al Altermundo tú

sola. Sea como sea, no tengo ni idea de en qué estaría pensando Griffin cuando se le ocurrieron estas preguntas en concreto. Mmm... En fin. ¿Qué es una varula?

—La varita mágica que utilizan las auténticas brujas.

—¡Correcto! Vaya, vaya... —Longfellow frunció el ceño—. Ahora viene una peliaguda. ¿Cuánta fuerza vital se puede comprar con tres piezas de oro de dragón? Ay, Griffin, ¡son demasiado difíciles! ¿Tienes alguna idea? Siempre puedo volver el año que viene si...

—En créditos M, seiscientos —contestó Effie—. Aunque me da la impresión de que esas cifras no significan tanto en el continente.

—Cielo santo. ¡Sí! ¡Correcto! Y ahora... tienes que traducir la siguiente frase en rosiano...

Y así, el abogado prosiguió con el examen. Y casi sin darse cuenta, Effie había respondido otras veinte preguntas sobre toda clase de asuntos del Altermundo.

—Última pregunta —dijo Longfellow por fin—. ¡Cielos! —añadió con un carraspeo—. Bien. Tienes que imaginarte una habitación del Veromundo con tres bombillas. Fuera hay tres interruptores. Sólo puedes entrar en la habitación una vez y sólo puede haber un interruptor accionado cuando entres en la sala. ¿Cómo sabrías qué interruptor conecta con cada bombilla? —Longfellow se rascó la cabeza—. Por todos los santos, Griffin —dijo—, esto es imposible. Esto es... Cielos.

—No pasa nada. Sé la respuesta —dijo Effie tras permanecer un momento en silencio.

—¿Ah, sí?

—Sí, creo que sí.

Effie recordó las últimas palabras de su abuelo: «La respuesta es el calor.» Había pensado mucho en ello desde entonces, y aunque hasta ese instante la frase le había resultado desconcertante, de pronto la entendió. Su abuelo le estaba dando una pista para que pudiera aprobar el examen lo antes posible y así ocupar el lugar que le correspondía en la familia como Guardiana de la Gran Biblioteca.

Se lo pensó un momento más antes de contestar.

—Encendería el primer interruptor unos minutos y lo volvería a apagar. Así, una de las bombillas se pondría muy caliente. Luego encendería el segundo interruptor y entraría en la sala. La bombilla caliente sería la del primer interruptor, la que estuviera encendida, la del segundo y la que estuviera apagada y fría sería la del tercero.

Pelham Longfellow aplaudió.

—¡Bravo! Has aprobado.

—¿En serio?

—Sí. La próxima vez que estés en el continente iremos a la oficina de correos a por la marca de guardiana. Pero, mientras tanto, aquí está tu adminículo definitivo.

Longfellow sacó de su cartera una caja diminuta de plata.

—Ten cuidado —la advirtió—. Cuando toques el...

Effie abrió la caja muy despacio. Dentro había una cadena de oro de un tono muy claro que, como tantos otros objetos mágicos, estaba muy pulida, era reluciente y a la vez parecía muy muy vieja. De la cadena colgaba una espada en miniatura con una hoja ancha y afilada. Effie sostuvo el collar delante de ella, y la espada llameó bajo el sol templado de otoño. Pelham Longfellow se levantó para ayudarla a ponérselo. Cuando lo tuvo en torno al cuello, la niña tocó la espada de oro y... no pasó nada. Miró al abogado.

—Necesitas una palabra mágica —le explicó Longfellow—. Puede ser la que tú quieras. Piénsatela bien y pronúnciala ahora que estás tocando la espada por primera vez. Luego, siempre que quieras una espada, lo único que tienes que hacer es tocarla y decir...

—Truelove —decidió Effie—. Ésa es mi palabra mágica: «Truelove.»

¡Bang! Se oyó un estallido y un siseo en el aire y... Fue justo como cuando Wolf había tocado la Espada de Orphennyus. Bueno, casi, porque, en el caso de Wolf, algo que era pequeño se hizo grande, mientras que, con Effie, algo que no existía se materializó de pronto como si saliera de un lugar lleno de luz, belleza y esperanza. En sus manos tenía una espada enorme y reluciente, hecha en parte de oro de las montañas y en parte de pura luz. Con ella, Effie tenía la sensación de poder ir a cualquier parte y hacer cualquier cosa. Se sentía invencible.

—Es la Espada de Luz —explicó Pelham Longfellow—. Ha pertenecido a la familia Truelove durante cientos y cientos de años. Sólo un auténtico héroe puede utilizarla. No sé cuándo fue la última vez que hubo un auténtico héroe en la familia, porque casi todos los Truelove son eruditos, clérigos, filósofos y compositores. Eres muy especial, ¿sabes? En fin. Ya verás que nadie podrá quitarte ese collar. Bueno, a menos que te maten antes y...

—¡Madre mía! —exclamó entonces Effie—. ¿Por qué es tan ligera?

—Porque es la Espada de Luz, naturalmente. Y, de todas formas, el oro de las montañas no pesa mucho. Es tu auténtica arma. Sé que con ella sólo harás el bien. Cuando quieras que vuelva a convertirse en un collar, no tienes más que imaginártela pequeña y ya está.

Effie lo intentó y se quedó estupefacta al ver que daba resultado.

—Gracias —dijo—. Muchas gracias por todo.

—Huy, ¿has visto qué hora es? —Pelham acababa de consultar el reloj—. Se supone que debo estar en París dentro de cinco minutos, así que...

Sin poder contenerse, Effie se arrojó a los brazos del abogado.

—¿Nos veremos pronto? —preguntó.

Él asintió con la cabeza.

—En la Casa Truelove. Merendaremos en el jardín. Creo que voy a ir este fin de semana, aunque... Todavía no sabes calcular el tiempo de un mundo a otro, claro. Pero me da que aquí tienes a un amigo que podrá ayudarte con eso. —El abogado volvió a mirar el reloj—. En fin, tengo que...

—¡Ah! Tu daga —se acordó de repente Effie—. El athame.

—Ah, sí. El Athame de Sigilo. Creo que conoces a alguien que seguro que podría utilizarla. ¿Maximilian se llama? Me han dicho que intentó llegar al Inframundo él

311

solo, y eso significa que, aunque sólo en potencia, es un mago muy poderoso. Podría serte de gran ayuda.

Y con estas palabras, ensambló la escoba, abrió la ventana y salió volando.

El resto del día pasó como un rayo. La clase de literatura se le hizo inusualmente corta, y luego llegó el almuerzo, seguido de una sesión de educación física bajo la llovizna de las últimas horas de la mañana. Effie se acordó de quitarse el anillo antes de hacer deporte en el Veromundo. Sospechaba que le consumía la energía para incrementarle la fuerza, y eso resulta muy adecuado si estás luchando contra un mago oscuro, pero quizá no es tan necesario para jugar al netball.

Durante el recreo, Lexy le ofreció un tónico verde con sabor dulce a hierbas que la ayudó a que el resto de la tarde transcurriera deprisa y de un modo agradable. Maximilian se pasó la clase de matemáticas intentando atraer su atención, pero Effie no le hizo caso. Necesitaba pensar.

Y luego llegó la hora del castigo. A las cuatro en punto, Effie y sus amigos se reunieron junto al trastero del antiguo conserje a la espera de la profesora Beathag Hide. La mujer apareció con un sobre de color crema entre sus dedos finos y largos.

—Como ya sabéis —comenzó—, no soy dada a las emociones. De manera que os doy esto y me marcho. Podéis utilizarlo como queráis. Los de la limpieza vienen a cerrarlo todo con llave a las seis, aunque creo que ya conocéis la salida alternativa. Buenas tardes.

Le entregó el sobre a Effie y se marchó.

—¿Qué habrá querido decir? —preguntó Wolf.

Effie abrió el sobre y encontró dentro una llave grande.

—¿Es que quizá quiere que nos encerremos nosotros mismos? —preguntó Maximilian—. O...

El día anterior, aquel trastero, que en realidad era un cuarto pequeño sin ventanas, no contenía más que una mesa, un lavabo roto, un par de sillas, un taburete y una escalera vieja. Ahora también había dos estanterías grandes y sólidas. Y en las mismas, los esperaban los libros del abuelo de Effie.

—¡¿Qué...?! —exclamó Effie—. No entiendo cómo... Pero eso ya no importaba. Los niños se acercaron a su nueva biblioteca. Además de los libros, alguien había pensado en dejar una vieja tetera y cinco tazas. Y también una lata de té, un tarro de cacao y una caja de galletas. Había incluso un jarrón con flores en la vieja mesa manchada de pintura.

Los cinco amigos se dieron cuenta de lo mucho que habían cambiado sus vidas de una forma irrevocable en los últimos dos días. Raven se había convertido en una auténtica bruja, Lexy, en sanadora, y Wolf, en guerrero. Effie era ahora una auténtica heroína y una viajera entre los dos mundos. Y, además, una guardiana de libros. Todos se sentían muy felices y orgullosos. Y ahora tenían su lugar especial para reunirse y hacer planes, leer grandes aventuras y...

Pero Maximilian no sentía nada de eso. Se sentía un intruso, patético, un fracasado que siempre había soñado con una vida de magia y ahora lo había estropeado todo. Tenía las gafas guardadas en la funda, listas para devolvérselas a Effie. Y eso marcaría el final. Regresaría a su triste bungaló con su madre, que fingía que en el mundo no había magia. Sin amigos. Volvería a pasar una noche tras otra en la red gris, buscando esperanza y el sentido de la vida, pero sin encontrar ni lo uno ni lo otro. Sin las gafas ni siquiera podría hallar consuelo en el conocimiento. Pero era lo que se merecía por engañar a su primera amiga de verdad.

Después de tomar un chocolate caliente y varias galletas, parecía haber llegado el momento de marcharse. Lexy estaba deseando contarle a su tía todo lo que le había pasado; Raven estaba decidida a preguntarle a su madre qué sabía de Skylurian Midzhar y averiguar todo lo posible sobre la editora. Wolf, por su parte, tenía entrenamiento.

De modo que Maximilian se quedó a solas con Effie. Sabía que no tenía la más mínima posibilidad de hacerla cambiar de opinión, de manera que, después de ayudarla a lavar las tazas, se dispuso a marcharse también.

—Gracias por todo —le dijo, tendiéndole las gafas—. Para mí ha sido un honor ser tu amigo. Siento muchísimo haberte decepcionado.

Effie se tocó la diminuta espada de oro que llevaba colgada al cuello. Volvió a pensar que, de no haber sido por él, la copia del codicilo nunca habría llegado a sus manos. Era cierto que el chico no debería haber leído la carta, desde luego que no, pero es que era así: curioso, ávido de conocimiento y...

—Está bien —respondió—. Aunque creo que deberías quedártelas si vas a ayudarnos a investigar a Skylurian Midzhar.

—¿De verdad? Pero...

—Y si vas a seguir con nosotros y a meterte en más líos con magos oscuros y arañas mortales y todo eso —añadió Effie—, esto también puede venirte bien.

Y le tendió el Athame de Sigilo.

—Creo que podrías necesitarlo. Sobre todo si planeas volver al Inframundo.

—Gracias. Pero ¿cómo sabes que...?

Maximilian notó el peso del athame en la mano. Era un arma compleja y poderosa que podían utilizar tanto las fuerzas de la luz como las de la oscuridad. Aunque él sentía el impulso de explorar de nuevo las tinieblas del Inframundo, decidió que sólo volvería allí si eso servía para ayudar a sus amigos.

Effie giró la llave en la cerradura y ésta emitió un leve chasquido. A continuación, Maximilian y ella salieron juntos a la lluvia, a los jardines del Colegio Tusitala para Dotados, Problemáticos y Raros, sabiendo que sus aventuras no habían hecho más que empezar.

Agradecimientos

No podría haber escrito este libro sin el amor y el apoyo de mi compañero, Rod Edmond, que me hizo sentir grandes esperanzas al disfrutar tanto con los primeros borradores de la novela. Mis hermanos, Sam Ashurst y Hari Ashurst-Venn, y mi cuñada, Nia Johnston, me dieron muchísimos ánimos durante el proceso de escritura y leyeron mi primer borrador con un amor y un entusiasmo prodigiosos. Mi madre, Francesca Ashurst, y mi padrastro, Couze Venn, me han dado también muchísimo amor y apoyo. Soy muy afortunada de tener una familia que disfruta y se conmueve de verdad con las historias que escribo. Gracias a todos ellos. Y una cálida bienvenida para la pequeña Ivy.

Asimismo, quiero dar las gracias a mis otros primeros lectores, que también son maravillosos. Molly Harman, una de las personas a las que está dedicado este libro, y en aquel entonces una niña de diez años de lo más perspicaz, que leyó el primer borrador con tanta emoción que me propuse que éste fuera el mejor libro que había escrito. Molly me planteó también una pregunta importante que me ayudó a comprender más profundamente a Maximilian, y por ello le estoy muy agradecida. Alice Bates también leyó el libro con gran entusiasmo y agudeza, y me dedicó muchas palabras de ánimo; detectó, además, un pequeño fallo en la trama (bueno, un gran fallo) que nadie había visto. Muchas gracias, Alice. Mi gran amigo Vybarr Cregan-Reid me iba enviando por mensajes de texto sus comentarios sobre el libro a medida que lo leía, con lo cual me pasé varios días sonriendo como una tonta. No sé cómo agradecerle su amistad y la sana competencia a lo largo de todos estos años.

Hubo otras personas que me hicieron la vida más fácil o más agradable de forma inexplicable (o incluso explicable), entre ellas David Flusfeder, Amy Sackville, Abdulrazak Gurnah, David Herd, Stuart Bennett, Daisy Harman, Eliza Harman, Max Harman, Ed Hoare, Jo Harman, Claire Forbes-Winslow, Charlotte Webb, Emma Lee, Marion Edmond, Lyndy McIntyre, Sue Swift, Pat Lucas, Roger Baker (un maestro sanador fantástico), Stuart Kelly (que me mostró las salas de la Sociedad Especulativa justo cuando yo más lo necesitaba) y Sasha de Buyl-Pisco, que organizó el más hermoso de los eventos para mi última novela, con velas y un invernadero victoriano incluidos, y cuyos ojos chispearon de la mejor manera cuando confesé, tras unas cuantas copas de vino, que estaba escribiendo una historia de fantasía para niños. Gracias también a todos los amigos y parientes que no he nombrado, y a todos mis fantásticos colegas de la Escuela de Literatura de la Universidad de Kent.

No sé cómo dar las gracias a Francis Bickmore, mi maravilloso editor, amigo del alma y colega durante casi ya diez años. ¡La de aventuras que hemos vivido juntos! Y espero que vivamos muchas más. El inimitable Jamie Byng sacó el libro al mundo y encontró a otros lectores a los que les gustó, por eso le estoy de lo más agradecida. El enorme entusiasmo que mostró con esta novela significa mucho para mí. Muchas gracias a todos mis otros amigos y colaboradores de Canongate, entre ellos la asombrosa Jenny Todd, Andrea Joyce, Rafi Romaya, Anna Frame, Vicki Rutherford, Lorraine McCann y Becca Nice. Gracias también a todos mis otros editores, nuevos y antiguos, de todo el mundo. Geoff Morley y Mary Pender, de UTA; gracias por creer en este libro, sé que está a salvo en vuestras manos.

Por último, me gustaría dar las gracias a mi agente y querido amigo, David Miller, por su compromiso inquebrantable con la belleza, la integridad y el estilo. Descansa en paz.

Nota: Cuando Maximilian viaja al límite del Inframundo, cito a James Joyce, Katherine Mansfield y Mijaíl Bulgákov. El libro que la madre de Maximilian lee todos los años es *El maestro y Margarita*, una de mis obras preferidas.